Janina Lorenz

Der kleine Ort zum Glücklichsein

Roman

PIPER

Mehr über unsere Autoren und Bücher:
www.piper.de

Wenn Ihnen dieser Roman gefallen hat, schreiben Sie uns unter Nennung des Titels »Der kleine Ort zum Glücklichsein« an *empfehlungen@piper.de,* und wir empfehlen Ihnen gerne vergleichbare Bücher.

Von Janina Lorenz liegen im Piper Verlag vor:
Willkommen in Herzbach:
Band 1: Der kleine Ort zum Glücklichsein
Band 2: Der kleine Chor der großen Herzen

FSC
www.fsc.org
MIX
Papier aus verantwortungsvollen Quellen
FSC® C083411

Originalausgabe
ISBN 978-3-492-31495-4
April 2020

Satz: Satz für Satz, Wangen im Allgäu
Gesetzt aus der Plantin
Druck und Bindung: CPI Books GmbH, Leck
Printed in the EU

Für Leo

Liebe Ava,
ich kann dir nicht sagen, wie sehr ich mich auf dich und meine Auszeit in Herzbach freue! Es sind nur noch fünf Tage, und ich bin so aufgeregt wie ein kleines Mädchen, das in die Ferienfreizeit fährt. Ich vermisse das Münsterland, die weite Landschaft und die endlosen Felder, doch am allermeisten vermisse ich dich. Und jetzt habe ich drei Monate Zeit, um all das zu genießen und mir klar zu werden, was ich wirklich will. Was für ein wunderschöner Gedanke!
Wir sehen uns am Samstag um neun Uhr bei dir.
Bis dahin alles Liebe
deine Ellie

1

Das Erste, was mir im Münsterland wieder bewusst wurde, war, wie geräuschvoll die Stille sein konnte. Ich hörte den Wind, der durch die Bäume strich und die Blätter zum Rascheln brachte. Das Summen der Insekten. Das Singen der Vögel. Einen Hund, der in der Ferne bellte. Ich lehnte mich gegen meinen Wagen, den ich auf dem Dorfparkplatz abgestellt hatte, schloss die Augen und genoss die Morgensonne, die mein Gesicht streichelte. Es war Samstag, der 5. Mai und mein erster Tag in Herzbach, dem bezaubernden kleinen Ort, in dem ich mein dreimonatiges Sabbatical verbringen würde. Ich atmete in tiefen Zügen die Luft ein, die so viel klarer war als in Düsseldorf, dann holte ich mein Gepäck aus dem Kofferraum und machte mich an den kurzen Spaziergang zum Haus meiner Großtante Ava. Es gab auch keine andere Möglichkeit, denn Herzbach war faktisch autofrei. Idyllisch am Ufer der Stever gelegen, mit einer romantischen Wassermühle und einem Marktplatz, um den sich bunte Fachwerkhäuser reihten, hatte sich Herzbach in den letzten Jahren zu einem beliebten Ausflugsziel für Touristen entwickelt. Und so waren Wochenende für Wochenende die Autokarawanen über das Kopfsteinpflaster gedonnert, bis es den Dorfbewohnern zu bunt geworden war. Nun gab es vor dem Ortseingang ein großes Hinweisschild, das höflich darum bat, den Wagen auf dem neuen, kostenfreien Parkplatz abzustellen. Genau genommen war es ein Stück Wiese von Bauer Westkamp, um das seine Söhne eilig einen Zaun errichtet hatten, doch es erfüllte seinen Zweck. Dabei gingen die Einheimischen mit gutem Beispiel voran, wie die Kennzeichen um mich herum vermuten ließen. Eine wunderbare Idee, dachte ich, während ich meinen Rollkoffer durch das Gras hinter mir herzog. Zumindest, solange es nicht regnete. Doch danach sah es nun wahrlich nicht aus. Keine Wolke zeigte sich am tiefblauen Himmel, und obwohl es erst neun Uhr morgens war, war es bereits so warm, dass in meinem Nacken kleine Schweißperlen kribbelten. Wenn man den Meteorologen glauben durfte, stand uns ein Jahrhundertsommer bevor, und ich war die Letzte, die sich darüber beschweren würde.

~

Avas Haus lag am Rande des Dorfes auf einem weitläufigen Grundstück, das bis zur Stever reichte, die hier schmal und verträumt ihre Bögen zog. Am gegenüberliegenden Ufer begann der Wald, ein dichtes Gehölz, das überwiegend aus Buchen, Eichen und Birken bestand. Als Kind war ich einmal beim Spielen in den Fluss gefallen, während meine Mutter und Ava auf der Terrasse saßen und Kaffee tranken. Ich konnte mich kaum an den Vorfall erinnern, doch meiner Mutter hatte er einen solchen Schrecken versetzt, dass sie mich zu ihren nächsten Treffen nicht mehr mitnahm. Ein Umstand, den ich sehr bedauerte. Denn ich war hingerissen von meiner Großtante Ava, die so ganz anders war als die übrigen Erwachsenen, die ich mit meinen sieben Jahren furchtbar langweilig fand. Wenn ich bei ihr zu Besuch war, bastelten wir Schiffe aus Papier, die wir auf dem Fluss schwimmen ließen, malten auf einer Staffelei im Garten oder sammelten im Wald Blätter und Blüten, die wir hinterher pressten und in Alben klebten. Großtante Ava ließ mich mit ihrem Schmuckkästchen spielen und lachte aus vollem Hals, wenn ich über und über mit Ketten, Ringen und Broschen geschmückt wie eine kleine Königin durch das Wohnzimmer schritt und dabei majestätisch mit der Hand wedelte, um mein Volk zu grüßen, das aus ihr und meiner Mutter bestand. Auf dem Dachboden lagerte eine Holzkiste, in der Ava Kleider aufbewahrte, die sie als junge Frau getragen hatte. Die mochte ich besonders. Auch wenn sie mir viel zu groß waren, konnte ich Stunden damit verbringen, eins nach dem anderen anzuziehen, mich vor dem Spiegel zu drehen und mir vorzustellen, ich wäre eine Zeitreisende, die sich plötzlich und unerwartet in den Sechzigerjahren wiederfand.

Ach, wie hatte ich die Besuche bei Ava geliebt. Doch es half kein Betteln und kein Flehen. Was ihre Sturheit anging, war meine Mutter eine waschechte Westfälin. Und so setzte ich mich eines Nachmittags an meinen Schreibtisch und schrieb Ava eine Postkarte. Auf der Vorderseite war ein Teddybär abgebildet, der auf einer Bank saß und traurig in die Ferne blickte. Darüber stand in goldenen Buchstaben *Ich vermisse dich*. Meine Großtante antwortete postwendend. Ihre Karte zeigte eine dickliche alte Dame, die ihr Ohr wie ein Indianer an die Schienen gelegt hatte und dabei fröhlich grinste. So fing unsere Postkartenfreundschaft an. Natürlich hätten wir uns auch Briefe schreiben können, doch das hätte nur halb so viel Spaß gemacht. Denn am spannendsten fand ich die Motive auf den Postkarten. Ich gab mir viel Mühe bei der Auswahl und Ava ebenso. Selbst als mich meine Mutter zur Belohnung für mein bronzenes Schwimmabzeichen wieder nach Herzbach mitnahm, behielten Ava und ich unser Ritual bei. Wir schrieben uns meine gesamte Schulzeit hindurch, während meines Studiums in Münster und auch, als ich nach Düsseldorf zog, um meinen Job bei der Unternehmensberatung *Aufhäuser & Stark* zu beginnen.

Das war nun elf Jahre her. Inzwischen war ich fünfunddreißig Jahre alt und arbeitete immer noch dort. Zumindest bis zum gestrigen Abend um 21:42 Uhr. Denn da hatte ich meinen Computer heruntergefahren. Und nun lagen drei Monate Sabbatical vor mir, in denen ich tun und lassen konnte, was ich wollte. Jede Menge Zeit, um einen klaren Kopf zu bekommen und mir zu überlegen, was ich mit meinem restlichen Leben anstellen wollte …

Als ich auf die Klingel drückte, spürte ich, wie mein Herz vor Freude anfing, schneller zu klopfen. Ich hatte Ava zuletzt auf dem Geburtstag meiner Mutter im Januar gesehen. Während wir auf dem Sofa saßen und an Mamas selbst gemachtem Eierlikör nippten, hatte ich ihr von meinen Plänen für eine Auszeit erzählt. Von meiner Sehnsucht nach Ruhe und Abstand, nach langen Spaziergängen in der Natur und guten Gesprächen, nach Büchern, die man nicht schon in dem Moment vergaß, in dem man sie ausgelesen hatte. Und dann muss man ja auch noch Zeit haben, einfach dazusitzen und vor sich hin zu schauen, hatte ich Astrid Lindgren zitiert, und Ava hatte gelächelt und gesagt: »Warum kommst du nicht zu mir nach Herzbach? Es gibt keinen schöneren Ort auf dieser Welt, um einfach dazusitzen und vor sich hin zu schauen.«

Und jetzt war ich also hier. Gespannt blickte ich an der Fassade hoch. Avas Heim war so schön wie eh und je. Ein gepflegtes Fachwerkhaus mit weißen Sprossenfenstern, darunter Blumenkästen, in denen Narzissen, Ranunkeln, Vergissmeinnicht und Veilchen farbenfroh um die Wette leuchteten. Ich trat einen Schritt vor und drückte erneut auf die Klingel. Wie ich Ava kannte, bereitete sie gerade ein zweites Frühstück für mich vor, und allein bei dem Gedanken an frisch gebrühten Kaffee und warme Butterhörnchen mit selbst gemachter Erdbeermarmelade fing mein Magen laut an zu knurren. Ich neigte den Kopf und lauschte, doch alles, was ich hörte, war der Gesang einer Amsel.

Als sich auch nach dem dritten Klingeln nichts tat, ließ ich mein Gepäck stehen und ging um das Haus herum in den Garten.

Ava hielt nicht viel von adrett geschnittenen Hecken und Buchsbäumen. Ihr Garten war das, was man einen Naturgarten nannte. Mit steinernen Mauern, Wildblumen und Obstbäumen, blühenden Sträuchern und einer blau gestrichenen Holzbank mit Blick auf die Stever und den angrenzenden Wald. Der Anblick war traumhaft schön. Überall summte und brummte es. Schmetterlinge tanzten über den Rasen, Bienen schwirrten umher, und im Lavendel hatten sich unzählige Hummeln niedergelassen. Es duftete nach Sommer im Mai. Ein tiefes Glücksgefühl überkam mich, und ich stand da und lächelte, bis mir die Mundwinkel wehtaten. Schließlich erinnerte ich mich daran, warum ich gekommen war. Ich wandte mich um und fand die Terrassentür nur angelehnt vor.

»Ava?«, rief ich, als ich das lichtdurchflutete Wohnzimmer mit dem offenen Kamin betrat und weiter durch den Essbereich mit der großen Tafel in Richtung Küche lief. »Ich bin es, Ellie.«

Doch in der Küche war Ava auch nicht. Ich wollte schon im ersten Stock nachsehen, als mein Blick an einem ledergebundenen Buch hängen blieb, das auf dem Küchentisch lag. Davor lehnte eine Postkarte, die als Motiv die historische Herzbacher Mühle zeigte. Verwundert drehte ich sie um und begann zu lesen.

Meine liebste Ellie,

es ist so wunderbar, dass du da bist! Ich wünschte mir, ich könnte dich in die Arme schließen, doch leider musste ich überraschend verreisen. Ich weiß selbst noch nicht, wie lange ich fort sein werde, aber ich erkläre dir alles, sobald ich zurück bin. Versprochen. Bis dahin mach dir bitte keine Sorgen um mich, und fühle dich wie zu Hause. Bitte sei so lieb und kümmere dich in meiner Abwesenheit um Max und meine Freunde von der Herzbacher Tafelrunde. Ich habe ihnen erzählt, dass du heute kommst, und sie freuen sich schon sehr auf dich.

Ich drücke dich.

Deine Ava

Ich las die Postkarte ein zweites und drittes Mal und kippte sie anschließend mit schnellen Bewegungen hin und her. Ganz so, als könnte hinter den geschriebenen Worten eine Geheimbotschaft versteckt sein, die mir mehr über Avas Verschwinden verriet. Schließlich gab ich auf und ließ mich schwer auf einen Stuhl fallen. Ich war enttäuscht, hatte ich mir doch meine Ankunft in Herzbach ganz anders vorgestellt. In der guten Stunde Autofahrt von Düsseldorf hierhin hatte ich mir ausgemalt, wie Ava und ich im Garten frühstückten, den Libellen zuschauten, wie sie über das Wasser jagten, und dabei so viel redeten und lachten, dass wir darüber die Zeit vergaßen. Doch nun war Ava verreist, und ich war alleine. Ich hatte nicht die geringste Ahnung, wo sich meine Großtante gerade befand. Geschweige denn, dass ich wusste, wann sie wiederkommen würde. Wie auch, sie wusste es ja selbst nicht. Und wie hatte sie das gemeint, dass ich mich um ihre Freunde und um Max kümmern solle? Was war das für eine Tafelrunde, und wer war dieser mysteriöse Max, und warum kamen sie nicht alleine zurecht? Sosehr ich in meinem Gedächtnis kramte, die Namen riefen keinerlei Erinnerung bei mir hervor. Wenn ich Ava wenigstens anrufen könnte! Doch sie weigerte sich standhaft, ein Handy anzuschaffen. »Ich habe vierundsiebzig Jahre lang keins gebraucht, warum sollte ich mir jetzt eins kaufen?«, hatte sie fröhlich erwidert, als ich sie auf dem Geburtstag meiner Mutter zuletzt danach gefragt hatte. Es war zum Haareraufen. Andererseits, überlegte ich dann, war sie auch nicht schneller zurück, wenn ich hier saß und Trübsal blies. Mit einem langen Seufzer stand ich auf und füllte den Tank der Kaffeemaschine. Während das Wasser erhitzte, holte ich mein Gepäck ins Haus und inspizierte den gut gefüllten Kühlschrank. Der Anblick tröstete mich ein wenig über Avas Abwesenheit hinweg. Es gab Orangensaft, Aufschnitt und Käse, Erdbeer- und Aprikosenmarmelade sowie frische Butter, Eier und Milch vom Westkamp-Hof. Im Brotkasten fand ich einen Laib aus Roggenmehl, der so knusprig aussah und so appetitlich roch, als wäre er gerade erst gebacken worden.

Als der Kaffee durchgelaufen war, stellte ich alles, was ich für mein Frühstück benötigte, auf ein Tablett und trug es nach draußen auf die Terrasse. Anschließend ging ich noch einmal hinein, um das Buch vom Küchentisch zu holen. Bestimmt hatte es einen Grund, dass Ava die Postkarte ausgerechnet davor platziert hatte. Vorsichtig befühlte ich den weinroten Einband, in den die Wörter *Herzbacher Tafelrunde* eingraviert waren. Da war er wieder, der Name. Ich nahm einen Schluck von meinem Kaffee und genoss den bitteren, nussigen Geschmack auf meiner Zunge und das warme Gefühl, das sich augenblicklich in meinem Bauch ausbreitete. Dann schlug ich das Buch auf und betrachtete das Inhaltsverzeichnis, das in einer wunderschönen, altmodisch anmutenden Handschrift verfasst war.

Stimmungen & Gemütslagen lautete die Überschrift, darunter waren ebensolche aufgeführt, alphabetisch sortiert. Unter dem Buchstaben *A* las ich Begriffe wie *abgespannt* und *aufgewühlt*, unter *B bedrückt*, *besorgt* und *brummig*. Fasziniert fuhr ich mit dem Zeigefinger die einzelnen Wörter entlang. Es gab *einsam* und *griesgrämig*, *melancholisch* und *scheu*, *verzagt* und *zweifelnd*. Insgesamt waren es an die hundert Begriffe, jeder einzelne mit einer Seitenzahl versehen.

Eine Biene landete auf meinem Teller, und ich hielt einen Moment inne, um sie zu betrachten. An ihren Beinchen klebten gelbe Blütenpollen, sie war also schon fleißig gewesen. »Das *brummig* hat dich wohl angesprochen, wie?«, lächelte ich und sah zu, wie sie sich wieder in die Lüfte erhob und in Kreisen davonflog. »Dann wollen wir doch mal sehen, was es damit auf sich hat.« Ich nahm einen weiteren Schluck von meinem Kaffee, schlug die entsprechende Seite auf und staunte. Was ich da vor mir hatte, war das Rezept für eine Kräutermischung. Ein ziemlich kompliziertes obendrein, von den meisten Zutaten hatte ich noch nie etwas gehört. Schnell blätterte ich weiter, und tatsächlich – offenbar war gegen jede schlechte Stimmung ein Kraut gewachsen. Zumindest behaupteten das die kunstvoll verfassten und mit hübschen Zeichnungen illustrierten Begleittexte, die zusätzlich Gerichte aufführten, in denen die Mixturen verabreicht werden sollten.

»Sie müssen Ellie sein.«

Erschrocken fuhr ich herum und erblickte die hochgewachsene Gestalt eines Mannes, der wie aus dem Nichts hinter mir aufgetaucht war. »Entschuldigen Sie«, sagte er und hob beschwichtigend die Arme, »ich wollte Ihnen keinen Schrecken einjagen. Ich habe geklingelt, und als niemand aufgemacht hat, dachte ich mir, dass Sie im Garten sind.«

»Und da haben Sie einfach mal nachgeschaut.«

Die Worte kamen patziger heraus, als ich es beabsichtigt hatte. Normalerweise war ich nicht furchtsam, doch ich war so vertieft gewesen, dass mich sein plötzlicher Auftritt kalt erwischt hatte. Ich klappte das Buch zu, schirmte mit meiner rechten Hand die Sonne ab und sah ihn zum ersten Mal richtig an. Er war etwa Ende dreißig und ausnehmend attraktiv. Mit den kurzen dunkelblonden Haaren, den braunen Augen und dem Dreitagebart erinnerte er mich an den Schauspieler Ryan Reynolds, für den ich eine Schwäche hatte. Außerdem hatte er die schlanke, trainierte Figur eines Mannes, der gerne Sport machte. Die alte Jeans und das verblichene graue T-Shirt ließen darauf schließen, dass er nicht mehr Zeit vor dem Kleiderschrank verbrachte als nötig, was ihn mir zusätzlich sympathisch machte.

»Ich wollte Sie nicht anfahren«, meinte ich daher versöhnlich. »Sie haben mich nur ziemlich überrumpelt.« Erst jetzt bemerkte ich den goldfarbenen Labrador, der geduldig neben ihm wartete und dabei freundlich mit dem Schwanz wedelte. Mein Mund verzog sich zu einem Lächeln. Was für ein schönes Tier! Der Mann nickte schuldbewusst.

»Das war nicht meine Absicht. Ich bin Jonas Graf, Avas Nachbar.«

Avas Nachbar ... Wie elektrisiert richtete ich mich auf. »Sie wissen nicht zufällig, wo meine Großtante steckt?«, platzte ich heraus.

Der Mann schüttelte bedauernd den Kopf. »Das wollte sie mir nicht verraten, als sie gestern Nachmittag vorbeikam. Sie hat mich lediglich gebeten, auf Max aufzupassen, bis Sie da sind.«

Überrascht sah ich zu dem Hund, der beim Klang seines Namens noch freudiger mit dem Schwanz wedelte. »*Du* bist also Max«, stellte ich fest. Damit war das erste Rätsel gelöst. Max bellte einmal kurz und tief, was wohl so viel wie *Ja* heißen sollte. »Seit wann hat Ava einen Hund?«, fragte ich Jonas Graf und kam mir dabei ein bisschen dumm vor, weil ich nichts von seiner Existenz gewusst hatte.

»Erst seit zwei Monaten«, kam die beruhigende Antwort. »Er ist ihr zugelaufen. Ava hat überall Fotos von ihm aufgehängt und ihre Festnetznummer als Kontakt dazugeschrieben, doch bisher hat sich niemand gemeldet. Also lebt er jetzt bei ihr. Ihre Großtante hat es nicht übers Herz gebracht, ihn ins Heim zu bringen.«

Ich nickte. Das klang sehr nach Ava. »Und wenn Sie sagen, Sie haben auf ihn aufgepasst, bis ich da bin … heißt das, dass ab sofort *ich* für ihn zuständig bin?« So ließ es die Formulierung in Avas Postkarte vermuten, aber ich wollte doch sichergehen.

Der Mann lächelte, was ihm ein jungenhaftes Aussehen verlieh. »Haben Sie denn Erfahrung mit Hunden?«

»Nicht die geringste«, gab ich zu. Als Kind hatte ich mir zwar immer einen Hund gewünscht, doch da meine Mutter eine Allergie hatte, war es bei dem Wunsch geblieben. Später dann hatte ich zu viel gearbeitet, um einen Hund zu halten, aber die Sehnsucht danach war nie ganz verschwunden. Max trottete zu mir und schnupperte so vertrauensvoll an meiner Hand, dass mir das Herz aufging. »Aber so schwer kann das ja nicht sein«, ergänzte ich leichthin.

Um die Augen von Avas Nachbar bildeten sich Lachfältchen. »Es ist ein bisschen so, als hätte man ein Kleinkind, das nicht älter wird.«

Noch während er sprach, schlabberte Max mit seiner warmen Zunge über meinen Unterarm. Die Berührung kitzelte so sehr, dass ich ein Kichern unterdrücken musste. »Ich befürchte, von Kindern habe ich genauso wenig Ahnung«, gestand ich.

Darauf wusste Jonas Graf nichts zu erwidern. Er rieb sich mit einer Hand den Nacken und räusperte sich. »Also, ich muss dann jetzt. Meinen Sie, Sie kommen klar?« Sein Blick glitt unschlüssig zwischen Max und mir hin und her. Er wirkte besorgt, was süß war, aber unbegründet. Ava wusste, wie sehr ich Hunde liebte, sonst hätte sie mir Max niemals anvertraut. Außerdem würde sie sicher bald zurückkehren.

Ich schlang meine Arme um den kräftigen Hals des Tieres. »Was denkst du?«, fragte ich ihn und drückte meine Wange in sein warmes Fell. »Kommen wir klar?«

Max bellte zustimmend, und ich lachte auf. Erst als Jonas Graf gegangen war, fiel mir ein, dass ich vergessen hatte, ihn nach der Herzbacher Tafelrunde zu fragen.

2

Nachdem ich mein Frühstück mit Max geteilt hatte, beschloss ich, dass es Zeit für einen Spaziergang war. Ich war seit Jahren nicht mehr in Herzbach gewesen, und so war ich sehr gespannt, was sich in der Zwischenzeit alles verändert hatte. Auch wenn ich Avas Gesellschaft vermisste – Sorgen machte ich mir nicht um sie. Meine Großtante war mit ihren vierundsiebzig Jahren kerngesund. Sie stand auf eigenen Füßen und war einer der bedachtesten Menschen, die ich kannte. Was auch immer sie bewegt haben mochte zu verreisen, sie hatte bestimmt gute Gründe dafür. Außerdem hatte sie geschrieben, dass sie mir alles erklären werde, wenn sie zurückkehrte, und das war mir für den Moment genug. Ich band mein langes braunes Haar zu einem Pferdeschwanz und zog meinen knallroten Lippenstift nach, der so etwas wie mein Markenzeichen war. Als Kind hatte ich meinen Mund zu groß und mein Lachen zu breit gefunden, doch spätestens seit ich Julia Roberts in *Pretty Woman* gesehen hatte, war ich stolz darauf. Im Garderobenschrank im Flur fand ich eine Hundeleine. Sobald ich sie vom Haken genommen hatte, fing Max laut an zu bellen und aufgeregt hin und her zu springen.

»Sitz«, befahl ich versuchsweise und freute mich sehr, als er meiner Aufforderung prompt nachkam. Das war bestimmt nicht normal, redete ich mir ein, sondern lag an der Chemie, die von der ersten Sekunde an zwischen uns bestanden hatte. Ich befestigte die Leine an seinem Lederhalsband und tätschelte seinen Kopf. »Braver Hund.« Der brave Hund sprang auf und stürmte in einem solchen Tempo Richtung Haustür, dass ich kaum hinterherkam.

~

Wir gingen Avas Straße hinunter, die zu beiden Seiten von malerischen Fachwerkhäusern gesäumt wurde. Die Vorgärten waren das reinste Blütenmeer. Es war kein Wunder, dass so viele Touristen nach Herzbach kamen, wenn selbst die Straßen wie ein Postkartenmotiv aussahen. Diese Formulierung hatte ich jüngst erst in einem Reiseblog gelesen, der von dem entzückenden Ortskern, der historischen Mühle und der wunderschönen Landschaft schwärmte, die wie geschaffen sei für ausgedehnte Fahrradtouren und Spaziergänge. Ich blickte mich neugierig um. In welchem der schmucken Bauten mochte Jonas wohnen? Vielleicht in dem mit den grünen Fensterläden? Kurz überlegte ich, einen schnellen Blick auf die Klingelschilder zu werfen, verwarf den Gedanken aber sofort wieder. Was, wenn er mich dabei ertappte, wie ich vor seiner Haustür herumstromerte? Ich musste lächeln, als ich mir die Szene bildhaft vorstellte.

Auf einmal kam mir Martin in den Sinn, an den ich seit meiner Ankunft noch nicht einmal gedacht hatte.

Martin war mein Freund, oder war es zumindest bis vor Kurzem, so genau wusste man das bei der Beziehung, die wir führten, nie. Er hatte eine Wohnung in Köln, in der er sich selten aufhielt. Als Produktionsleiter beim WDR war er die meiste Zeit des Jahres unterwegs. Jetzt gerade hielt er sich in China auf, wo er eine Dokumentationsreihe drehte. Es war bezeichnend für uns, dass ich ihm von meiner Auszeit am Telefon erzählen musste. Auf seine Frage, ob sich die Auszeit auch auf uns beziehe, antwortete ich schlicht: »Ja.« Doch noch bevor ich ihm eine Erklärung geben konnte, hatte er beleidigt aufgelegt. Es war nicht das erste Mal, dass wir eine Pause einlegten, aber diesmal fühlte es sich anders an. Ich war in Herzbach, um mir in Ruhe Gedanken darüber zu machen, wie ich mein zukünftiges Leben gestalten wollte. Und ich war mir nicht sicher, ob Martin darin noch einen Platz haben würde. Ich schüttelte den Gedanken ab und konzentrierte mich wieder auf meine Umgebung.

Ein älterer Herr mit Nickelbrille, der in seinem Vorgarten das Unkraut zupfte, winkte Max und mir zu. Auf dem Bürgersteig kamen uns zwei Frauen entgegen, die einander untergehakt hatten und Mutter und Tochter sein mussten. Die Ähnlichkeit ihrer Züge wurde durch ihre identische Frisur noch verstärkt. Beide trugen Ponyfransen und einen kinnlangen, nach außen geföhnten Bob, der nicht so recht in die heutige Zeit passte. Ich zog Max zur Seite, um ihnen Platz zu machen, und sie bedankten sich freundlich.

Wir folgten einer Gruppe von Radfahrern, die in gemächlichem Tempo an uns vorbeifuhr, und erreichten schließlich den Marktplatz mit seinem prächtigen Maibaum in der Mitte. Der wurde traditionell vor dem ersten

Mai aufgestellt. In meiner Kindheit hatte ich beobachtet, wie das die jungen Männer des Dorfes zusammen mit den Mitgliedern der Freiwilligen Feuerwehr übernahmen.

Auf dem Platz herrschte reger Betrieb. Anders als in so vielen Dörfern auf dem Land, in denen ein Geschäft nach dem anderen schließen musste, verfügte Herzbach dank der vielen Ausflügler über eine florierende Infrastruktur. Es gab ein Hotel, ein Restaurant und ein Eiscafé, die aufgrund des schönen Wetters Tische und Stühle nach draußen gestellt hatten.

Auch der Bauernladen, in dem regionale Produkte verkauft wurden, war gut besucht. Vor der Bäckerei und dem Metzger hatten sich sogar Schlangen gebildet. Dazu gab es einen Buchladen, eine Apotheke, ein Blumengeschäft und eine Geigenbau-Meisterwerkstatt, die seit Generationen von derselben Familie betrieben wurde. Am Brunnen neben dem Maibaum spielten Kinder, die sich gegenseitig mit Wasser bespritzten und dabei glucksend lachten. Und so kam es, dass das westfälische Herzbach an diesem Samstagvormittag im Mai beinahe so etwas wie ein mediterranes Flair verströmte.

Nachdem ich mit meinem Wunsch nach einem Cappuccino zum Mitnehmen gescheitert war, weil die Dorfbewohner, wie ich lernte, nicht nur etwas gegen lärmende Autos hatten, sondern auch gegen Umwelt verschmutzende Pappbecher, nahm ich vor der Eisdiele Platz. Die hatte es bei meinem letzten Besuch auch schon gegeben, doch das Blumengeschäft war neu. Und auch das Restaurant schien einen neuen Besitzer zu haben. Zumindest hieß es nicht mehr *Dorfkrug*, sondern *Kiepenkerl*, und die Tische und Stühle, die davorstanden, waren nicht mehr aus weißem Plastik, sondern aus geschmackvollem Holz und Korbgeflecht. Max streckte sich und gähnte herzhaft, dann rollte er sich auf dem Boden zusammen und legte seinen Kopf auf meine Füße. Er sah kurz auf, als die junge Kellnerin ihm einen Napf mit frischem Wasser brachte, wedelte zustimmend mit dem Schwanz und schloss die müden Augen.

Während ich an meinem Cappuccino nippte und mich über die warmen Temperaturen freute, sann ich über das nach, was ich in Düsseldorf zurückgelassen hatte. Da war mein Job, der elf Jahre lang an erster Stelle für mich gestanden hatte.

Ich war gut in dem, was ich tat. Meine Kunden mochten mich, meine Projekte liefen erfolgreich. Ich bekam viel Bestätigung und wurde immer wieder angefragt. Und so hatte ich mit den Jahren immer mehr gearbeitet, die Abende am Computer verbracht, häufig auch die Wochenenden. Mein Bekanntenkreis bestand ausschließlich aus Kollegen, mit denen ich hin und wieder nach der Arbeit ein Glas Wein trinken oder essen ging. Vielleicht hatte ich mir deshalb einen Freund wie Martin ausgesucht. Einen Mann, der nie da war und der mich nicht dafür kritisieren konnte, dass ich zu viel arbeitete.

Martin hatte mich nie dazu gebracht, über mein Lebensmodell nachzudenken, darüber, ob ich Familie und Kinder haben wollte, ob ich glücklich war. Da musste erst etwas anderes passieren. Ich schmunzelte, als ich mich an das Ereignis im letzten Dezember erinnerte, das mich schlussendlich dazu veranlasst hatte, meinen Chef um eine Auszeit zu bitten. Es war nicht spektakulär, wie man vielleicht vermuten könnte, es war genau genommen sogar ziemlich banal. Ich war am Flughafen und wartete auf meine Verbindung nach München, als der Kunde anrief, zu dem ich unterwegs war, und unseren Termin kurzerhand absagte. Also stornierte ich meinen Flug und nahm mir ein Taxi zurück in die Innenstadt, wo unser Büro lag. An einer roten Ampel fiel mein Blick auf den Weihnachtsmarkt und die Eisbahn, und plötzlich verspürte ich das kindliche Verlangen, Schlittschuh zu laufen. Ehe ich wusste, was ich tat, bezahlte ich den Taxifahrer und stieg aus. Mich erwartete niemand, ich hatte keine Termine. Und so drehte ich Runde um Runde auf der glitzernden Eisfläche, wärmte mich mit heißem Kakao, fuhr Riesenrad auf dem Burgplatz, lauschte dem Klavierspieler vor dem Schlossturm und aß geröstete Maronen, an deren Schalen ich mir die Fingerspitzen verbrannte. Ich tat einfach, wonach mir der Sinn stand, ohne auch nur eine Sekunde an die Arbeit zu denken. Als ich an diesem Abend im Bett lag, mit einem wohlig warmen Gefühl im Bauch, gestand ich mir ein, dass es der schönste Tag seit Langem gewesen war. Und mit dem vagen Gedanken, dass ich mehr davon wollte, schlief ich ein. Danach sollte es noch einen Monat dauern, bis mein Entschluss, ein Sabbatical zu nehmen, gereift war, doch es war jener verzauberte Wintertag, der den Ausschlag gegeben hatte.

~

Nachdem ich meinen Cappuccino ausgetrunken und bezahlt hatte, schlenderte ich mit Max am Ufer der Stever entlang. Der Fluss plätscherte gemächlich dahin, die Sonne wärmte mein Gesicht, und von der gegenüberliegenden Seite drangen die Geräusche des Waldes zu mir herüber.

Ich genoss es, jeden Spaziergänger, der meinen Weg

kreuzte, zu grüßen. In Düsseldorf hatte ich die Angewohnheit abgelegt, nachdem sie mir wiederholt eisiges Schweigen und misstrauische Blicke eingebracht hatte. Hier erwiderten die Menschen nicht nur meinen Gruß, sie lächelten auch. Der eine oder andere ältere Spaziergänger tippte sich sogar an die Mütze.

An der alten Wassermühle, die ein beliebter Ort für Trauungen war, führte eine Holzbrücke über den Fluss in den Wald. »Du läufst nicht weg, wenn ich dich losmache, oder?«, fragte ich Max, und als er mit ehrlicher Entrüstung zu mir hochschaute, löste ich seine Leine. Und tatsächlich sprang er zufrieden neben mir her.

Nach einer halben Stunde Spaziergang lichtete sich der Wald und gab den Blick auf endlos weite Wiesen und Felder frei. Dazwischen lagen wie bunte Tupfer einzelne Gehöfte. »Wenn man das Münsterland so sieht«, sinnierte ich, »könnte man tatsächlich meinen, die Erde sei eine Scheibe.«

Max würdigte mich keiner Antwort. Stattdessen hob er den Kopf und wirkte plötzlich so angespannt, dass ich ihn aufmerksam musterte. »Was ist denn? Hast du etwas gerochen? Ein Kaninchen vielleicht?«

Wie auf Kommando spurtete er los. Eine Sekunde lang war ich zu perplex, um zu reagieren, dann lief ich ihm hinterher. Ich fand ihn hinter der nächsten Biegung, am Fuße eines wackelig aussehenden Hochstandes, und er war nicht alleine. Er beschnupperte einen Dackel, der sich seine Annäherungsversuche mit freundlicher Miene gefallen ließ.

Die Miene von dessen Besitzerin dagegen war alles andere als freundlich. Sie zupfte ungeduldig an der Leine und schimpfte, als der Dackel keine Anstalten machte, ihr zu folgen. Ihre dunklen Augen wirkten genervt, als sie mich bemerkte. »Ist das Ihr Hund?«, fragte sie, und ich schluckte meinen Witz »Der tut nichts, der will nur spielen« herunter.

»Kann man so sagen«, erwiderte ich stattdessen. »Genau genommen ist Max der Hund meiner Großtante. Ich passe nur vorübergehend auf ihn auf.«

Die Frau hob eine Augenbraue, und ich konnte ihr ansehen, dass sie nicht fand, dass ich mich dabei besonders hervortat. Ich betrachtete sie genauer. Sie war in meinem Alter und ziemlich groß, bestimmt eins achtzig, und hatte dunkelbraune, glänzende Locken, die ihr bis auf die Schultern reichten. Mit ihrem weißen Seidentop, den modisch-zerrissenen Jeans und den pinken Wildledermokassins wirkte sie hier im Wald ziemlich deplatziert auf mich.

»Und der Dackel gehört Ihnen?«, fragte ich, um Konversation bemüht.

Ihr Blick wurde weicher, als er den kleinen Hund streifte. »Bautz ist der Hund meiner Mutter. Zumindest im Moment noch.« Ihre Züge verdüsterten sich wieder, so als hätte sie zu viel gesagt. Sie sah auf ihre teuer aussehende Armbanduhr und runzelte die Stirn. »Ich muss jetzt auch los, ich bin spät dran.« Da sie keine Anstalten machte zu gehen, vermutete ich, dass ich den Anfang machen sollte.

Den Gefallen tat ich ihr gerne. »Alles klar. Komm, Max, verabschiede dich von deinem neuen Freund.«

Und dann ging alles ganz schnell. Die Frau bückte sich, um Bautz wegzuziehen. Max, der seinen Kameraden jedoch nicht so einfach ziehen lassen wollte, sprang hinterher. Die Frau versuchte, ihn abzuschirmen, dabei trat Max ihr mit einer seiner riesigen Pfoten auf den Fuß.

Wie gebannt schaute ich auf den hässlichen braunen Fleck, der sich auf ihrem Mokassin ausbreitete. Die Frau stieß einen Fluch aus, bei dem jeder Seemann vor Scham errötet wäre. »Das sind *Tod's*«, fauchte sie und zeigte mit einem manikürten Finger auf mich. »Haben Sie eine Ahnung, was die gekostet haben?« Sie funkelte mich wütend an, doch davon ließ ich mich nicht beirren. Es war der erste Tag meiner Auszeit, und nichts und niemand würde mich dazu bringen, mich zu ärgern.

»Hören Sie …« Ich hielt inne, als mir bewusst wurde, dass ich ihren Namen nicht kannte.

»Maria«, sagte sie unwillig. »Lehrbach.«

»Ellie Lindemann«, stellte ich mich nun ebenfalls vor. »Frau Lehrbach«, fuhr ich fort, »es tut mir wirklich sehr leid, was Max mit Ihrem Schuh angestellt hat, und natürlich komme ich für den Schaden auf. Ich gebe Ihnen meine Nummer, und Sie rufen mich an, wenn Sie wissen, wie viel ich Ihnen schulde.« Ich machte Anstalten, mein Handy hervorzuholen, doch sie winkte ab.

»Nicht nötig. Meine Schuhe bezahle ich immer noch selbst.« Mit diesen Worten drehte sie sich um und ging mit erhobenem Kopf davon. Eine große, schlanke Frau mit ihrem winzigen Dackel.

Max und ich sahen ihnen hinterher. »Leute gibt es hier«, murmelte ich, und Max sah schräg zu mir hoch und bellte.

»Ist die Luft rein?«, ertönte plötzlich eine Stimme über mir.

Max und ich sahen uns verwundert an. »Hast du das

auch gehört?«, fragte ich ihn, und er wedelte aufgeregt mit dem Schwanz.

»Ich bin hier oben.« Die Stimme erklang erneut, diesmal ein wenig lauter. Ich hob den Kopf und erblickte einen alten Mann, der vom Hochsitz zu mir heruntersah. Wie genau war ich eigentlich auf die Idee gekommen, in Herzbach gehe es ruhig zu?

»Und was machen Sie da oben?«, fragte ich höflich.

»Ich habe Vögel beobachtet«, war seine Antwort, und ich bemerkte das kleine Fernglas, das um seinen Hals baumelte. »Zumindest bis diese Frau mit ihrem Dackel hier aufgetaucht ist. Warten Sie, ich komme herunter.«

Er stieg vorsichtig die Holzleiter hinab, und ich betete im Stillen, dass sie nicht unter ihm nachgab. Meine Ausbildung zur Ersthelferin war zu lange her, als dass ich mich noch an die Einzelheiten erinnern konnte. Als er heil unten angekommen war, wurde er von Max stürmisch begrüßt.

»Hallo, mein Junge«, lachte er und klopfte ihm auf den Rücken, was Max ausnehmend gut zu gefallen schien. Er schmiegte sich an die Beine des Mannes, die in braunen Cordhosen steckten, und hechelte zufrieden. Nach ein paar Sekunden richtete der Mann sich auf und strahlte mich an. Mit seinen schlohweißen Haaren, den leuchtend blauen Augen und den unzähligen Lachfältchen war er mir sofort sympathisch. »Ich bin Hermann«, sagte er. »Und Sie sind bestimmt Ellie. Ava hat mir erzählt, dass Sie heute anreisen. Wie gefällt Ihnen Herzbach?«

Während wir uns die Hände schüttelten, verriet ich ihm, dass ich ganz verliebt in den Ort sei, was ihn sehr zu freuen schien.

»Und woher kennen Sie meine Großtante?«, erkundigte ich mich. Etwas klingelte bei dem Namen *Hermann* bei mir, aber ich kam nicht darauf, was es war. Auf einmal meldete sich mein Magen lautstark, und ich legte eine Hand auf meinen Bauch. »Entschuldigen Sie, das muss die frische Luft sein.«

Hermann schmunzelte. »Möchten Sie eine Stulle?« Er begann in seinem Rucksack zu kramen und beförderte eine quietschgrüne Brotbox hervor, wie Schulkinder sie für ihr Pausenbrot benutzten. »Ich habe Käse oder Salami. Sie haben die Wahl.«

»Käse bitte«, antwortete ich dankbar. Als Max das Brot sah, begann er mitleiderregend zu fiepen. Ach herrje! Genau wie ich hatte er seit dem Frühstück nichts mehr gegessen, und inzwischen musste es früher Nachmittag sein. Mir kam in den Sinn, dass ich keine Ahnung hatte, was Hunde fraßen. Und wie viel. Oder wie oft.

Hermann, der mir mein schlechtes Gewissen angesehen haben musste, legte mir kurz eine Hand auf die Schulter. »Er wird schon nicht verhungern, wenn er heute etwas später zu fressen bekommt«, meinte er und gab Max seine Salamistulle, die der mit zwei Bissen herunterschlang.

»Jetzt haben Sie gar nichts mehr«, stellte ich fest und hielt ihm mein Käsebrot hin, von dem ich bereits einmal abgebissen hatte.

Hermann schüttelte belustigt den Kopf. »Essen Sie nur. Ich hatte schon einen Apfel, das reicht, bis ich zu Hause bin. In meinem Alter braucht man nicht mehr so viel. Begleiten Sie mich zurück ins Dorf? Dann erzähle ich Ihnen unterwegs, woher ich Ihre Großtante kenne.«

Hermann war früher Kapitän eines Containerschiffes, wie er mir berichtete. »Die Liebe zum Meer hat mich zwei Ehen gekostet, doch ich konnte nicht davon lassen. Es gab nichts anderes, was ich tun wollte.« Ava hatte er kennengelernt, als sie in einem Sommer vor zwanzig Jahren als Passagierin auf seinem Frachtschiff mitfuhr. Es ging von Genua nach Buenos Aires, und sie war der einzige Gast an Bord inmitten einer Mannschaft, die fast ausschließlich aus Philippinern bestand. Beim Abendessen seien sie ins Gespräch gekommen, fuhr Hermann fort. Sie stellten fest, dass sie nicht nur denselben Humor teilten, sondern auch viele Interessen. Beide mochten französische Filme, liebten gutes Essen und kräftigen Rotwein, lasen gerne, besonders blutrünstige Krimis, und waren fasziniert von fremden Ländern und Kulturen. Als sich Ava in Buenos Aires von Hermann verabschiedete, waren sie Freunde geworden. Im nächsten Sommer buchte Ava erneut eine Passage auf seinem Schiff, und als er einige Zeit später in Rente ging und sich in seiner Wohnung in Bielefeld zu Tode langweilte, schlug sie ihm vor, doch nach Herzbach umzusiedeln. Dort habe er Gesellschaft, wann immer er wolle.

»Meinen Umzug habe ich nie bereut«, schloss Hermann seine Geschichte. Wir hatten inzwischen die Wassermühle erreicht. Jetzt erinnerte ich mich auch wieder, dass Ava mir von ihrem Freund Hermann erzählt hatte. Die Ansichtskarten, die sie mir von ihren gemeinsamen Reisen geschickt hatte, lagen in der großen Kiste in meinem Schrank, in der ich sämtliche Post von ihr aufbewahrte. Ob die beiden ein Paar waren? Der Gedanke war mir früher nie gekommen, aber wäre er so abwegig? Ava war eine attraktive Frau, und Hermann wirkte wahnsinnig nett und charismatisch auf mich. Während ich mit dem Gedanken spielte, ihn zu fragen, blieb Max so abrupt stehen, dass ich ins Straucheln geriet. Sein Blick wanderte von mir zum Fluss, und er begann leise zu jaulen.

»Was hat er denn?«, fragte ich besorgt.

Hermann schmunzelte. »Er möchte ins Wasser. Max ist ein Labrador – die sind verrückt danach. Wenn Sie einverstanden sind, lassen Sie ihn gerne schwimmen. Das ist an dieser Stelle des Flusses kein Problem.«

Ich beugte mich zu Max herunter und kraulte seine Ohren. »Dann ist wohl dein Glückstag heute. Na los, lauf schon.«

Das ließ sich Max nicht zweimal sagen. Mit einem langen Satz sprang er die Uferböschung hinunter und landete mit einem lauten Bauchplatscher im Wasser. Zwei Enten, die gerade gemächlich herangeschwommen waren, ergriffen laut schnatternd die Flucht.

Hermann und ich lachten. »Zu Hause wollte er nicht baden«, wunderte ich mich. »Dabei fließt die Stever doch an Avas Garten vorbei.«

»Er würde schon *wollen*, aber er darf nicht. Ava hat ihm verboten, ins Wasser zu gehen, wenn sie nicht dabei ist. Sie hat keine Zeit, ständig auf ihn aufzupassen. Also haben die zwei die Vereinbarung getroffen, dass zu Hause nicht geschwommen wird, und nach allem, was ich gehört habe, funktioniert das gut.« Hermann sah zu Max. »Das kann jetzt jedenfalls dauern«, meinte er, und es klang, als würde er aus Erfahrung sprechen.

Er führte mich zu einer Holzbank, von der aus wir Max beim Spielen im Fluss zuschauen konnten. Das Wasser ging ihm nur bis zum Bauch, und die Strömung war so schwach, dass er nach Herzenslust herumtollen und dabei die übrigen Enten erschrecken konnte, die noch nicht vor ihm Reißaus genommen hatten. Es war ein bezauberndes Bild: die Stever, die im Sonnenlicht glitzerte, die Trauerweiden am Ufer, deren Zweige die Wasseroberfläche berührten, und der spielende Hund. Schade, dass Ava nicht da war, um den Moment mit uns zu teilen.

Ich wandte mich an Hermann. »Ich war überrascht, als ich heute Morgen ankam und nur eine Postkarte von meiner Großtante vorfand. Wissen Sie, wohin sie verreist ist?«

Hermanns Blick ruhte weiter auf dem Fluss. »Nein, tut mir leid, meine Liebe. Sie sagte, sie müsse etwas erledigen, was keinen Aufschub dulde. Und mehr kann ich dazu leider nicht sagen.«

Ich öffnete den Mund, um weiter nachzubohren, überlegte es mir dann aber anders. Seine letzten Worte hatten zwar freundlich geklungen, doch sie enthielten eine unmissverständliche Botschaft. *Vielleicht weiß ich mehr, vielleicht auch nicht, aber hier und heute werde ich mich nicht weiter dazu äußern.*

Er räusperte sich und wechselte das Thema. »Vor ihrer Abreise hat Ava mich gebeten, Ihnen von unserer Tafelrunde zu erzählen. Wenn wir uns nicht getroffen hätten, wäre ich nachher bei Ihnen vorbeigekommen.« Auch wenn er beiläufig sprach, bemerkte ich den angespannten Tonfall, der sich plötzlich in seine Stimme geschlichen hatte.

Ich dachte an das Buch mit dem roten Einband, das bei meiner Ankunft auf dem Küchentisch gelegen hatte. »Ava hat mir ein Kochbuch mit der Inschrift *Herzbacher*

Tafelrunde herausgelegt«, berichtete ich ihm. »Es ist nicht nach Gerichten, sondern nach Stimmungen geordnet, die es aufzuhellen gilt. Ich hatte mich schon gefragt, was es damit auf sich hat.«

Hermann wirkte ein wenig verlegen. »Das Buch stammt von Avas Großtante. Ihr Name war Muriel. Muriels Vater gehörte die Apotheke in Herzbach, und er brachte seiner Tochter von klein auf alles bei, was er über Kräuter und Pflanzen und ihre Wirkungsweisen wusste. Während er Arzneien gegen die offenkundigen, die körperlichen Leiden mischte, hatten es Muriel die Gebrechen angetan, die im Verborgenen lagen. Die Gebrechen der Seele. Muriel nutzte ihr Wissen, um den Menschen im Dorf zu helfen. Den Melancholischen, den Sorgenvollen, den Verzagten. Ihre Rezepte schrieb sie in dem Buch nieder, das Ava Ihnen hingelegt hat. Weil Muriel unverheiratet blieb und keine Nachkommen hatte, vermachte sie es Ava. Die beiden hatten ein enges Verhältnis. Genau wie Sie und Ihre Großtante.« Er lächelte mich an, und ich erwiderte sein Lächeln.

Was für eine zauberhafte Geschichte. Doch warum hatte ich nie davon gehört? Und wenn Muriel Avas Großtante war, in welchem verwandtschaftlichen Verhältnis stand sie dann zu mir? Ich versuchte, im Kopf einen Stammbaum zu zeichnen, was komplizierter war, als ich vermutet hätte. Plötzlich erinnerte ich mich, dass Hermann eingangs von *unserer Tafelrunde* gesprochen hatte, und den Aspekt fand ich so interessant, dass ich meine Ahnenforschung auf später vertagte.

»Heißt das, die Herzbacher Tafelrunde kocht auch heute noch nach Muriels Rezepten?«, fragte ich und richtete mich gespannt auf. »Wer gehört alles dazu? Sie und

Ava, vermute ich, und wer noch?« Ich legte den Kopf schief. »Und wogegen essen Sie an?« Noch während ich die letzte Frage stellte, schalt ich mich selbst, nicht so indiskret zu sein. Vielleicht litt Hermann ja unter einem *Gebrechen der Seele*, wie er es genannt hatte. Und wenn dem so war, dann hatte er sicher kein Interesse daran, mit mir, einer Fremden, darüber zu sprechen. Doch Hermann wirkte nicht im Geringsten verstört ob meiner Neugier. Ganz im Gegenteil, auf seinem Gesicht lag ein amüsierter Ausdruck, als er meine Fragen eine nach der anderen beantwortete.

»Ja, wir kochen nach Muriels Rezepten. Genauer gesagt, Ava kocht, und wir anderen essen. Und zwar jeden zweiten Sonntag um Punkt 13 Uhr in Avas Haus. Was Ihre zweite Frage angeht: Ihre Großtante ist, wie gerade erwähnt, die Gastgeberin der Herzbacher Tafelrunde. Sie hat sie ins Leben gerufen und mich aufgenommen, als ich hierhin zog. Das war übrigens keine Selbstverständlichkeit. Die Mitglieder der Tafelrunde müssen zustimmen, wenn jemand Neues dazukommt, und zwar einstimmig. Ich habe also großes Glück gehabt.« Er zwinkerte mir zu. »Außer Ava und mir gibt es noch Irene. Ihr Verlobter ist vor vierzig Jahren sang- und klanglos verschwunden. Seitdem ist die Arme melancholisch und befürchtet in jeder Situation das Schlimmste. Sara wiederum hat schrecklichen Liebeskummer, aber das erzählt sie Ihnen am besten selber. Bei der kleinen Greta ist es die Schüchternheit, die ihr zu schaffen macht, und Jonas ist dafür, dass er Professor ist und zahlreiche Fachbücher geschrieben hat, erstaunlich wortkarg. Tja, und bei mir ist es das Heimweh. Ich vermisse das Meer.«

Ich schwieg, um die vielen neuen Informationen zu

verarbeiten. »Wenn Jonas Avas Nachbar ist, habe ich ihn heute Morgen bereits kennengelernt«, sagte ich schließlich. Professor war er also. Darauf wäre ich nicht gekommen. Die Professoren, an die ich mich aus meiner Unizeit erinnerte, waren viel älter gewesen. Und längst nicht so attraktiv.

Hermann nickte. »Er wohnt direkt neben Ava. Jonas hat vor zwei Jahren eine schwierige Scheidung durchgemacht. Seine Ex-Frau ist Neuseeländerin. Sie hat Liam, ihren gemeinsamen Sohn, mit in ihre Heimat genommen. Darunter leidet Jonas sehr. Er sieht den Jungen viel zu selten.«

»Das kann ich mir vorstellen«, entgegnete ich. Tiefes Mitgefühl überkam mich. Es musste furchtbar sein, wenn der eigene Sohn am anderen Ende der Welt aufwuchs. Gleichzeitig wurde mir bewusst, dass Jonas aller Voraussicht nach Single war. Der Gedanke verwirrte mich, weil er mich merkwürdig zufrieden stimmte.

Schweigend beobachtete ich, wie Max mit dem Zweig einer Trauerweide kämpfte und dabei seinen Kopf hin und her warf in dem Versuch, ihn vom Baum zu lösen. Irgendwann gab er auf und bellte frustriert.

»So«, sagte Hermann. »Jetzt wissen Sie, was es mit der Herzbacher Tafelrunde auf sich hat.«

Ich wandte ihm meine Aufmerksamkeit zu. »Helfen die Rezepte denn? Es klingt zu schön, um wahr zu sein.« Auch wenn mir die Vorstellung gefiel, gegen den Kummer der Seele anzuessen, konnte ich doch nicht glauben, dass es funktionierte.

»Finden Sie es heraus«, lautete Hermanns rätselhafte Antwort. Ich sah ihn verständnislos an, und er lächelte breit. »Morgen in einer Woche ist die nächste Tafelrunde.

Falls Ava bis dahin nicht zurück sein sollte, wären wir Ihnen dankbar, wenn Sie ihre Rolle übernehmen könnten.«

»Ich? Wieso denn ich?«, platzte ich heraus. Ich musterte ihn, um festzustellen, ob er mich auf den Arm nahm, doch in seiner Miene konnte ich keine Anzeichen dafür entdecken.

»Weil Sie ihre Großnichte sind«, entgegnete er ruhig. »Und weil Ava *Ihnen* das Buch anvertraut hat.«

Das erstaunte mich in der Tat. Erst jetzt verstand ich auch ihre Bemerkung, ich solle mich um ihre Freunde von der Tafelrunde kümmern. Aber wie war sie nur auf diese Idee gekommen? Ava wusste, dass es um meine Kochkünste nicht gut bestellt war. Meine knappe Freizeit verbrachte ich lieber mit anderen Dingen. Essen gehen zum Beispiel. Und wenn ich doch einmal kochte, dann für mich alleine oder höchstens noch für Martin. Doch der war so selten da, dass es nicht zählte.

Im Kopf überschlug ich die Mitglieder der Tafelrunde. Ohne Ava waren es fünf: Hermann, Irene, Sara, Greta und Jonas. Jonas … Ich dachte daran, wie er mich angelächelt hatte, und auf einmal gefiel mir die Vorstellung, eine Mittagsgesellschaft zu geben. Ich hatte ja das Kochbuch, sagte ich mir, und dazu eine Woche Zeit, um mich darauf vorzubereiten. Außerdem interessierte es mich tatsächlich, wie Muriels Rezepte wirkten und ob sie es überhaupt taten. Ich hob das Kinn. »Einverstanden. Ich mach's. Geben Sie den anderen bitte Bescheid, dass ich sie nächsten Sonntag um dreizehn Uhr erwarte?«

»Das mache ich gerne«, erwiderte Hermann und wirkte dabei sehr zufrieden. Ich wollte ihn gerade auf die Rezepte ansprechen, die mir beim ersten Durchblättern doch sehr kompliziert erschienen waren, als Max, der inzwischen genug vom Wasser hatte, auf uns zukam. Sein goldgelbes Fell triefte vor Nässe.

»Du wirst doch nicht …«, setzte ich an, kam aber nicht mehr dazu, meinen Satz zu Ende zu sprechen. Denn direkt vor uns begann Max sich zu schütteln, dass die Tropfen nur so flogen. Ich drehte mich weg, doch es war zu spät. Nach wenigen Sekunden war ich pitschnass. Ich sah Max vorwurfsvoll an, was er mit einem so treuherzigen Blick erwiderte, dass ich gegen meinen Willen lachen musste. »Na komm, du Monster«, sagte ich und stand auf. »Dann gehen wir beide jetzt wohl mal nach Hause, damit ich mich umziehen kann.«

Hermann hatte auch einiges abbekommen. Dennoch verriet er mir zum Abschied, wo Ava das Hundefutter aufbewahrte und wie ich es dosieren musste. »Nicht, dass du es verdient hättest«, raunte er Max zu und tätschelte sein feuchtes Haupt – eine liebevolle Geste, die seine strengen Worte Lügen strafte.

3

Nachdem ich mir ein trockenes T-Shirt und eine frische Shorts angezogen und Max Hundefutter und Wasser in die Küche gestellt hatte, machte ich es mir auf einem Liegestuhl im Garten gemütlich. Die Nachmittagssonne schien herrlich warm, die Stever gluckerte vor sich hin, und in den Zweigen des Apfelbaums sang ein Rotkehlchen. Die Luft roch nach Flieder, der in den schönsten Rosa- und Violetttönen leuchtete. Meine Gedanken kreisten um die Tafelrunde. Ich rätselte, warum Ava mir nie davon erzählt hatte und wieso sie es nun Hermann überließ, das Versäumte nachzuholen. War es ihr nicht wichtig genug erschienen, es selbst zu tun? Das konnte ich mir nicht vorstellen. So, wie Hermann davon berichtet hatte, schien die Tafelrunde eine große Bedeutung für ihre Mitglieder zu haben. Was war es dann? Hatte Ava sich dafür geschämt, eine Gruppe zu bewirten, die an die heilende Wirkung von Pflanzen und die Magie eines alten Kochbuchs glaubte? Ich schüttelte den Kopf. Nein, das konnte es auch nicht sein. Ava tat nur Dinge, von denen sie überzeugt war, und sie stand zu ihrem Handeln, immer und ausnahmslos. Selbst damals, vor gut dreißig Jahren, als sie die Eier an die Haustür des Direktors der Grundschule geworfen hatte. Bis heute wusste niemand, warum sie es getan hatte. Das war auch der Grund, warum die Geschichte bei jeder Familienfeier wieder auf den Tisch kam. Dann richteten sich Dutzende Augenpaare auf Ava, doch diese lächelte ohne ein Anzeichen von Reue. »Es war nötig«, war das Einzige, was sie jemals zu dem Vorfall gesagt hatte.

Während ich weiter vor mich hin grübelte, ohne zu einem Ergebnis zu kommen, wurden meine Augen immer schwerer, und schließlich übermannte mich der Schlaf.

Als ich erwachte, stand die Sonne bereits tief am Himmel. Es würde nicht mehr lange dauern, bis sie hinter den Baumwipfeln verschwand. Ich streckte mich und gähnte. Dabei entdeckte ich Max, der sich im Schatten des Fliederbusches zusammengerollt hatte. Seine Pfoten zuckten im Schlaf. Wahrscheinlich träumte er davon, wie er mit wehenden Ohren über eine Sommerwiese lief und dabei den Schmetterlingen hinterherjagte. Ich setzte mich auf und rieb mir die Arme. Mir war ein wenig kalt, und ich war hungrig. Also ging ich ins Haus, um gegen beides etwas zu unternehmen.

~

Das Gästezimmer, das Ava mir hergerichtet hatte, lag im ersten Stock. Es war nicht groß, aber dafür urgemütlich eingerichtet. Die weiße Bettwäsche duftete frisch gewaschen, und auf dem Nachttisch begrüßte mich ein Krug mit Wildblumen aus dem Garten, die immer noch frisch aussahen. Gegenüber standen ein himmelblauer, handbemalter Bauernschrank und eine antike Kommode aus

Nussholz, die Ava auf einem Trödelmarkt in Münster erstanden hatte. Darauf thronte ein Bild in einem silbernen Rahmen, das Ava und mich zeigte. Wir hielten einander umarmt und grinsten dabei glücklich in die Kamera. Es war auf meiner Diplomfeier entstanden. Ich erinnerte mich, dass mein Vater es aufgenommen hatte.

Barfuß ging ich über den Parkettboden zum Fenster. Die luftigen weißen Vorhänge waren zurückgezogen und ließen den Blick auf den Garten und den Wald frei. Max hatte sich keinen Zentimeter bewegt. Er lag noch immer im Garten. Ich schlüpfte in meine Strickjacke und machte mich auf die Suche nach etwas zu essen.

In Avas Vorratskeller wurde ich fündig. In den gut sortierten Regalen ringsherum gab es Nudeln, Kartoffeln und Reis, dazu Suppen und Eintöpfe in Dosen, verschiedene Marmeladen und eingemachtes Obst. Als ich den Deckel der Gefriertruhe hob, kamen zu meiner großen Freude nicht nur Eiscreme, Kuchen und Meeresfrüchte zum Vorschein, sondern auch zahlreiche Tupperdosen mit selbst gekochtem Essen. Auf den Etiketten hatte Ava in ihrer sorgfältigen Handschrift Inhalt und Datum vermerkt. Neben Gulasch, Grünkohl und Kartoffelsuppe entdeckte ich eine Box, die mit *Bolognesesoße, April 2018* beschriftet war. Die nahm ich heraus. Zusammen mit einer Packung Spaghetti, einer Flasche Chianti und einem Glas eingelegter Pfirsiche machte ich mich an den Aufstieg.

Während die Soße in der Mikrowelle auftaute, stellte ich das Wasser für die Nudeln auf den Herd und öffnete den Rotwein. Ich hob mein Glas. »Auf dich, Ava«, sagte ich in die Stille des Raumes. »Wo immer du auch gerade bist.«

Bevor mich ein Gefühl der Einsamkeit beschleichen konnte, stellte ich das Radio an. Der Sender brachte Oldies. Ich aß am Tisch in der Küche, drehte Spaghetti auf meine Gabel und wippte mit den Füßen im Takt. Mein erster Tag in Herzbach neigte sich dem Ende zu, und ich überlegte, was ich morgen unternehmen wollte. Als Ava mich eingeladen hatte, meine dreimonatige Auszeit bei ihr zu verbringen, hatte ich sofort zugestimmt. Ich liebte meine Großtante, und ich schätzte nicht nur ihre Gesellschaft, sondern auch ihren Rat. Ava besaß die Gabe, Dinge von unterschiedlichen Seiten zu betrachten und Lösungen zu finden, auf die niemand sonst gekommen wäre. So wie im Fall meiner Großmutter Hilde, Avas Schwester. Als ich Hilde mit zehn Jahren offenbarte, ich wolle den Nachbarsjungen Simon Fells heiraten, einen Schulschwänzer und Tunichtgut, zündete sie in der Kirche eine Kerze für mich an und betete zu Gott um meine Rettung. Das tat sie auch, wenn meine Eltern und ich mit dem Auto, diesem gefährlichen Vehikel, in den Urlaub fuhren oder ich im Mai keine Kniestrümpfe mehr tragen wollte, obwohl das in der Vorstellung meiner Großmutter den sicheren Erkältungstod bedeutete. Es mussten Tausende Kerzen sein, die sie in ihrem Leben angesteckt hatte, um ihre Familie vor den Gefahren des Lebens zu schützen. Als Hilde kurz vor ihrem Tod schwer dement wurde und in eine Pflegeeinrichtung umzog, steigerte sich die Angewohnheit zur Besessenheit. Sie müsse eine Kerze anzünden, sagte sie in einem fort, und wenn wir ihr erklärten, dass das nicht gehe, weil ein Kirchenbesuch ihre Kräfte übersteige, weinte sie. Zwar gab es in ihrem Heim einen Raum, der als Kapelle diente, doch aus Sicherheitsgründen waren dort keine Kerzen erlaubt. Außerdem sah es darin viel nüchterner aus als in der Dorfkirche, an die sie sich erinnerte. Ihr Kummer zerriss uns das Herz. Schließlich hatte Ava die rettende Idee. Gegen die Brandschutzbestimmungen konnte sie nichts tun. Doch sie überzeugte die Heimleitung davon, die Kapelle umzugestalten, und übernahm im Gegenzug nicht nur die Planung, sondern auch einen Großteil der Kosten. Zwei Tage lang waren die Handwerker im Einsatz. Danach war der Raum ein Miniatur-Abbild von Hildes Heimatkirche. Als meine Großmutter unter Avas Anleitung den Schalter der ersten LED-Kerze betätigte und eine täuschend echte Flamme emporloderte, zitterten ihre Hände, und sie weinte erneut, doch diesmal vor Freude.

Ja, Avas Einfühlungsvermögen und ihre Überzeugung, dass jedes Problem zu bewältigen sei, führten mitunter zu erstaunlichen Ergebnissen. Ihre kreativen Impulse waren mit ein Grund für mich, nach Herzbach zu kommen. Dazu versprach der kleine Ort genau die Art von Frieden, die ich benötigte, um meine Gedanken sortieren zu können. In Düsseldorf war es zu laut, betriebsam und hektisch dafür. All die Jahre war ich zu vertieft in meine Arbeit gewesen, dass keine Zeit blieb, um über den Sinn meines Tuns nachzudenken. Doch nach jenem Wintertag, den ich ganz unverhofft für mich verbrachte, hatte ich erkannt, dass ich mir Zeit nehmen musste, wenn ich über mein Leben nachdenken wollte. Innehalten und zur Ruhe kommen hieß allerdings nicht, dass ich faulenzen wollte. Bis heute Morgen war ich davon ausgegangen, dass ich kein Rahmenprogramm brauchte, weil Ava mein Rahmenprogramm war. Doch nun war sie fort, und ich musste selber aktiv werden.

Zum Glück besaß meine Großtante eine Spülmaschine, sodass ich die Küche nach dem Essen im Handumdrehen wieder aufgeräumt hatte. Als ich die Klappe des Geschirrspülers schloss, kam Max hereingetapst. Er sah vorwurfsvoll zu mir auf, so als wollte er fragen, warum ich mit dem Essen nicht auf ihn gewartet habe.

»Gib dir keine Mühe, mein Lieber, du bekommst heute nichts mehr«, sagte ich lachend. »Hermann hat mich genau instruiert. Erst morgen gibt es wieder etwas zu fressen.« Ich streichelte seinen warmen Rücken. »Aber wenn du magst, darfst du mir beim Pläneschmieden Gesellschaft leisten.«

Max wedelte mit dem Schwanz, was ich als Zustimmung deutete. Er folgte mir ins Wohnzimmer bis zu Avas gemütlichem weißem Sofa, das mit rosa und grauen Kissen in verschiedenen Größen und Strukturen dekoriert war, und rollte sich auf dem davorliegenden Teppich zusammen.

Ich zündete die Kerzen auf dem Kaminsims an, goss mir noch etwas von dem Chianti ein und setzte mich anschließend mit Block und Kugelschreiber auf die Couch. Durch die angelehnte Terrassentür wehte milde Abendluft herein, untermalt von dem Zirpen der Grillen. Ich nahm einen Schluck von dem kräftigen Rotwein und schloss für einen Moment genießerisch die Augen. Nachdem ich meinen Block aufgeschlagen hatte, schrieb ich *Meine Auszeit in Herzbach* als Überschrift auf die erste Seite. Das war ein guter Anfang, fand ich. Plötzlich verspürte ich das Bedürfnis, die Fragen aufzuschreiben, die mir seit Wochen im Kopf herumspukten und von denen ich mir hier in Herzbach Antworten erhoffte. War ich glücklich mit meinem Leben? Mit meiner Arbeit? Erfüllte sie mich? Was war mit meiner Beziehung zu Martin? So, wie sie jetzt war, stellte sie mich nicht zufrieden, das spürte ich. Was war mit Kindern? Ich war fünfunddreißig, viele Jahre blieben mir nicht mehr, wenn ich eine Familie gründen wollte. Doch wollte ich überhaupt Kinder? Und wenn ich keine bekam, würde ich mit der Entscheidung leben können oder es eines Tages bereuen? Vor meinem inneren Auge erschien das Bild meiner schicken Dreizimmerneubauwohnung in Düsseldorf. In den Wochen nach meinem ausgefallenen Termin in München hatte ich oft nachts wach gelegen, erfüllt von einem Gedanken: *Ich möchte nach Hause.* Das ergab auf den ersten Blick keinen Sinn, weil ich dabei in meinem Bett lag, doch je öfter ich darüber nachsann und je stärker sich mein Herz vor Sehnsucht verkrampfte, desto klarer wurde mir, dass ich mich heimatlos fühlte. Doch was bedeutete Heimat für mich? Und wo würde ich sie finden? Ich atmete tief durch. Schließlich drückte ich meinen Stift auf das Papier und schrieb:

1. *Herausfinden, was mich glücklich macht und wie ich leben will. Wovon, mit wem und wo.*

Diesen Punkt abzuhaken würde nicht leicht werden, das war mir klar. Dennoch verschaffte es mir ein erstes Gefühl von Erleichterung, ihn schwarz auf weiß vor mir zu sehen. Was vorher diffus im Raum geschwebt hatte, war nun greifbar geworden – und damit hoffentlich auch lösbar. Ich spürte Gänsehaut am Rücken und stand auf, um die Terrassentür zu schließen. Dann nahm ich mir Avas weiche Decke aus der Truhe am Kamin und kuschelte mich wieder auf das Sofa.

Als Nächstes wandte ich mich dem Tafelrunden-Thema zu. Ich hatte mich bereit erklärt, in Avas Abwesenheit die Gastgeberin zu sein, also musste ich mich mit den Gerichten auseinandersetzen. Beim ersten Durchblättern des Kochbuchs waren mir viele Zutaten unbekannt erschienen. Die Rezepte würden sich nicht von alleine zubereiten, nicht von einer geübten Köchin, und erst recht nicht von mir. Also notierte ich:

2. *Rezepte aus Muriels Kochbuch auswählen. Eine Einkaufsliste erstellen.*

»Das sollte zu bewerkstelligen sein«, sagte ich zu mir selbst und trank noch einen Schluck Wein. Dann kam ich zu meinen Ursprungsüberlegungen zurück. Da Ava nicht wie geplant bei mir war, musste ich mich den Dorfbewohnern selbst vorstellen. Meine früheren Besuche in Herzbach waren nie so lang gewesen, als dass ich Avas Freunde getroffen hätte. Hermann war tatsächlich der erste. Auch wenn ich glaubte, ein genaues Bild von meiner Großtante zu haben, war ich doch gespannt zu erfahren, mit welchen Charakteren sie hier zu tun hatte, und wie diese Menschen sie sahen. Um das herauszufinden, war die Tafelrunde eine gute Gelegenheit. Doch wie es schien, hatten die Mitglieder allesamt ihre Päckchen zu tragen, und somit konnte es nicht schaden, meinem zukünftigen Bekanntenkreis die eine oder andere Frohnatur hinzuzufügen. Ich senkte meinen Stift.

3. *Die Dorfbewohner kennenlernen und Anschluss finden.*

Ich las noch einmal, was ich aufgeschrieben hatte, und nickte. Ja, neue Bekanntschaften zu schließen wäre wirklich schön.

Als Nächstes, überlegte ich, brauchte ich neben der Tafelrunde noch eine sinnvolle Beschäftigung für die nächsten drei Monate. Natürlich wollte ich Herzbach bis in den letzten Winkel erkunden und die Sehenswürdigkeiten der Umgebung besichtigen. Aber darüber hinaus brauchte ich auch etwas Nachhaltiges. Etwas, das mich während meiner Zeit hier ausfüllte. In der Vergangenheit hatte ich schon häufiger das Bedürfnis verspürt, mich für etwas zu engagieren. Mir war nicht klar, was das sein sollte, und ich hatte mich auch nie ernsthaft damit auseinandergesetzt. Doch der Wunsch war noch immer präsent, und nun war der Zeitpunkt gekommen, um ihn Wirklichkeit werden zu lassen.

4. Etwas Nützliches tun. Gemeinwohl?

Ich sah auf meine Liste und beschloss, dass es für heute genug war. Mit den Tagen würden vielleicht neue Punkte hinzukommen. Dinge, von denen ich jetzt noch gar nicht ahnte, dass sie Bedeutung für mich und mein Leben hatten. Müde, aber zufrieden, klappte ich den Block zu, blies die Kerzen aus und ging zu Bett.

4

Das junge Mädchen fiel mir auf, als ich am nächsten Tag mit Max vor der Bäckerei am Marktplatz anstand, um Brötchen für das Frühstück zu kaufen. Da wir uns auf dem Land befanden, war ich erstaunt über die vielen Menschen, die vor uns warteten.

Genau wie gestern war es ein herrlicher Tag. Die Sonne schien warm, keine Wolke war zu sehen, und die Vögel zwitscherten, als würden sie sich dafür eine Belohnung erhoffen. Durch die offen stehende Tür drang der verheißungsvolle Duft nach frisch Gebackenem nach draußen. Das Mädchen mit dem geflochtenen Zopf lief über den Marktplatz und stellte sich direkt hinter uns an. Ich schätzte es auf zwölf oder dreizehn. Es war sehr zierlich und hatte ein herzförmiges Gesicht mit Augen in der Farbe des Sommerhimmels. Sein Haar wiederum war von einem solch hellen Blond, dass es beinahe weiß wirkte. Max begann fröhlich mit dem Schwanz zu wedeln. Er stupste mit der Nase gegen den Arm des Mädchens, woraufhin es ihn kurz anlächelte, bevor es hastig den Blick abwandte und beschämt zu Boden sah.

»Oh, ihr beide kennt euch«, stellte ich erfreut fest und

hielt dem Mädchen meine rechte Hand hin. »Mein Name ist Ellie. Ich bin bei meiner Großtante Ava zu Besuch. Sie kennst du dann ja sicherlich auch.«

Beinahe erschrocken schaute das Mädchen auf meine Hand. Eine feine Röte überzog sein Gesicht. Es biss sich auf die Lippen und sah wieder auf die Erde.

Verwirrt zog ich meine Hand weg. »Äh, ja«, murmelte ich, weil ich nicht wusste, was ich sagen sollte. Ich hatte bisher nicht viel mit Kindern zu tun. Hatte ich irgendetwas gesagt oder getan, womit ich das Mädchen überfordert hatte?

»Ich bin Greta«, sagte es plötzlich so leise in meine Überlegungen hinein, dass ich schon dachte, ich hätte mir die Worte nur eingebildet.

Greta. Es dauerte ein paar Sekunden, bis es in meinem Kopf *Klick* machte.

Bei der kleinen Greta ist es die Schüchternheit, die ihr zu schaffen macht … Das waren Hermanns Worte, als er mir von den Mitgliedern der Tafelrunde berichtet hatte.

Mit Schüchternheit kam ich zurecht. Ich schenkte ihr ein strahlendes Lächeln. »Ich freue mich, deine Bekanntschaft zu machen«, plapperte ich los. »Hermann hat mir schon von dir erzählt. Weißt du, dass ich nächsten Sonntag für euch koche? Ich bin ziemlich aufgeregt, denn kochen gehört nicht gerade zu meinen Stärken. Aber ich habe ja Muriels Kochbuch. Damit werde ich es schon schaffen.« Ich nickte ihr noch einmal zu und drehte mich dann wieder Richtung Eingang, um sie nicht in Bedrängnis zu bringen. *Du musst mir nicht antworten*, wollte ich ihr damit signalisieren, *das erwarte ich gar nicht.* Aus den Augenwinkeln meinte ich, eine Mischung aus Erleichterung und Dankbarkeit auf ihrem Gesicht zu sehen.

Die Schlange war inzwischen ein gutes Stück vorgerückt. Ich band Max vor der Tür fest und betrat den kleinen Laden, der mich von seiner Aufmachung her an die bezaubernde Bäckerei in Paris erinnerte, in die ich mich während eines langen Wochenendes mit Martin verliebt hatte. Verzückt betrachtete ich die gläserne Auslage, in der sich Brötchen, Brioches, Croissants und weiteres herrlich duftendes Gebäck türmten. Daneben gab es köstlich aussehende Torten und Kuchen und zu meinem Erstaunen sogar Macarons in allen erdenklichen Farben. Die hätte ich hier in Herzbach nicht erwartet, dachte ich, und musste in derselben Sekunde über meine Arroganz schmunzeln.

Hinter den beiden Verkäuferinnen, die in ihren schwarzen Schürzen sehr schick aussahen, waren deckenhohe Holzregale angebracht, in denen Brote und Baguettes auf hungrige Kundschaft warteten. Mir lief das Wasser im Mund zusammen, und ich musste mich regelrecht zusammenreißen, um nicht in einen Genussrausch zu verfallen. Schweren Herzens begnügte ich mich mit zwei Brötchen und einem Brioche mit Rosinen, um dann im letzten Moment noch vier Macarons zu bestellen. Schließlich musste ich herausfinden, ob sie genauso gut schmeckten, wie sie aussahen. Die dunkelhaarige Frau, die mich bediente, packte mir noch ein fünftes ein. »Das geht aufs Haus. Ich habe eine neue Sorte ausprobiert. Mit Rosenwasser und gehackten Pistazien. Wenn Sie das nächste Mal kommen, erzählen Sie mir, wie es Ihnen geschmeckt hat.«

»So lange müssen wir gar nicht warten«, meinte ich und steckte mir das Macaron im Ganzen in den Mund, was sie zum Lachen brachte. Nachdem ich die krosse

Hülle durchbissen hatte, entfaltete sich ein fruchtig-süßer, blumiger und doch salziger Geschmack an meinem Gaumen, der mich vor Wonne aufstöhnen ließ.

»Lecker«, sagte ich im Brustton der Überzeugung und haschte mit der Zunge nach einem Krümel auf meiner Unterlippe. »Kommen Sie nach Düsseldorf. Ich garantiere Ihnen, mit diesen Macarons wird Ihnen die Stadt zu Füßen liegen.«

Die Frau schmunzelte. »Warum sollte ich das tun? Ich habe hier alles, was ich brauche.« Mit diesen Worten reichte sie mir meine Einkäufe über die Ladentheke, und ich drückte ihr im Gegenzug den passenden Geldbetrag in die Hand.

Inzwischen hatte auch Greta die Bäckerei betreten. Sie hielt sicheren Abstand zu mir und den anderen Kunden. Dennoch entging mir nicht, wie sich ihre Hände unablässig zu Fäusten schlossen und wieder öffneten. Auf und zu. Und wieder … auf und zu. Sie tat mir unendlich leid. Ich fragte mich, was es war, das sie derart unsicher machte, und kam zu dem Schluss, dass es nicht ihr Aussehen sein konnte. Sie war zwar dünn, ihre Knie und Ellbogen spitz, doch man musste schon mit Blindheit geschlagen sein, um nicht zu erkennen, was für eine Schönheit hier heranwuchs. Die zarte Haut, die großen Augen, das weißblond schimmernde Haar … bei Greta war die Natur wahrlich verschwenderisch am Werk gewesen.

Ich beobachtete, wie eine streng wirkende Frau mittleren Alters, die nach uns gekommen war, an Greta vorbei ihre Bestellung aufgab. Ihre Rücksichtslosigkeit dem Mädchen gegenüber weckte meinen Beschützerinstinkt. Ich öffnete den Mund, um zu protestieren, als die Verkäuferin, die mich bedient hatte, höflich, aber bestimmt sagte: »Entschuldigen Sie bitte, aber Sie sind noch nicht dran.« Damit wandte sie sich Greta zu und lächelte sie voller Wärme an. »Wie immer, nehme ich an?«

Greta nickte kaum merklich, und die Verkäuferin begann eine Papiertüte zu füllen. Ich wartete noch, bis Greta die Bäckerei verlassen hatte, dann verabschiedete ich mich und ging ebenfalls hinaus.

Max freute sich wie wahnsinnig, mich zu sehen. Er sprang bellend auf und ab und drehte sich im Kreis, so als wäre ich Jahre fort gewesen anstatt nur fünf Minuten. Als wir den kurzen Weg zu Avas Haus zurückschlenderten, war ich sehr nachdenklich. Hermann hatte gesagt, dass es bei dem Mittagessen darum ging, mithilfe der Rezepte aus Muriels Kochbuch die Gemütslagen der Teilnehmer aufzuhellen. Aber konnten die Gerichte auch gegen etwas wirken, das so tief sitzend schien wie Gretas Schüchternheit? Und wenn ja, warum war sie dann so scheu? Müssten die Rezepte nicht längst ihre Wirkung entfaltet haben? Ich nahm mir vor, Hermann danach zu fragen, wenn ich ihn traf.

Nach dem Frühstück, das Max und ich wieder auf der Terrasse eingenommen hatten, widmete ich mich dem dritten Punkt auf meiner Liste: die Dorfbewohner kennenlernen und Anschluss finden. Beginnen wollte ich, indem ich mich den Nachbarn vorstellte. Das gebot schon die Höflichkeit, schließlich würde ich drei Monate in Herzbach bleiben und in Avas Haus ein und aus gehen. Weil es inzwischen sommerlich heiß geworden war, tauschte ich Jeans und T-Shirt gegen ein geblümtes Sommerkleid und zog meine Flip-Flops an. Dann band ich mein Haar zu einem schnellen Knoten hoch und zog meinen leuchtend roten Lippenstift nach. »Nimmst du mich so mit?«, fragte ich Max, und er legte den Kopf schief und bellte. Rechts neben Ava wohnte Jonas Graf, wie ich dem Klingelschild entnahm. Zu meiner Verwunderung spürte ich ein wenig Herzklopfen. Da mir jedoch kein vernünftiger Grund einfiel, ihm meine Aufwartung zu machen, marschierte ich, ohne zu läuten, zum nächsten Haus weiter.

Dabei erinnerte ich mich daran, dass man neuen Nachbarn Brot und Salz vorbeibrachte, und bedauerte, dass ich, auch wenn es der umgekehrte Fall war, nicht wenigstens eine Kleinigkeit zum Überreichen besorgt hatte. Doch ich kam nicht dazu, weiter darüber nachzudenken. Meine Aufmerksamkeit wurde von einer Frau in Beschlag genommen, die ihre Haustür aufriss, bevor ich überhaupt auf die Klingel drücken konnte. Sie war in etwa so alt wie meine Mutter, nur doppelt so rund, und sah mit ihrem schwarzen, nach außen geföhnten Bob aus wie Betty Geröllheimer aus dem Familie-Feuerstein-Film. Fasziniert betrachtete ich ihre Frisur, die hier in Herzbach sehr beliebt zu sein schien. Erst gestern hatte ich eine Mutter mit ihrer Tochter ähnlich frisiert gesehen, und auch vor der Bäckerei hatte eine Frau mit einem identischem Bob angestanden.

»Siggi«, rief Betty Geröllheimer über ihre Schulter ins Innere, »komm mal schnell her! Es ist Ellie.«

Verblüfft, dass sie meinen Namen wusste, sah ich sie an. »Entschuldigen Sie, dass ich frage, aber kennen wir uns?«

Statt einer Antwort drückte mich die Frau so fest an ihren stattlichen Busen, dass mir die Luft wegblieb. Ihr blumiges Parfüm machte mich zusätzlich benommen. Doch wenn ich schon so herzlich begrüßt wurde, wollte ich kein Spielverderber sein. Also erwiderte ich ihre Umarmung, war aber dennoch erleichtert, als sie nach ein paar Sekunden von mir abließ.

»Ich bin Elisabeth Große Brummel«, stellte sie sich vor. »Aber du kannst mich Biene nennen. Das machen alle hier. Wie schön, dass du da bist. Ava hat schon so viel von dir erzählt.« Sie strahlte mich an.

»Ich hoffe, nur Gutes.«

»Natürlich. Oder gibt es weniger gute Sachen zu berichten?« In ihre schwarzen Augen trat ein erwartungsvolles Funkeln.

Hinter ihr tauchte ein grauhaariger Mann auf, bei dem es sich um Siggi handeln musste. Er trug Pantoffeln an den Füßen, eine verbeulte dunkelgrüne Cordhose und dazu ein weißes Anzughemd mit gestärktem Kragen, das so gar nicht zu seinem sonstigen Erscheinungsbild passen wollte. Als käme er gerade aus einer Videokonferenz, bei der man einander nur bis zum Bauch sah, dachte ich amüsiert. Genau wie seine Frau war Siggi überaus rundlich.

»Wenn es so ist, erzählen Sie es ihr bloß nicht«, brummte er, »genauso gut könnten Sie es ans Schwarze Brett hängen.«

»Siggi!«, schalt ihn Biene, doch der Blick, den sie ihm dabei zuwarf, war liebevoll, und mich beschlich die leise Ahnung, dass Neckereien dieser Art nicht zum ersten Mal stattfanden.

»Wie auch immer«, meinte ich und grinste. »Ich wollte nur kurz Hallo sagen und mich vorstellen, aber Sie … äh … ihr wisst ja schon, wer ich bin. Dann werde ich jetzt mal ein Haus weitergehen.«

Ein belustigter Ausdruck breitete sich auf Bienes Zügen aus. »Und du glaubst, die anderen in der Nachbarschaft wüssten das nicht?«

Ich musste lachen. »Bisher hatte ich Ava nicht als schwatzhaft eingeschätzt. Sollte ich meine Meinung revidieren?«

»Wer sagt denn, dass sie es von Ihrer Großtante wissen?«, gab Siggi zurück und warf einen vielsagenden Blick auf seine Frau, die ihm daraufhin einen Klaps auf den Hintern gab.

»Aua«, meinte Siggi und rieb sich übertrieben den Allerwertesten, wobei er wie ein Laienschauspieler aussah. Immer noch lachend, verabschiedete ich mich.

»Wenn du mal einen pfiffigen Haarschnitt brauchst«, rief mir Biene hinterher, »dann klingele einfach. Aber erst abends, tagsüber bin ich im Salon in Mondstein.«

~

Da es Sonntagvormittag war und dazu ein warmer Tag, waren die meisten Nachbarn unterwegs. Doch bei ein paar Häusern hatte ich Glück. So lernte ich Claudia und Hendrik kennen, ein junges Paar, das gerade Zwillinge bekommen hatte. Die hübsche Frau, die mich wie Biene direkt duzte, berichtete mir lächelnd, dass sie und ihr Mann zwar neben der Kinderbetreuung jeden Tag duschten, aßen und das Haus ordentlich hielten, aber sonst zu gar nichts kämen. Weil ich sie nett fand, bot ich ihnen meine Hilfe an. »Wenn die Kleinen nachts durchschlafen, passe ich gerne mal auf sie auf. Dann könnt ihr euch einen schönen Abend machen.«

»Durchschlafen?«, fragte Claudia, und dabei trat ein so sehnsuchtsvoller Ausdruck auf ihr Gesicht, dass ich Mitleid bekam. »Ich befürchte, das dauert noch eine

Weile.« Ihre Züge erhellten sich. »Aber komm doch mal auf einen Kaffee vorbei, wenn du Lust hast. Ich könnte zur Abwechslung mal *erwachsene* Gesellschaft vertragen.«

»Wie meinst du das denn?«, fragte Hendrik mit gespielter Entrüstung.

»Genau wie ich es gesagt habe«, antwortete Claudia und gab ihm einen Kuss auf die Wange. Arm im Arm winkten sie mir hinterher.

»Muss Liebe schön sein«, meinte ich zu Max, der mit erhobener Schnauze einer Fliege hinterherblickte. Meine Gedanken wanderten zu Martin. Was er wohl gerade tat? Ich verscheuchte sein Bild aus meinem Kopf und konzentrierte mich wieder auf mein Vorhaben.

Nachdem ich eine pensionierte Lehrerin namens Wilma kennengelernt und mich mit dem Herrn mit der Nickelbrille unterhalten hatte, der wie gestern in seinem Vorgarten arbeitete und Hans Georg hieß, erreichten Max und ich das schöne Fachwerkhaus mit den grünen Fensterläden, das ich zuerst Jonas zugeordnet hatte.

Ich drückte auf die Klingel. Als sich von drinnen Schritte näherten, sah Max zu mir hoch und jaulte. Er wirkte aufgeregt, so als könnte er es nicht erwarten, der Person, die hier wohnte, zu begegnen. Jetzt bin ich aber gespannt, dachte ich.

Die Frau, die uns die Tür öffnete, war außergewöhnlich hübsch. Sie hatte rotblondes Haar, das in einer glänzenden Flut über ihre Schultern fiel, meergrüne Augen und eine zarte Nase, auf der sich winzige Sommersprossen tummelten. Ich schätzte sie auf Anfang dreißig. Sie war ein bisschen kleiner als ich, vielleicht 1,68 Meter groß, und hatte einen schlanken, weiblichen Körper, der in der abgeschnittenen Jeans und dem weißen Top hervorragend zur Geltung kam. Als sie Max sah, verzog sich ihr sinnlicher Mund zu einem Lächeln. Na klar, dachte ich resigniert, bezaubernde Grübchen hat sie auch noch, musste aber im selben Moment über mich selbst schmunzeln. Es war nicht meine Art, attraktive Frauen zu beneiden, und bestimmt wollte ich heute nicht damit anfangen. Nachdem die Frau Max über den Kopf gestreichelt hatte, richtete sie sich auf und musterte mich voller Neugier.

»Sie sind also Ellie. Ava hat Sie mir schon angekündigt«, sagte sie und stellte sich dann selbst als Sara Wissmann vor. Inzwischen hatte ich mich daran gewöhnt, dass die Dorfbewohner meinen Namen bereits kannten, deshalb nickte ich nur und schickte ein freundliches »Hallo« hinterher.

Wir schüttelten uns die Hände. Ihr Händedruck war fest und warm, was mich sehr für sie einnahm. Es gab doch nichts Schlimmeres als einen kraftlosen Händedruck. Na ja, vielleicht einen feuchten, kraftlosen Händedruck.

Sara wies mit dem Daumen hinter sich. »Möchten Sie reinkommen? Ich wollte mir gerade einen Shake machen. Und für dich habe ich auch etwas Schönes, Max.«

Warum eigentlich nicht?, dachte ich. Ich hatte mein »Gerne« noch nicht ausgesprochen, da drückte sich Max bereits an mir vorbei und verschwand im Inneren des Hauses.

Sara zwinkerte mir zu. »Wie Sie sehen, war er schon einmal zu Besuch.« Sie führte mich in die Küche, die ganz in Weiß gehalten war und mit ihren glänzenden Oberflächen und dem grifflosen Design sehr puristisch wirkte.

Max bekam ein Leberwurstbrot, das sie für ihn in zwei Hälften schnitt. Während sie reife Bananen, Milch und Eiswürfel in die Küchenmaschine füllte, erzählte sie mir, dass sie erst vor einem Jahr zurück nach Herzbach gezogen sei.

»Dann haben Sie früher schon einmal hier gewohnt?«, erkundigte ich mich.

»Ja.« Sie strich sich eine rotblonde Strähne hinter das Ohr. »Bis ich neunzehn war. Und nun wieder. Ich weiß noch nicht, ob ich bleibe, aber im Moment fühle ich mich recht wohl.« Sie stellte die Küchenmaschine an, und ein geschäftiges Brummen erfüllte den Raum. »Voilà.« Sara goss die schaumige Flüssigkeit in zwei hohe Gläser, von denen sie mir eines reichte. »Kommen Sie, Ellie, wir gehen nach draußen.«

Der Garten war nicht so groß wie Avas und bestand aus einer dunkelgrau gefliesten Terrasse und einem rechteckigen Stück Rasen, das von einer dichten Hecke eingerahmt wurde. Da sich das Grundstück auf der gegenüberliegenden Straßenseite befand, fehlte der Zugang zur Stever.

»Ich habe das Haus gemietet«, erklärte Sara. »Meine Eltern wohnen nur fünf Minuten von hier. Als sie mitbekommen haben, dass die vorherigen Mieter ausziehen wollten, haben sie mich sofort angerufen. Dafür, dass das Haus ein Schmuckstück ist, ist der Garten allerdings erstaunlich schlicht.«

Sie fuhr die elektrische Markise aus, und wir machten es uns auf den gepolsterten Stühlen bequem. Max sah von mir zu Sara und rollte sich dann unter dem Tisch genau in der Mitte zwischen unseren Füßen zusammen.

»Der Milchshake ist köstlich«, lobte ich und nahm einen weiteren Schluck. Schließlich stellte ich die Frage, die mir im Kopf herumging, seit mir Sara ihren Namen genannt hatte. »Sie sind ein Mitglied der Herzbacher Tafelrunde, nicht wahr?«

Sara lächelte, wobei sich erneut ihre Grübchen zeigten. »Wie ich sehe, hat Hermann Ihnen bereits von unserem Geheimclub erzählt. Ihre Großtante hat uns allen Postkarten geschrieben. Darauf stand, dass sie kurzfristig verreisen müsse und wir uns keine Sorgen machen sollen. Außerdem schrieb sie, dass *Sie* sich solange um uns kümmern würden.« Bei dem Wort »kümmern« malte Sara mit ihren Zeige- und Mittelfingern Gänsefüßchen in die Luft. »Hermann bekam zusätzlich die Aufgabe, Sie einzuweihen.« Sara schlüpfte aus ihrem rechten Flip-Flop und begann mit ihren rosa lackierten Zehen Max' Ohr zu kraulen. »Ava hat niemandem gesagt, wo sie so plötzlich hin ist. Bis auf Hermann vielleicht, aber der schweigt wie ein Grab. Haben Sie eine Ahnung?«

Ich schüttelte den Kopf. »Leider nein. Alles, was Ava mir hingelegt hat, waren eine Postkarte und Muriels Kochbuch.«

Sie wirkte enttäuscht. *Sara wiederum hat schrecklichen Liebeskummer, aber das erzählt sie Ihnen am besten selber,* kamen mir Hermanns Worte in den Sinn. Ich fragte mich, was mit der Welt nicht in Ordnung war, wenn eine so anziehende Frau wie Sara unter Liebeskummer litt. Sie war nicht nur schön, sie wirkte auch liebenswert und klug. Die Männer mussten ihr zu Füßen liegen. Das taten sie wahrscheinlich auch, überlegte ich. Bis auf den einen, auf den es ankam.

Ich erzählte ihr von meiner Begegnung mit Hermann

und meiner Einwilligung, für die Tafelrunde zu kochen. Saras Freude war so ansteckend, dass ich mich unwillkürlich mitfreute. »Wie schön!«, rief sie aus tiefstem Herzen. »Ich war mir nicht sicher, ob die Runde stattfindet, wenn Ava fort ist. Es hätte ja auch sein können, dass Sie ihre Aufgabe nicht übernehmen wollen.« Ihr Blick wanderte zum Garten. »Wissen Sie, als Ava mich vor ein paar Monaten einlud teilzunehmen, habe ich mir nicht viel davon versprochen. Ein Mittagessen in nicht fröhlicher Runde, dachte ich, aber immerhin ein Mittagessen in Gesellschaft. Und die konnte ich gebrauchen, nachdem mein Mann und ich uns getrennt hatten und ich alleine nach Herzbach gezogen war. Von meinen Freunden war niemand mehr hier, und meinen Eltern wollte ich auch nicht ständig auf die Pelle rücken.« Sie wandte mir erneut ihr Gesicht zu. »Was mich jedoch erwartete, war viel mehr als das. Und inzwischen bin ich süchtig nach unseren Treffen.«

Mir wurde ein bisschen mulmig. »Was ist, wenn ich Ihren Anforderungen nicht gerecht werde?«, verlieh ich meiner Sorge Ausdruck.

»Welchen Anforderungen?«, entgegnete Sara. »Sie können doch gar nichts falsch machen.«

Ich schaute sie zweifelnd an. Die Rezepte waren nicht gerade selbsterklärend. Doch vielleicht hatte ich mich geirrt. Vielleicht waren sie gar nicht so schwer umzusetzen, wenn ich mich erst intensiver mit dem Buch beschäftigt hatte.

»Und? Was haben Sie heute noch vor?«, unterbrach Sara meine Gedanken. Ich zuckte mit den Schultern und erzählte ihr von meinem Plan, die Nachbarschaft kennenzulernen.

Ungläubig schüttelte Sara den Kopf. »Bei dem schönen Wetter? Ich weiß etwas viel Besseres. Wir machen eine Radtour, und ich zeige Ihnen die Umgebung. Keine Widerrede! Max nehmen wir mit, so hat er Auslauf. Er kennt das, Ava ist schon häufiger mit ihm Rad gefahren. Was ist, haben Sie Lust?«

Ich musste nicht lange überlegen. Ich mochte Sara, und ich freute mich darauf, den Nachmittag in ihrer Gesellschaft zu verbringen. »Dann hoffe ich mal, dass Ava ihr Fahrrad nicht abgeschlossen hat«, meinte ich.

Amüsiert hob Sara eine Augenbraue. »Das ist Herzbach, Ellie. Wir schließen nicht einmal unsere Terrassentüren ab. Ansonsten leihen wir Ihnen ein Fahrrad. In diesem Dorf haben die Leute mehr Fahrräder als Handys.«

5

Wir radelten die Stever entlang, fuhren durch Felder und Wiesen, auf denen Kühe und Schweine grasten, passierten malerische Gehöfte, Bauernschaften und märchenhaft anmutende Wälder. Zunächst war es ungewohnt, mit einem Hund an der Leine zu fahren, aber nach einigen Anfangsschwierigkeiten hatten Max und ich zu einem Tempo gefunden, mit dem wir beide zurechtkamen. Das Schöne am Münsterland war, dass die Landschaft ohne nennenswerte Anhöhen daherkam, sodass Sara und ich beim Fahren entspannt miteinander plaudern konnten. Schnell waren wir zum vertrauten *Du* übergegangen. Sara nannte mir alle Orte, an denen wir vorbeikamen, beim Namen, und zu jedem wusste sie spannende Details zu berichten.

~

Am frühen Nachmittag kehrten wir in ein Café ein. Es lag idyllisch zwischen Flussmündung und Stausee und besaß einen kleinen Strand, der Urlaubsstimmung verbreitete. Wir bestellten an der Bar zwei große Gläser Alster und Apfelkuchen mit Sahne und gingen damit nach draußen. Mit dem Kinn wies Sara auf einen blau-weiß gestreiften Strandkorb, der gerade frei wurde, und wir beschleunigten unsere Schritte, um ihn zu besetzen, bevor uns jemand zuvorkam. Dabei schwappte ein wenig Alster über meine Finger. Mit einem zufriedenen Seufzer ließen wir uns in die Polster sinken. Wir streiften unsere Sandalen ab, vergruben unsere Zehen im warmen Sand und stießen miteinander an.

So lässt es sich aushalten, dachte ich. Max bekam etwas zu trinken und das Trockenfutter, das ich zu Hause für ihn eingepackt hatte.

Nachdem er alles verputzt hatte, blickte er gierig zum Wasser, doch ich musste ihn enttäuschen. Ein Schild wies die Gäste darauf hin, dass Schwimmen hier verboten war, und ich erklärte ihm, dass dies vermutlich auch für Labradore gelte. Enttäuscht wälzte er sich im Sand, bis die feinen Körner seine Nase verstopften und er laut niesen musste. »Gesundheit!«, riefen Sara und ich gleichzeitig. Wir lachten. Sara legte den Kopf schief und sah mich an.

»Ava hat mir erzählt, dass du in Düsseldorf lebst. Aber wo kommst du eigentlich gebürtig her?«

Ich nahm einen Schluck von meinem Alster. »Ich bin in Steinfurt aufgewachsen, also gar nicht so weit von hier.«

»Und was machen deine Eltern?«

»Meine Mutter ist Grundschullehrerin, mein Vater hat seine eigene Zahnarztpraxis.«

Sara grinste. »Deshalb hast du diese perfekten Zähne … das ist mir direkt aufgefallen.« Sie wurde wieder ernst. »Hast du noch Geschwister?«

Ich schüttelte den Kopf. »Leider nicht. Meine Eltern

haben sich immer ein zweites Kind gewünscht, aber es hat nicht funktioniert. Wie sieht es bei dir aus?«

»Ich bin auch ein Einzelkind. Das hat auch seine Vorteile. Ich musste nie etwas teilen«, fügte sie verschmitzt hinzu.

Mit der Zeit wurde es uns in unserem Strandkorb zu heiß, und so stiegen wir wieder auf unsere Räder und fuhren weiter. Sara ermutigte mich, Max ohne Leine laufen zu lassen, und zu meiner Begeisterung trabte er brav neben mir her. Während meiner Kindheit in Steinfurt war ich viel Fahrrad gefahren, als Studentin ebenfalls, doch in Düsseldorf hatte ich damit aufgehört. Auch wenn sich die Stadt rühmte, viel für Radfahrer zu tun, war es mir schlichtweg zu gefährlich. Es gab kaum befestigte Wege, und auf der Straße zu fahren, vorbei an Autos, die in zweiter Reihe parkten, kam einer Mutprobe gleich. Umso mehr genoss ich es nun. Es war perfekt: Die Sonne, die auf mein Haar und meinen Nacken schien, der warme Wind im Gesicht, der Duft der Wiesen und Wälder, das Summen der Bienen. Ich nahm die Hände vom Lenker und streckte die Arme weit aus. So fühlte sich Freiheit an.

Nachdem mein Rad einen gefährlichen Schlenker in Saras Richtung machte, nahm ich den Lenker wieder fest in die Hand und begnügte mich fortan damit, hin und wieder die Füße von den Pedalen zu heben. Während wir durch endlose Maisfelder fuhren, auf denen vor Kurzem die Saat ausgebracht worden war, erzählte mir Sara von ihrer Trennung. »Tim und ich haben uns schlicht und einfach auseinandergelebt. Wir hatten keine gemeinsamen Interessen und auch keine Leidenschaft mehr füreinander. Am Ende waren er und ich nur noch Freunde, vielleicht nicht einmal das. Nachdem ich ausgezogen war, haben wir noch hin und wieder telefoniert. Um zu hören, wie es dem anderen ging. Doch irgendwann schlief auch das ein. Es gab nichts mehr, worüber Tim und ich hätten reden können.«

Ich suchte in ihrem Profil nach Anzeichen von Kummer oder Bitterkeit, fand aber nur freundliche Gleichmut. Ihr Ex-Mann war demnach nicht der Auslöser für ihren Liebeskummer, kombinierte ich. Es musste jemand Neues in ihr Leben getreten sein, der alles gehörig durcheinandergewirbelt hatte. Doch offensichtlich wollte Sara nicht darüber sprechen, also bedrängte ich sie nicht. Stattdessen erkundigte sie sich nach meiner Auszeit, und ich berichtete ihr von dem ausgefallenen Termin im letzten Winter, der mich zum Umdenken gebracht und letztendlich nach Herzbach geführt hatte.

»Der Tag war so schön. So besonders. Ich hatte vergessen, wie es sich anfühlte, Zeit für mich zu haben.« Ich suchte nach den passenden Worten. Nachdem Sara so offen von ihrer Trennung gesprochen hatte, hatte ich das Bedürfnis, es ihr gleichzutun. »In diesen Stunden ist etwas mit mir passiert«, gestand ich ihr. »Es fühlte sich an, als wäre in mir etwas aufgebrochen, das nun mit aller Gewalt nach draußen drängte. In den darauffolgenden Tagen wurde ich immer unzufriedener, ohne zu wissen, warum. Ich war regelrecht übellaunig, was ich so von mir nicht kannte. Elf Jahre lang war ich jeden Morgen freudig zur Arbeit gegangen, doch plötzlich hatte ich keine Lust mehr. Ich konnte mich kaum noch konzentrieren, ständig wanderte mein Blick zum Fenster und verlor sich im Winterblau des Himmels. Auf einmal hatte ich das Gefühl, meine Lebenszeit zu vergeuden. Das Bild der Sanduhr ging mir nicht mehr aus dem Kopf. Der Berg, der meine verbleibenden Jahre symbolisierte, schrumpfte beständig, während ich tagein, tagaus im Büro saß und irgendwelche Prozesse optimierte. Und dann wurde ich böse, auf Gott und die Welt, auf meine Kunden und vor allem auf meinen Arbeitgeber, weil er mich im Büro festhielt, obwohl mein Leben draußen stattfinden sollte.« Ich schüttelte den Kopf, als ich mich daran erinnerte. »Es war so einfach, jemand anderen für meine Unzufriedenheit verantwortlich zu machen. Die Sache hatte nur einen Haken: Meine schlechte Laune legte sich dadurch nicht. Und plötzlich wurde mir klar, dass ich eine Pause brauchte. Nicht im Sinne von kündigen, alles hinschmeißen und auswandern. Dafür war ich zu vernünftig, schließlich verdiente ich gutes Geld und außerdem bestand ja durchaus die Möglichkeit, dass ich nur eine Phase durchmachte. Aber ich wollte Zeit, um in Ruhe darüber nachzudenken, was mich wirklich glücklich macht und was ich mit meinem Leben anfangen will.«

Der Sattel begann zu drücken, und ich verlagerte mein Gewicht, bis ich einen bequemeren Sitz gefunden hatte. Dann fuhr ich fort. »Bisher lief alles absolut geradlinig: Abitur, BWL-Studium, Unternehmensberatung. Doch wenn ich mit etwas Abstand auf all das blicke, dann sehe ich eine Frau, der die Arbeit immer wichtiger war als alles andere. Seit sieben Jahren führe ich eine Beziehung mit einem Mann, den ich im Schnitt alle zwei Monate sehe, und bis vor Kurzem fand ich das völlig in Ordnung. Vielleicht ist es meine Bestimmung, ein solches Leben zu führen, vielleicht aber auch nicht. Und genau das möchte ich herausfinden, darum bin ich hier. Meinem Freund, der gerade beruflich in China ist, habe ich am Telefon von meiner Auszeit erzählt. Er hat gefragt, ob sie auch für uns gelten würde, und ich habe es bejaht. Ich musste raus, aus allem.«

»Ich verstehe dich. Und ich finde es großartig, dass dir deine Firma die Möglichkeit eines Sabbaticals ermöglicht«, sagte Sara. »Bei uns wäre das undenkbar.«

»Ja, ich hatte großes Glück. Auch, dass es so kurzfristig möglich war. Ich hatte noch ein Projekt, das ich zu Ende führen sollte, danach durfte ich meine Auszeit nehmen. Mein Chef war, gelinde gesagt, irritiert, doch am Ende hat er meinen Antrag befürwortet. *Versprich mir nur, dass du in den drei Monaten nicht auf dumme Gedanken kommst*, hat er gesagt. *Jeder hat mal ein Tief, und dein Tief ist eben jetzt. Dennoch ist dein Platz hier bei uns, und ich hoffe, dass du das erkennst. Du machst einen hervorragenden Job, Ellie, setz das nicht aufs Spiel.*«

»Und?«, fragte Sara. »Hast du es ihm versprochen?«

»Ja, aber ich habe hinter meinem Rücken die Finger gekreuzt, von daher zählt es nicht.«

Sara lachte ihr ansteckendes Lachen, das an das Glucksen eines Kindes erinnerte. »Es ist spannend zu hören, wie es zu deiner Auszeit kam«, meinte sie. »Offensichtlich braucht es nicht immer den großen Knall. Ich hatte einen Kollegen in meiner Firma, dem ging es ganz ähnlich. Er arbeitete jeden Abend bis zehn, elf Uhr, und er tat es mit Freude, bis ihn unser Chef beiseitenahm und ihm sagte, er solle ein paar Überstunden abbauen. Am nächsten Tag machte Christian bereits mittags Feierabend. Als wir uns am Morgen darauf im Büro trafen, war er wie verwandelt. Er erzählte mir, er habe sich in der Stadt neue Sneakers gekauft, sei danach um den Aasee gejoggt und mit Freunden stundenlang im Café gewesen.

Und das an einem Mittwoch, Sara, raunte er mir zu, als ob es sich um etwas Verruchtes handeln würde.« Sara sah mich von der Seite an und zog ihre Nase kraus. »Dabei hat er nur einen halben Tag freigemacht. Einen halben Tag!«

Der Radweg machte einen Bogen und führte plötzlich wieder so dicht an der Stever entlang, dass ich Max erneut an die Leine nahm. Dabei fasste ich sie, so eng ich konnte. Nachdem er gerade nicht hatte schwimmen dürfen, war die Versuchung sicher groß für ihn, in das kühle Nass zu springen, und das Letzte, was ich wollte, war, mit meinem Fahrrad in der Uferböschung zu landen, während er ein fröhliches Erfrischungsbad nahm.

»Und wie geht es Christian heute?«, erkundigte ich mich, nachdem der Weg eine erneute Biegung gemacht hatte und der Fluss nicht mehr zu sehen war.

»Keine Ahnung«, erwiderte Sara und zeigte mir ihre Grübchen. »Er hat gekündigt und arbeitet jetzt bei der Stadtverwaltung, wie ich gehört habe. Dort hat er jeden Tag um spätestens fünf Uhr frei.«

Wir kicherten einvernehmlich.

»Und du?«, nahm ich den Faden auf. »Arbeitest du auch so viel?« Sara war Steuerberaterin in einer großen Gesellschaft in Münster und mit ihren dreiunddreißig Jahren bereits Senior Managerin, wie sie mir im Strandcafé verraten hatte. Meine Bewunderung hatte sie abgetan, so als wäre es nichts Besonderes, doch ich konnte erahnen, wie viel Fleiß und Anstrengung sie der Weg gekostet haben musste.

»Es geht«, beantwortete sie meine Frage. »Ich bin meistens so gegen zwanzig Uhr zu Hause. Montags und donnerstags mache ich ein wenig früher Schluss. Da finden meine Yogaabende statt, und die sind mir heilig. Wenn du magst, komm doch mal vorbei.«

»Ich weiß nicht so recht«, erwiderte ich. »Ich bin nicht so der esoterische Typ.« Ich schielte zu ihr, um zu sehen, ob sie mir meine Bemerkung übel nahm, doch sie schmunzelte nur.

»Dich bekommen wir auch noch.«

»Das war ein wunderschöner Ausflug. Vielen Dank dafür!« Sara und ich waren zurück in Herzbach und standen auf dem Bürgersteig vor Avas Haus. Es war inzwischen Abend geworden, doch die Luft war noch immer wunderbar mild. Max hechelte mit heraushängender Zunge. Er war voller Begeisterung mitgelaufen, doch nun schien er froh, wieder zu Hause zu sein. Ein Blick auf Saras Handy verriet uns, dass wir beinahe vierzig Kilometer gefahren waren. So viel hatte ich mein Fahrrad in den letzten elf Jahren nicht bewegt. Morgen würde ich sicherlich Muskelkater haben.

»Jederzeit wieder«, antwortete Sara und lächelte. »Was hältst du davon, wenn wir unsere Räder abstellen und den Abend im *Kiepenkerl* ausklingen lassen? Seit der Besitzer gewechselt hat, ist die Küche richtig gut.« Sie sah mich erwartungsvoll an, und mir wurde bewusst, wie einsam Sara sein musste. Eigentlich hatte ich vorgehabt, Muriels Kochbuch zu studieren, doch die Aussicht auf einen geselligen Abend war so verlockend, dass ich das Vorhaben kurzerhand auf den nächsten Tag verschob und zusagte.

Eine halbe Stunde später, in der wir uns kurz umgezogen und frisch gemacht hatten, betraten wir den einstigen

Dorfkrug. Verblüfft sah ich mich um. Hier hatte sich einiges getan. Fort waren die rustikalen Holztische und Stühle, die Regale mit Wimpeln und Pokalen, die verschossenen Spitzenvorhänge und die Hirschgeweihe an den Wänden, an die ich mich von früheren Besuchen erinnerte. Fort war auch der Geruch nach Jägerschnitzel und Festtagssuppe, der über allem gehangen hatte. Stattdessen war der Parkettboden abgeschliffen, versiegelt und erstrahlte in neuem Glanz. An den zimtfarbenen Wänden hingen Werke einer Künstlerin, die sich mit farbenfrohen Porträts von Politikern und Schauspielern einen Namen gemacht hatte. Indirektes Licht setzte die Persönlichkeiten in Szene. Auch das Klavier und die lange Eckbar mit dem beeindruckenden Sortiment an Whiskey und Gin war neu. Dahinter wirbelten zwei gut aussehende junge Männer herum, die den Bestellungen kaum hinterherkamen.

Ich ließ meinen Blick über das elegant gekleidete Publikum auf den lederbezogenen Bänken und Stühlen schweifen. »Die kommen doch nicht alle aus Herzbach, oder?«

Sara, die in ihrem langen Sommerkleid mit den strassbesetzten Sandalen bezaubernd aussah, schüttelte den Kopf. »Seit Henning das Restaurant führt, kann es sich vor Reservierungen kaum retten. Die Leute fahren weit, um hier zu essen. Er war Sternekoch in Hamburg, hat das aber alles aufgegeben, als er sich in Doro Westkamp verliebt hat. Du kennst ihren Namen vielleicht, ihrer Familie gehört der größte Bauernhof in der Gegend. Jedenfalls kocht Henning fantastisch. Und das zu erschwinglichen Preisen. Kein Wunder, dass es hier immer so voll ist.« Sie schenkte mir ein verschwörerisches Lächeln. »Aber für mich hat er immer ein Plätzchen frei. Ich mache nämlich seine Steuererklärung.«

»Und dafür danke ich Gott jeden Tag«, ertönte hinter uns eine tiefe Stimme. »Hallo, mein Engel.«

Der Mann, zu dem die Stimme gehörte, beugte sich zu Sara und gab ihr einen Kuss auf die Wange. Er war das, was meine Mutter als ein »Bild von einem Mann« bezeichnen würde. Hünenhafte 1,90 Meter groß, mit breiten Schultern, blonden Haaren und blauen Augen, wirkte er wie aus dem Nibelungenlied entsprungen. Allzeit bereit, den Drachen zu besiegen. Er reichte mir seine Hand. »Ich bin Henning. Willkommen in meiner bescheidenen Hütte. Und wer bist du?«

»Ich glaube, du bist der Erste, der mich das fragt«, stellte ich belustigt fest. »Mein Name ist Ellie. Ich bin Avas Großnichte.«

»Ach, *die* bist du«, erwiderte er. Als er meinen resignierten Gesichtsausdruck bemerkte, grinste er. »Was hast du erwartet? Mir gehört das einzige Restaurant im Dorf. Hier laufen alle Informationen zusammen.«

Ich hob eine Augenbraue. »Nichts für ungut, aber besonders viele Herzbacher, die Neuigkeiten tauschen, sehe ich hier nicht.«

Henning wiegte den Kopf. »Du hast recht, Ellie. Am Wochenende kommen viele Gäste von außerhalb. Während der Woche sieht das aber ganz anders aus. So, ihr Süßen, ich muss zurück in die Küche.« Er winkte einen Kellner heran. »Robert, bringst du die beiden Damen bitte an ihren Tisch und fragst sie, was sie trinken möchten? Der Aperitif geht aufs Haus.«

»Ich bin ein bisschen nervös wegen Max«, gestand ich Sara, als wir mit unserem Rosé-Sekt anstießen. »Bist du sicher, dass er zu Hause keinen Unfug macht?« In meiner Fantasie sah ich zerbissene Kissen, Federn, die durch die Luft wirbelten, und angenagte Treppenstufen.

»Mach dir keine Sorgen. Ava hat ihn öfter alleine gelassen. Garantiert liegt er auf dem Teppich vor dem Sofa und schläft. Aber wenn du dich besser fühlst, besorgen wir dir ein Babyfon mit Kamerafunktion, dann kannst du ihn zukünftig beobachten.«

»Ja, mach dich ruhig lustig über mich. Die Rechnung für die neuen Möbel teilen wir uns.«

»Einverstanden.«

Lächelnd prosteten wir einander zu. Ich hatte so ein Glück, Sara gleich zu Beginn meiner Auszeit getroffen zu haben. Da war etwas Vertrautes zwischen uns, eine entspannte Offenheit, und ich konnte mir gut vorstellen, mit ihr befreundet zu sein. Auch über mein Sabbatical hinaus.

»Was soll das heißen, Sie haben keinen Tisch mehr frei? Das ist ein Notfall! Ich brauche einen Drink, und zwar sofort!«

Sara und ich tauschten einen verdutzten Blick und drehten uns dann gleichzeitig nach der Stimme um, die da gesprochen hatte. Ich war mir sicher, sie schon einmal gehört zu haben – und richtig, es war Maria. Diesmal ohne ihren Dackel, dafür aber ähnlich schlecht gelaunt wie gestern, als wir uns im Wald begegnet waren.

Der Kellner wirkte eingeschüchtert, als er ihr erklärte, dass alle Plätze reserviert seien.

»Naaa gut«, verkündete Maria lang gezogen, »dann setze ich mich eben an die Bar, und Sie bringen mir bitte einen Gin Tonic. Mit viel Gin und wenig Tonic.«

Sie nahm auf einem Hocker Platz. Ihre schwarze, mit goldenen Nieten besetzte Handtasche legte sie auf den Platz neben sich.

Ich beugte mich zu Sara hinüber. »Kennst du sie?«, fragte ich.

Sara nahm sich eine Scheibe von dem knusprigen Roggenbrot, das Robert uns gebracht hatte, und bestrich sie großzügig mit Schmalz. »Kennen ist übertrieben. Ich weiß, wer sie ist. Sie heißt Maria und ist häufiger in Herzbach, weil ihre Mutter hier wohnt.« Sie streute Salz und Pfeffer aus der Mühle über ihr Brot, biss hinein und kaute. »Marias Mutter, Lotte Mahler, muss so um die siebzig sein. Ihr gehört das Haus hinter dem Kindergarten, das mit dem riesigen Balkon. Sie hat es von ihrem zweiten Ehemann geerbt, der vor ein, zwei Jahren an einem Herzinfarkt gestorben ist. Seitdem wohnt Frau Mahler ganz alleine dort. Sie hat nie so richtig Kontakte im Dorf geknüpft, und im letzten Winter ist sie dann übel gestürzt. Sie ist auf einer Stufe ausgerutscht und hat sich das Bein gebrochen. Es war wochenlang *das* Gesprächsthema in Herzbach. Ihre Putzfrau hat sie gefunden, wie sie ohnmächtig am Fuße der Treppe lag. Allerdings erst Stunden danach. Es war trotzdem großes Glück. Ihre Putzfrau hätte auch Tage später kommen können, und was wäre dann gewesen?« Saras Gesicht verzog sich zu einer Grimasse. »Eine schreckliche Vorstellung.« Sie nahm einen Schluck Wasser. »Jedenfalls zieht Frau Mahler nun in das *Haus Morgenröte*. Das ist der Seniorenstift im Nachbarort, in Mondstein. Sie hätte es schlimmer treffen können, dort ist es wirklich schön. Das Haus ist eher Kurhotel als Altersheim und entsprechend teuer. Ihre Tochter Maria ist hier, um den Umzug zu organisieren und den Besitz ihrer Mutter zu ordnen, damit er verkauft werden kann. Viel bekommt sie dafür bestimmt nicht, das Haus ist sehr alt und stark renovierungsbedürftig, aber das macht nichts. Maria kann es sich leisten, für ihre Mutter aufzukommen. Sie ist Investmentbankerin in Frankfurt und verdient Unmengen an Geld.«

Amüsiert blickte ich Sara an. »Was du alles weißt.«

Sie zuckte mit den Schultern. »Wir leben auf dem Dorf.«

»Wie konnte ich das vergessen.« Ich wandte den Kopf. Maria hatte ihren Gin Tonic bereits zur Hälfte gelehrt. Alles an ihrer Körperhaltung drückte Anspannung aus. »Sie sieht so aus, als könnte sie Gesellschaft vertragen. Was meinst du?«, fragte ich aus einem Impuls heraus. »Wollen wir sie an unseren Tisch bitten?«

Sara nickte. »Na klar, gerne«, stimmte sie zu und stand auf, um Maria zu fragen. Von meinem Platz aus beobachtete ich, wie sie Maria antippte und dann mit der Hand in meine Richtung wies. Maria sah zu mir. Ihr Gesicht spiegelte Überraschung wider und dann, wer hätte es gedacht, Freude. Ich setzte ein Lächeln auf und winkte.

»Hallo«, begrüßte sie mich, nachdem sie Sara zu unserem Tisch gefolgt war. »So sieht man sich wieder.«

Sie setzte sich, und unser Kellner eilte herbei, um ein weiteres Gedeck aufzulegen.

»Wie steht es um Ihre Schuhe?«, erkundigte ich mich.

Maria winkte ab. »Ich schätze, sie kommen durch. Die Chancen stehen gut.«

Saras Blick huschte zwischen Maria und mir hin und her. »Ihr kennt euch?«, fragte sie erstaunt.

»Kann man so sagen«, antwortete Maria und erzählte im Plauderton von unserer Begegnung im Wald. Sie tat dies auf eine selbstironische Art und Weise, die mir gefiel. »Zugegeben, im Nachhinein war es eine ziemliche Schnapsidee, mit pinken *Tod's* in den Wald zu gehen«, schloss sie. »Aber dafür waren sie todschick, das müssen Sie zugeben.« Sie sah mich aus ihren dunkelbraunen Augen an, und ich ahnte, dass es ihre Art war, sich für ihr ruppiges Verhalten vom Vortag zu entschuldigen.

Sara hob den Zeigefinger. »Die besten Geschichten fangen mit *Im Nachhinein war es eine ziemliche Schnapsidee* an«, behauptete sie, und wir lachten.

»Wie sieht es aus – wollen wir etwas zu essen bestellen?«, fragte ich in die Runde und winkte Robert heran. Wir folgten seiner Empfehlung und bestellten gegrillte Dorade mit Gemüse aus dem hauseigenen Garten und dazu eine Flasche Riesling von der Mosel und Mineralwasser. Maria fragte, ob wir uns duzen wollten, und als der Wein kam, stießen wir darauf an. Während wir aßen, erkundigte sie sich, ob wir in Herzbach wohnten, und so erzählte Sara von ihrer Trennung und ich von meiner Auszeit.

»Die einen ziehen her, die anderen weg«, resümierte Maria und berichtete uns, warum sie gestern so schlecht gelaunt war. Ihre Mutter habe ihr vorgeworfen, sie ins Heim abzuschieben, anstatt sich um sie kümmern, wie es sich für eine *gute* Tochter gehöre. »Was erwartet sie denn?«, fragte Maria frustriert und hob ihre Gabel. »Soll ich meinen Job in Frankfurt kündigen und nach Herzbach ziehen? Und wovon sollen wir dann leben? Von Luft und Liebe?« Sie schnaubte. »Jedenfalls habe ich mir, bevor ich laut werden konnte, Bautz geschnappt und bin mit ihm an die frische Luft. Meine Mutter und ich unter einem Dach … da ist Zoff vorprogrammiert. Ich bin nur froh, wenn Dienstag in einer Woche der Umzug geschafft ist. Lieber ein Ende mit Schrecken als ein Schrecken ohne Ende.« Sie senkte ihre Gabel, teilte ein Stück von ihrem Fisch ab und führte es zum Mund.

Ich hatte inzwischen mein zweites Glas Wein zur Hälfte ausgetrunken und fühlte mich reichlich beschwipst. Auch Sara sah man den Alkohol an. Ihre Wangen waren gerötet, und ihr Blick hatte etwas leicht Verschwommenes. »Meine Eltern sind erst Ende fünfzig. Da dauert es hoffentlich noch ein bisschen, bis ich mir über Pflege und Altersheime Gedanken machen muss.«

»Sei froh«, antwortete Maria inbrünstig. Sie hob das Kinn. »So, Themenwechsel! Jetzt möchte ich eure Geschichten hören.«

»Welche Geschichten?«, fragten Sara und ich unisono.

»Na die, die mit *Im Nachhinein war es eine ziemliche Schnapsidee* beginnen.« Sie lehnte sich in ihrem Stuhl zurück und sah uns erwartungsvoll an. Schweigen senkte sich über den Tisch.

»Okay«, meinte Sara schließlich und räusperte sich. »Ich fange an.« Der Schein der Kerze zauberte goldene Lichter in ihre Augen. »Im Nachhinein«, sagte sie, »war es eine ziemliche Schnapsidee, eine Affäre mit einem Mann anzufangen, der nicht nur verheiratet ist, sondern auch mein Chef.« Sie zog die Schultern hoch, als befürchte sie einen Ansturm von Entrüstung. Als der ausblieb, entspannte sich ihre Haltung, und sie fuhr fort. »Noah kam vor zwei Jahren in unser Unternehmen. An seinem ersten Tag machte er eine Runde durch die Abteilungen. So lernten wir uns kennen. Er wusste, dass mein Fachgebiet Internationales Steuerrecht ist, und unterhielt sich mit mir über einen Artikel, den ich unlängst in einem Fachmagazin veröffentlicht hatte.« Ihre Mundwinkel zogen sich nach oben, als sie sich an jene erste Begegnung erinnerte. »Er war so freundlich. So aufmerksam. Und dennoch irgendwie … scheu. Trotz seiner Position. Und obwohl mir klar war, dass er häufig solche Gespräche führte, gab er mir das Gefühl, besonders zu sein. Als er sich verabschiedete, versprach er, mir einen Aufsatz zu mailen, den ich vielleicht spannend finden könnte. Dabei lächelte er mich an. So hinreißend, dass ich weiche Knie bekam. Als er ging, sah ich ihm noch lange hinterher.« Sie streckte den Rücken durch. »So, Ellie, jetzt lass mal deine Geschichte hören.«

»Ernsthaft?«, beschwerte sich Maria. »Jetzt, wo es spannend wird, hörst du auf zu erzählen?«

Ich stimmte ihr zu. »Maria hat recht. Wie ging es weiter?«

Sara war drauf und dran, uns den Grund für ihren Liebeskummer mitzuteilen, also den Auslöser, der sie zur Tafelrunde geführt hatte.

Sara griff nach ihrem Wasserglas, nahm einen Schluck und ließ ihn geräuschvoll in ihrem Mund kreisen. »Gut«, gab sie nach. »Wenn ihr darauf besteht. Nach unserem Kennenlernen liefen wir uns ständig über den Weg. Auf dem Flur, beim Mittagessen, in der Cafeteria. Jedes Mal, wenn sich unsere Blicke trafen, setzte mein Herzschlag für eine Sekunde aus. Er lächelte mich an, und es kam mir so vor, als wären meine Sinne auf einmal, ich weiß nicht, geschärft. Jeder Geruch, jedes Geräusch war plötzlich intensiver. Und ich stand einfach nur da und sah ihn an. Mit hochrotem Kopf.« Sie kaute auf ihrer Unterlippe. »Wenn er zu den Mitarbeitern sprach, hingen alle wie gebannt an seinen Lippen. Es lag nicht an dem, was er sagte, seiner brillanten Rhetorik oder an seiner Stimme, auch wenn sie einen sehr angenehmen Klang hatte. Es war die Art, *wie* er redete. Mit einem jungenhaften Charme, dem sich keiner entziehen konnte. Manchmal ernst, manchmal augenzwinkernd, doch immer mit Wertschätzung und größtem Respekt für sein Gegenüber. Ich liebte diese Gelegenheiten, ihn ohne schlechtes Gewissen eine halbe Stunde lang, manchmal auch länger, ansehen zu dürfen. Und wenn er dann ging, fühlte es sich jedes Mal wie ein kleiner Verlust an. Als wäre der Tag plötzlich weniger hell …« Sie schwieg nachdenklich. »Dennoch habe ich zu keinem Zeitpunkt gedacht, dass ich in ihn verliebt sein könnte. Er war mein Chef. Außerdem waren wir beide verheiratet, auch wenn es um meine Ehe nicht mehr gut bestellt war. Mein Mann und ich stritten nicht, wir schwiegen uns an. Während der Mahlzeiten, abends auf dem Sofa, immer. Bis wir dann eines Tages doch redeten. Über uns und dass es so nicht weitergehen könne. Dass wir zu jung seien, um auf eine erfüllte Partnerschaft, auf Zuneigung und Liebe zu verzichten. Ich weiß nicht mehr, wer den Anfang machte, doch das Ergebnis war, dass wir uns trennten. Vier Wochen später zog ich nach Herzbach, in das Haus mit den grünen Fensterläden.«

Robert kam an unseren Tisch und erkundigte sich, ob wir noch Wünsche hätten. Alle drei sahen wir ihn an, als hätte er gefragt, ob wir mit ihm eine Polonaise durch das Restaurant machen wollten. Ich fing mich als Erste und bestellte noch eine Flasche Wasser. Als er gegangen war, ergriff Sara erneut das Wort.

»Anfangs war ich so damit beschäftigt, das Haus einzurichten und mich in meinem neuen Leben zurechtzufinden, dass ich keine Zeit hatte, traurig zu sein. Genau genommen gab es auch keinen Grund dafür. Mein Mann und ich hatten viele schöne Jahre miteinander verbracht, und die waren nun vorbei. Diese Zeit war auch nicht zurückzuholen, darin waren wir uns einig. Und dann kam die SMS, die alles veränderte.«

Robert kehrte mit dem Wasser zurück und goss uns ein. Ich rutschte unruhig auf meinem Stuhl herum, ohne Sara aus den Augen zu lassen. Was für eine SMS?

»Was für eine SMS?«, kam Maria mir zuvor, als Robert sich entfernt hatte.

»Eine SMS von Noah. Mit einem Jahr Verspätung schickte er mir den Artikel zu, den er mir an seinem ersten Tag versprochen, aber nie zur Verfügung gestellt hatte. Er entschuldigte sich mit einem witzigen Text für die Verzögerung und bat mich, ihm bei Gelegenheit mitzuteilen, was ich von der Abhandlung hielt. So fing es an. Natürlich las ich den Artikel noch am selben Abend und wartete dann mit klopfendem Herzen darauf, dass es Morgen würde, damit ich ihm antworten konnte. Ich konnte ihm ja schlecht nachts schreiben, wie hätte das ausgesehen?« Sie blinzelte ironisch. »Anfangs waren es kurze Botschaften, die wir tauschten. Mit beruflichem Hintergrund. Doch mit jeder Nachricht wurden die Inhalte persönlicher, die Abstände kürzer, und schließlich schrieben wir uns jeden Tag. Jedes Mal, wenn das leise ›Ping‹ auf meinem Diensthandy ertönte, war ich wie elektrisiert. Ich konnte mich kaum noch auf die Arbeit konzentrieren, ich lebte nur noch für die Momente, in denen er sich meldete. Natürlich wusste ich, dass er verheiratet war, doch das blendete ich aus. Denn spätestens jetzt konnte ich es nicht mehr leugnen. Ich war verliebt. So verliebt wie nie zuvor in meinem Leben. Die Anzeichen waren eindeutig. Ich hatte Schmetterlinge im Bauch, vergaß zu essen und lächelte den ganzen Tag wie eine Idiotin vor mich hin. Nachdem wir zwei Wochen hin- und hergeschrieben hatten, lud er mich zum Kaffee ein. Er hätte leider nur eine Stunde Zeit, sagte er zur Begrüßung. Es wurden drei. Wir redeten über alles Mögliche. Über die neusten Kinofilme, über die Nacht der Museen und die Verleihung der Nobelpreise. Als er mich zum Abschied fragte, ob ich ihn wiedersehen wolle, sagte ich Ja. Dabei raste mein Puls, und ich konnte kaum atmen. Und jetzt«, sagte sie und holte tief Luft, »brauche ich einen Nachtisch. Vorher sage ich kein Wort mehr.«

Maria und ich rissen gleichzeitig den Arm hoch, um nach Robert zu winken, wobei Maria ihr leeres Weinglas umstieß und ich meine Serviette vom Tisch fegte. Sara prustete los, wir stimmten mit ein, und als Robert an unseren Tisch kam, liefen uns die Tränen über die Wangen. Mit Schluckauf fragte Sara nach der Dessertkarte, was so entzückend klang, dass Robert sie hingerissen betrachtete, bis ihm ihre Bitte ins Bewusstsein drang und er auf dem Absatz kehrtmachte, um die Karte zu holen.

»Der Arme«, meinte Maria und wischte sich über die Augen.

»Wie ist es jetzt zwischen Noah und dir?«, erkundigte ich mich vorsichtig, während wir unseren Nachtisch löffelten.

Saras grüne Augen bekamen einen traurigen Ausdruck. »Wir lieben uns, doch er ist immer noch mit seiner Frau zusammen. Aus Pflichtgefühl. Sie ist neun Jahre älter als er. Sie muss sehr lange gezögert haben, ihn zu heiraten. Irgendwann würde er sie für eine jüngere Frau verlassen und mit ihr die Kinder bekommen, für die sie zu alt sei, hatte sie damals zu ihm gesagt. Noah schwor ihr, dass es niemals dazu kommen würde, und schließlich willigte sie ein, seine Frau zu werden. Dieses Versprechen ist es, das ihn umtreibt. Manchmal, wenn es zu sehr schmerzt, denke ich: Hätte er doch niemals den ersten Schritt gemacht. Hätte ich nur nicht darauf reagiert. Doch jetzt ist es zu spät.« Sie verstummte.

Auch wenn ich Noah nicht kannte und mir kein Urteil über seine Beziehung zu Sara erlauben durfte, beschlich mich ein schlechtes Gefühl. Saras Kummer war ihr anzusehen, und ich hatte das Bedürfnis, ihr »Das hast du doch nicht nötig« ins Ohr zu flüstern. Maria schien ähnliche Gedanken zu hegen. Sie sah Sara lange an.

»Kannst du dich nicht in jemand anders verlieben?«, fragte sie.

Sara wirkte verdutzt, so als wüsste sie nicht, ob sie lachen oder weinen sollte. »Ich schätze, nicht.«

Maria wandte sich an mich und zog eine komische Grimasse. »Ich habe alles versucht.«

Einen Moment lang war es still. Dann gluckten wir los. Unser Lachen hatte etwas Befreiendes an sich. Es fühlte sich an, als würde es die bösen Geister vertreiben. Wir verfielen in ausgelassene Stimmung. Maria meinte, Männer seien sowieso überschätzt, und erzählte von einem ihrer Dates, bei dem der Mann während des Essens in einem piekfeinen Restaurant in Frankfurt plötzlich aufgestanden war, um ihr ein selbst verfasstes Gedicht vorzutragen. »Das Schlimmste daran war, dass ich das Restaurant wirklich mochte. Jetzt kann ich da nie wieder hingehen«, schloss sie mit einem breiten Grinsen. Wie sich herausstellte, hatte Maria mit Anfang zwanzig ihren Jugendfreund Thomas geheiratet. Die Ehe hatte kein Jahr gehalten. Seitdem wollte sie von Heirat nichts mehr wissen und genoss ihre Freiheit in vollen Zügen.

Plötzlich ertönte laute Musik, und wir hoben die Köpfe. Am Klavier saß Henning und spielte *Happy Birthday*. Nicht gut, dafür aber mit umso mehr Leidenschaft. Und obwohl wir keine Ahnung hatten, wem das Ständchen galt, sangen wir mit. Mein Blick fiel auf Robert, der wie angewurzelt vor der Theke stehen geblieben war. Sein Gesicht lief feuerrot an, und ich bildete mir ein, ein verdächtiges Glitzern in seinen Augen wahrzunehmen. Er war also das Geburtstagskind! Was für eine schöne Überraschung für ihn.

Ich war gerührt. Die Partner in meinem Unternehmen betrieben großen Aufwand, wenn ein wichtiger Kunde Geburtstag hatte. Dann gab es Champagner, edle Pralinen, Einladungen in teure Restaurants und handgeschriebene Glückwunschkarten. Doch auf dem Umtrunk eines Mitarbeiters hatte ich noch keinen von ihnen gesehen. Nachdem Henning zu Ende gespielt hatte, klatschten wir stürmisch in die Hände. Inzwischen waren wir bis auf ein älteres Paar, das ebenfalls begeistert mitklatschte, die letzten Gäste im Restaurant. Danach sangen wir noch alle gemeinsam *Wie schön, dass du geboren bist* und *Hoch soll er leben*. Schließlich stand Henning auf, umarmte Robert und klopfte ihm freundschaftlich auf den Rücken. Dann drückte er ihn auf einen Hocker, bat den verbliebenen Barkeeper, ihm einen Drink zu mixen, und schlenderte zu uns herüber. »Na, Ladys«, fragte er. »Amüsiert ihr euch?«

Wir drei tauschten einen verschwörerischen Blick und

nickten. Ich konnte kaum glauben, dass Mitternacht vorbei war. Die letzten Stunden waren nur so verflogen, und ich erinnerte mich nicht, wann ich zuletzt einen so schönen Abend verbracht hatte. Wenn ich mich mit Kollegen zum Abendessen traf, kamen wir zwangsläufig irgendwann auf die Arbeit zu sprechen. Dabei hatte ich noch nie so gelacht, dass mir die Tränen in die Augen traten und ich Bauchschmerzen bekam.

Henning bestand darauf, mit uns einen Grappa zu trinken. Nachdem wir die Gläser geleert hatten, schaute Sara auf ihre Armbanduhr und stöhnte. »So gerne ich weiter mit euch hier sitzen würde, ich muss jetzt dringend schlafen. Doch glaubt ja nicht, ihr zwei, dass ihr um eure Schnapsidee-Geschichten herumkommt.«

Maria öffnete den Mund, um zu protestieren, doch Sara kam ihr zuvor. »Ich weiß, was du sagen willst, meine Liebe, aber gib dir keine Mühe. Pinke *Tod's* im Wald zählen nämlich nicht zu dieser Kategorie.«

6

Der Friedhof von Herzbach war liebevoll angelegt. Eine pittoreske Steinmauer führte um ihn herum, die nur von außen sichtbar war. Innen gaben dicht gewachsene Büsche und uralte Eichen, Kastanien, Birken und Fichten dem Besucher das Gefühl, sich in einer eigenen Welt zu befinden. Ein Gefühl, das durch die beschauliche Stille zwischen den Gräbern noch verstärkt wurde.

Es gab zwei Zugangswege. Entweder man betrat den Friedhof durch ein kleines Törchen direkt hinter dem Ortseingang, oder man wählte den Weg um die St.-Andreas-Kirche herum. Max und ich nahmen den Eingang über die Straße.

Anders als auf vielen Friedhöfen waren Hunde hier erlaubt, sodass ich mich spontan zu einem Besuch entschlossen hatte, anstatt auf direktem Weg zum Dorfplatz zu laufen, wie ich es an diesem Morgen geplant hatte. Sara hatte übrigens mit ihrer Einschätzung recht behalten: Max war alleine in Avas Haus bestens zurechtgekommen und hatte bei meiner Rückkehr gestern Nacht tief und fest geschlafen.

Als Erstes fiel mir das eiserne Gestell neben der Wasserstelle ins Auge. Daran hing ein Handfeger, der das beschauliche Bild ein wenig störte, dafür aber den Pragmatismus der Dorfbewohner unterstrich. Wer wollte schon den Kies hinaustragen, der beim Schlendern über die Wege unter den Sohlen hängen geblieben war?

Ich nahm die Sonnenbrille aus meiner Handtasche und setzte sie auf. Nach dem Abend mit Sara und Maria war ich mit leichten Kopfschmerzen erwacht. Ich musste lächeln, als ich an die beiden dachte. Noch auf dem Heimweg hatten wir unsere Handynummern ausgetauscht, und obwohl wir uns erst so kurz kannten, erfüllte mich ein Gefühl von Freundschaft, das ich lange nicht gespürt hatte.

In meinem Leben hatte ich verschiedene beste Freundinnen gehabt. Im Kindergarten waren es Barbara und Miri, in der Grundschule Vera und später auf dem Gymnasium Anne und Kerstin. Auch im Studium war es mir nicht schwergefallen, Anschluss zu finden. Doch all diese Freundschaften hatten eins gemeinsam – sie waren auf einen bestimmten Abschnitt in meinem Leben beschränkt. Es war nie etwas vorgefallen, es hatte keinen Streit gegeben, doch immer war der Kontakt irgendwann weniger geworden und schließlich ganz abgebrochen. Natürlich gab es Erklärungen: ein Schulwechsel, der Umzug in eine andere Stadt. Aus den Augen, aus dem Sinn. Doch in Wahrheit waren mir die Beziehungen nicht wichtig genug gewesen, um daran festzuhalten. So war es auch in meiner Partnerschaft mit Martin. Ich hatte nie den Versuch unternommen, unsere Beziehung auf das nächste Level zu heben.

Es war schon merkwürdig. Ich hielt mich nicht für

oberflächlich. Doch meine Beziehungen zu anderen Menschen, ausgenommen zu Ava und meinen Eltern, waren es. Bei dem Gedanken durchströmte mich jähes Bedauern. Ich wollte erfahren, wie es war, echte, tiefe Verbundenheit zu jemandem zu spüren. Vielleicht war der gestrige Abend mit Maria und Sara ein Anfang.

Max und ich schlenderten die Wege entlang. Zwischendurch blieb ich immer wieder stehen, um die Inschriften an den Grabsteinen zu lesen. Manche waren so alt, dass ich sie kaum entziffern konnte. Die meisten der Verstorbenen hatten ein hohes Alter erreicht, doch ab und an war auch jemand Junges dabei. Da war das Grab eines siebzehnjährigen Mädchens und das eines jungen Mannes, zwanzig Jahre, die beide bei demselben Autounfall ums Leben gekommen zu sein schienen. Die Inschriften auf den schlichten Holzkreuzen legten die Vermutung nahe. Ich schlang die Arme um meinen Oberkörper. Trotz des warmen Wetters fröstelte ich auf einmal. Die Schicksale bewegten mich.

Auf einem abgesetzten Stück Rasen am Ende des Friedhofs, im Schatten hoher Bäume, lagen die Ruhestätten der ehemaligen Pfarrer von St. Andreas. Massive, dicht beieinanderliegende Grabplatten gaben Auskunft über Leben und Wirken der Verstorbenen. Während ich noch darüber nachdachte, was ein *Jubilarpriester* sein mochte, hörte ich plötzlich eine Frauenstimme.

»Kannst du dich daran erinnern, dass es Anfang Mai jemals so warm gewesen ist, Johannes? Ich mich nicht, und wenn du mich fragst, kann das nichts Gutes bedeuten. Wenn es im Frühling bereits Sommer ist, was erwartet uns dann erst im Juli und August? Der arme Bauer Westkamp. Seine Felder werden vertrocknen. Doro hat ja noch Henning, aber was ist mit ihren Brüdern? Oje, sag ich dazu nur, Johannes, oje.«

Suchend blickte ich mich um. Halb versteckt hinter einem Strauch entdeckte ich eine alte Dame, die auf einer Bank saß. Ich machte einen Schritt auf sie zu, doch sie war so in Gedanken versunken, dass sie mich nicht bemerkte. Trotz des strahlenden Sonnenscheins trug die Frau einen knöchellangen Rock und dazu eine hochgeschlossene weiße Bluse. Mit ihren Händen umklammerte sie die Handtasche auf ihrem Schoß. Wie sie so dasaß, mit ihrer molligen Figur und den blonden Löckchen, die ihr rundes Gesicht einrahmten, sah sie aus wie ein winziger, in die Jahre gekommener Weihnachtsengel. Ich fragte mich, wer der Mann war, zu dem sie gerade gesprochen hatte. Da ich außer ihr niemanden entdecken konnte, kam ich zu dem Schluss, dass ihre Worte dem Verstorbenen galten, der vor ihr begraben lag. Ich überlegte, ob ich mich unauffällig zurückziehen sollte, um sie in ihrer Trauer nicht zu stören. Aber Max hatte andere Pläne und zog in ihre Richtung.

»Nein«, sagte ich zu ihm. »Ich glaube, wir gehen besser.«

Bei meinen Worten hob die alte Dame den Kopf. Im ersten Moment wirkte sie erschrocken. Dann bemerkte sie Max, und auch wenn ihr sein Anblick kein Lächeln entlockte, entspannte sich ihr Körper. Also schön, dachte ich, und gab Max' Drängen nach.

So stürmisch er Hermann begrüßt hatte, so vorsichtig benahm er sich jetzt. Er machte Sitz und legte seine Schnauze auf ein Knie der alten Frau. Ganz leicht nur, so als könnte sie zerbrechen, wenn zu viel Gewicht auf ihr ruhte. Sie zögerte, doch nach ein paar Sekunden legte sie eine kleine, runde Hand auf seinen Kopf, und Max schloss die Augen.

Der Moment war so besonders, dass ich mich nicht für Max' Verhalten entschuldigte, wie ich es sonst bestimmt getan hätte, sondern einfach nur dastand und den beiden zusah. Der alten Frau und dem Hund, der mir trotz der kurzen Zeit bereits ans Herz gewachsen war und dessen Gesellschaft ich so genoss.

Doch dann machte ich mich doch bemerkbar. »Verzeihen Sie, dass wir stören«, sagte ich. »Aber Max wollte unbedingt zu Ihnen.«

Die Frau sah mich an. Ihre Augen waren von einem hellen Braun, was ihrem Weihnachtsengel-Aussehen keinen Abbruch tat, wie ich fand. Im Gegensatz zu den dunklen Schatten, die darunter lagen und von Traurigkeit und Sorge sprachen. Sie schüttelte den Kopf. »Das kann ich mir nicht vorstellen. Es wird der Geruch sein, der ihn anzieht. Ich habe heute Morgen Frikadellen gebraten.«

Ihre Stimme hatte einen leidenden Unterton, so als hätte sie sich schon vor langer Zeit damit abgefunden, dass es niemanden gab, der sich zu ihr hingezogen fühlte. Mir fiel keine passende Entgegnung ein. Also lächelte ich nur höflich und schwieg. Sie schwieg ebenfalls, und so verging einige Zeit, bis ich es nicht mehr aushielt und die Initiative ergriff. Passiv abzuwarten war noch nie meine Stärke gewesen.

»Mir ist klar, dass Sie längst wissen, wer ich bin, aber ich möchte mich trotzdem vorstellen«, versuchte ich es mit Humor. »Mein Name ist Ellie Lindemann. Ich bin die Großnichte von Ava.«

»Ava«, antwortete die Frau und verzog traurig die Stirn.

»Sie ist einfach abgereist. Ich verstehe, dass sie *mir* nicht gesagt hat, wo sie hinwill, das hätte ich an ihrer Stelle auch nicht getan. Aber wenigstens Hermann hätte sie es doch verraten können. Und jetzt ist sie schon drei Tage fort und bis auf diese kurze Postkarte gibt es noch immer kein Lebenszeichen von ihr. Bestimmt ist ihr etwas passiert. Vielleicht ist sie längst tot, und wir wissen es nicht.« Ihre Hände klammerten sich wieder um den Griff ihrer Tasche. Seiner Streicheleinheiten beraubt, öffnete Max die Augen und schielte zu ihr hoch.

Es kam selten vor, dass ich sprachlos war, doch jetzt hatte die alte Dame es schon zum zweiten Mal geschafft. Meinte sie das ernst? Ich schaute ihr prüfend ins Gesicht, doch alles, was ich sah, waren Kummer und die feste Überzeugung, dass etwas Schreckliches geschehen sein musste. Eine Gänsehaut lief über meinen Rücken. Was, wenn *ich* zu sorglos war? Konnte es sein, dass Ava etwas zugestoßen war? Hatte ich mich zu wenig für ihren Verbleib interessiert? *Nein*, sagte eine Stimme in meinem Kopf. *Ava ist eine erwachsene Frau und weiß genau, was sie tut. Nur, weil du nicht kopflos herumrennst und alle um dich herum in Panik versetzt, heißt das nicht, dass sie dir gleichgültig ist. Du vertraust ihr eben. Punkt.*

»Genau«, gab ich der Stimme recht. Mir wurde bewusst, dass ich laut gesprochen hatte. Ich räusperte mich und setzte zu einer Erwiderung an. Mein erster Impuls war, mich zu verteidigen und gleichzeitig der alten Frau zu raten, etwas optimistischer in die Welt zu blicken. Doch noch während ich mir die Sätze zurechtlegte, traf mich die Erkenntnis. Die Frau, die da vor mir saß, musste Irene sein! Hermann hatte mir von ihr erzählt. Ich rief mir seine Worte ins Gedächtnis. *Ihr Verlobter ist vor vierzig*

Jahren sang- und klanglos verschwunden. Seitdem ist die Arme melancholisch und befürchtet in jeder Situation das Schlimmste.

Sofort überkam mich Mitleid, und ich änderte meine Strategie. Ich setzte mich neben sie auf die Bank und legte meine linke Hand auf ihre rechte. Ganz kurz nur, um sie nicht zu verschrecken.

»Sie sind Irene, stimmt's?«, fragte ich sanft.

Irene ließ den Kopf hängen, wodurch sich ein kleines Doppelkinn zeigte. »Die anderen haben Ihnen von mir erzählt.« In ihrer Stimme lag kein Vorwurf, sie klang lediglich resigniert. »Damit war ja zu rechnen.« Sie zog ein blütenweißes Stofftaschentuch aus ihrer Rocktasche und schnäuzte sich geräuschvoll. »Egal was sie Ihnen gesagt haben«, meinte sie dann, »es war nur die Hälfte. In Wahrheit bin ich noch viel schlimmer.«

Ich musste mich anstrengen, um ein Lächeln zu unterdrücken. »Nicht doch«, erwiderte ich tröstend und widerstand der Versuchung, ihren Rücken zu tätscheln. »Wer ist eigentlich Johannes?«, fragte ich, um das Thema zu wechseln. »Max und ich wollten nicht lauschen, aber wir kamen nicht umhin, Ihrer … äh … Unterhaltung zu folgen.« Ich betete im Stillen, dass ich keinen weiteren wunden Punkt getroffen hatte. Oder zumindest keinen allzu wunden. So wie ich Irene bisher kennengelernt hatte, schien man sich in der Unterhaltung mit ihr permanent auf einem Drahtseil zu bewegen.

Eine gut genährte Taube landete zu unseren Füßen. Es kam mir ziemlich mutig vor, so dicht neben einem ausgewachsenen Labrador vorbeizuhüpfen, doch sie ließ keine Anzeichen von Nervosität erkennen. Irene öffnete ihre Handtasche und nahm eine Papiertüte heraus. Darin waren alte Brötchen, die sie nun in Bröckchen auf die Erde warf.

Es dauerte keine Minute, da waren zwanzig Tauben um uns versammelt. Schließlich war es Max, dem es zu viel wurde. Er ließ sich auf den Bauch fallen und robbte unter die Bank.

»Johannes war mein Bruder«, erklärte Irene, ohne die Fütterung zu unterbrechen. »Er war Pfarrer in St. Andreas. Dann verletzte er sich beim Schneiden meiner Hecke an einem Dorn, bekam eine Blutvergiftung und starb. Ich habe ihn angefleht, zum Arzt zu gehen, doch davon wollte er nichts wissen. Nicht einmal, als das Fieber kam. Irgendwann habe *ich* dann den Arzt gerufen, doch es war zu spät.« Sie sah zum Grab ihres Bruders und schüttelte den Kopf, dass ihre blonden Löckchen flogen. »Hättest du nur auf mich gehört, Johannes. Dieses eine Mal wenigstens.«

»Das tut mir leid«, sagte ich aufrichtig. Ich beugte mich vor und kniff die Augen zusammen, um die Inschrift auf der Grabplatte zu entziffern. Johannes war vor dreißig Jahren im Alter von fünfundvierzig gestorben. Wegen eines Dorns, dachte ich, was für eine Tragödie.

»Ja«, antwortete Irene. »Aber es musste ja so kommen.«

Ich war mir nicht sicher, warum es so kommen musste. Vielleicht war Johannes ein leichtsinniger Mann gewesen, der ständig sein Leben aufs Spiel gesetzt hatte. Als Pfarrer von Herzbach war das eher unwahrscheinlich, überlegte ich. Viel wahrscheinlicher war es, dass Irene sich in ihrem Kopf eine Theorie zurechtgelegt hatte, nach der sie am Tod ihres Bruders Schuld trug. Vielleicht, weil es ihre Hecke gewesen war, die er beschnitten hatte.

»Hören Sie doch, wie schön die Vögel zwitschern!«, rief ich und legte alle Begeisterung in meine Stimme, die ich aufbringen konnte, um Irene abzulenken. Und bevor sie irgendetwas erwidern konnte, plauderte ich schnell weiter. »Sie wissen es vielleicht noch gar nicht«, sagte ich, den Blick auf die Bäume vor mir gerichtet, »aber Hermann hat mich gebeten, die nächste Herzbacher Tafelrunde auszurichten. Da konnte ich natürlich nicht Nein sagen.« Ein Seitenblick verriet mir, dass ich ihre Aufmerksamkeit besaß. Jetzt nur nicht aufhören zu reden, schoss es mir durch den Kopf, und bloß nichts Falsches sagen. »Vielleicht haben Sie ja Lust, mir bei den Vorbereitungen zu helfen. Das wäre doch sicher lustig.« Lustig? Ich biss mir auf die Zunge. *Das* war mit Sicherheit das Falsche gewesen.

Und richtig. Irene stand abrupt auf und packte die Brötchentüte zurück in ihre Tasche. Sie war wahrhaftig winzig. Bestimmt nicht viel größer als 1,50 Meter. »Das geht nicht«, ließ sie mich wissen. »Ich würde nur alles durcheinanderbringen. Die Mixturen verwechseln und Sie dazu verleiten, dasselbe zu tun. Und am Ende ginge es allen schlechter als vorher, und es wäre allein meine Schuld. Wie immer.« Dann drehte sie sich um und schlich mit heruntergezogenen Schultern davon, wobei die Handtasche an ihrer Seite hin und her baumelte.

Max kroch unter der Bank hervor und sah ihr hinterher. Ich hatte keine Ahnung, was in seinem Hundekopf vorging, doch ich konnte mir vorstellen, dass er sich eine Verabschiedung gewünscht hätte. Tröstend streichelte ich seinen Rücken. »Nimm es nicht persönlich, mein Freund«, meinte ich. »Ich versuche, das auch nicht zu tun.«

Nach der Begegnung mit Irene stand mir der Sinn nach etwas Positivem, und so setzte ich meinen Weg zum Dorfplatz fort, um Herzbachs Geschäfte zu erkunden und bei der Gelegenheit ein paar Lebensmittel einzukaufen. Das *Kiepenkerl* hatte Ruhetag, doch das Eiscafé war gut besucht. Auch vor dem Hotel, das mit seinen Holzverstrebungen und Buntglasfenstern historischen Charme versprühte, saßen bereits Gäste, die sich ein frühes Mittagessen schmecken ließen. Es waren in erster Linie Fahrradtouristen. Dafür sprachen die Helme und Rucksäcke, die überall auf den Tischen und Stühlen verstreut lagen.

Zwei kleine Mädchen, die mit ihren geflochtenen Haaren allerliebst anzusehen waren, spielten um den Maibaum Fangen. Nachdem ich meinen Blick einmal im Kreis hatte wandern lassen, steuerte ich den Hofladen an. Ein Schild bat darum, Hunde draußen zu lassen. Ich leinte Max am Fahrradständer vor der Tür an, was er mit einem gutmütigen Gähnen über sich ergehen ließ.

Der Laden war größer, als es von außen den Anschein hatte. Durch die Fenster fiel goldenes Sonnenlicht. Es gab eine Theke, an der köstlich aussehende Molkerei- und Käsespezialitäten angeboten wurden. In den Auslagen daneben lagerten frisch geernteter Salat, Gemüse und Obst. Außerdem konnte man Eier und Milch, Marmeladen, Kompott, Honig, naturtrüben Apfelsaft und verschiedene Schnäpse und Liköre kaufen. Ein handgemaltes Schild wies darauf hin, dass alle Erzeugnisse von den Herzbacher Bauernhöfen stammten. Ein Konzept, das aufging, denn der Laden war voll. Hinter der Theke standen zwei Verkäufer, ein Mann um die vierzig und ein junger Bursche, doch beide ließen sich trotz des Andrangs nicht aus der Ruhe bringen. Mit freundlicher Gelassenheit nahmen sie die Wünsche der Kunden entgegen.

An der Kasse neben dem Ausgang saß eine Frau mit weißem Haar und tiefen Falten im Gesicht, die die gekauften Waren mit einer Schnelligkeit eintippte, dass einem schwindelig werden konnte.

Ich reihte mich in die Schlange vor der Käsetheke ein. Dabei konnte von Schlange gar nicht die Rede ein. Die Menschen standen dicht gedrängt und kreuz und quer, doch wie durch ein Wunder schien jeder genau zu wissen, wann er dran war. Zumindest kam es zu keinen lautstarken Auseinandersetzungen, wie ich sie aus meiner Lieblingsbäckerei in Düsseldorf gewohnt war, wenn ich am Sonntagmorgen dort Brötchen holte. Hier dagegen herrschte eine entspannte Urlaubsatmosphäre.

Als ich an der Reihe war, bat ich den älteren der beiden Verkäufer, mir eine Käseauswahl für drei Personen zusammenzustellen. Ich hatte Sara und Maria für den morgigen Abend zu Ava nach Hause eingeladen. Der Mann nickte. Er hatte hellblondes Haar und einen Vollbart in derselben Farbe. Seine gebräunte Haut ließ darauf schließen, dass er sich viel an der frischen Luft aufhielt.

»In welche Richtung soll es denn gehen?«, erkundigte er sich.

Ratlos schaute ich ihn an. »In die käsige?«

Sein Mund verzog sich zu einem Grinsen. »Ich meinte, welche Art von Käse Sie bevorzugen. Mögen Sie lieber Weich- oder Hartkäse oder etwas dazwischen? Wollen Sie etwas Herzhaftes oder doch lieber Mildes? Vielleicht auch etwas Ziegenkäse?«

Ich hob kapitulierend die Hände. »Stellen Sie mir bitte eine bunte Mischung zusammen. Ich bin mir sicher, dass sie mir schmecken wird. Und wenn nicht, werde ich garantiert nicht zurückkommen und mich beschweren. Obwohl … versprechen kann ich das leider nicht«, scherzte ich.

Er lachte. »Wenn das so ist, werde ich mir besser Mühe geben.«

Sein Blick wanderte prüfend über die Auslage. Dann nahm er nacheinander sechs verschiedene Sorten Käse heraus. Er wog jedes Stück, das er abschnitt, verpackte es einzeln in Papier und notierte den Preis auf einem Zettel.

Während ich ihm zusah, kam mir der Gedanke, einmal mit Sara vorbeizuschauen. Auf Marias Frage, ob sie sich nicht in jemand anderen als in Noah verlieben könne, hatte sie zwar mit Nein geantwortet, doch es kam auf einen Versuch an. Andererseits … Wahrscheinlich kannte Sara den sympathischen Verkäufer bereits, sie war ja in Herzbach aufgewachsen. Und wenn es bis jetzt nicht gefunkt hatte, würde es wahrscheinlich auch nicht mehr passieren. Zudem war er bestimmt verheiratet. Alle netten, gut aussehenden Männer um die vierzig waren das.

Der Mann, der zum Glück nichts von dem ahnte, was in meinem Kopf vorging, reichte mir ein kleines Paket über die Theke. »Ich wünsche Ihnen viel Freude damit. Genießen Sie es.« Er lächelte mich noch einmal an, dann wandte er sich dem nächsten Kunden zu.

~

Ich hatte gerade meine Einkäufe in Avas Flur abgestellt, als mein Handy klingelte. Es war Martin. Mein Magen verhärtete sich. Am liebsten wäre ich gar nicht drangegangen, doch dann kam ich mir albern vor und nahm den Anruf entgegen.

»Ellie hier«, sagte ich knapp.

»Hallo, Ellie. Ich bin's. Martin.« Er machte eine kurze Pause. »Ich weiß, du hast gesagt, dass du eine Auszeit von mir willst, doch ich wollte trotzdem hören, wie es dir geht. Ich habe mir Sorgen gemacht.«

Mit dem Handy am Ohr ging ich in den Garten. »Es geht mir gut«, antwortete ich und sog den Geruch von sonnenwarmem Gras in meine Nase.

»Hast du dich schon in Mosberg eingelebt?«

Jäher Ärger kochte in mir hoch. »Herzbach, Martin. Der Ort heißt Herzbach!« Ich atmete tief durch, um mich zu beruhigen. Es war nicht so, dass Martin ein schlechtes Gedächtnis hatte. Er hörte einfach nicht richtig zu, wenn ich ihm Dinge erzählte, die nichts mit ihm zu tun hatten. Sie interessierten ihn schlichtweg nicht, und er unternahm keine Anstrengung, dies zu verbergen. Eine Eigenschaft, die mich auch früher schon genervt hatte, doch gerade in diesem Moment empfand ich sie als unerträglich.

»Sag ich doch«, scherzte er.

Ich ging nicht darauf ein und überlegte, ob ich etwas von *schlechter Verbindung* nuscheln und dazu Knistergeräusche nachahmen sollte, um auflegen zu können, entschied mich dann aber dagegen. »Du, ich wollte gerade zu Mittag essen«, behauptete ich stattdessen, den Blick auf meine Fußspitzen gerichtet.

»Okay«, antwortete er nach einigem Zögern. Seine Stimme klang beleidigt. »Dann wünsche ich dir einen guten Appetit.«

»Er hat aufgelegt«, teilte ich Max mit, der mir in den

Garten gefolgt war. Ich steckte mein Handy in die Hosentasche und sah mit klopfendem Herzen zum Fluss. Es war nicht so, dass Martin mir gleichgültig war. Doch die Gefühle, die er momentan in mir auslöste, waren nicht Zuneigung oder Freude. Stattdessen fühlte ich mich zornig, unwohl und gestresst. Ich streichelte Max' weiches Fell. »Was mach ich nur?«, murmelte ich.

7

Behutsam strich ich über den Einband von Muriels Kochbuch. Nachdem Max und ich zu Mittag gegessen und danach ein Nickerchen im Garten gehalten hatten, war meine Laune wiederhergestellt. Und so hatte ich es mir mit einer Tasse Kaffee und den letzten beiden Macarons aus der Bäckerei auf der Terrasse gemütlich gemacht, um die Geheimnisse der Herzbacher Tafelrunde zu ergründen.

Mir war ehrfürchtig zumute. Zwischen dem weinroten Leder waren die Erfahrungen eines ganzen Lebens gesammelt. In Gedanken rechnete ich nach. Ava war vierundsiebzig Jahre alt. Als ihre Großtante musste Muriel so um das Jahr 1890 herum geboren sein. Wie war es wohl, in dieser Zeit aufzuwachsen?

Hermann hatte gesagt, dass Muriel nie geheiratet hatte. Als Tochter des Apothekers wäre sie bestimmt eine gute Partie gewesen. Hatte sie sich bewusst gegen die Ehe entschieden? Vielleicht, um genügend Zeit und Freiraum für ihre Studien zu haben? Ihr Vater schien ein für die damaligen Verhältnisse erstaunlich moderner Mann gewesen zu sein. Zumindest hatte er seiner Tochter alles beigebracht, was er über Pflanzen und Kräuter wusste. Und Muriel hatte dieses Wissen genutzt, um den Herzbachern zu helfen. Mehr noch, sie hatte es für künftige Generationen niedergeschrieben und damit über die Jahrhunderte bewahrt.

Ach Ava, dachte ich, warum hast du mir nie von Muriel und der Tafelrunde erzählt? Aber daran war nun nichts zu ändern, und so begann ich, mir das Kochbuch auf eigene Faust zu erschließen.

Ich nahm mir Zeit, um das Inhaltsverzeichnis zu studieren, und musste dabei immer wieder grinsen. Schlechte Stimmungen und Gemütslagen schienen kein Phänomen der Moderne zu sein. Versuchsweise schlug ich das Rezept gegen Streitsucht auf.

Erneut war ich von Muriels Handschrift beeindruckt. Die Doppelseite sah aus wie gemalt. Im Eingangstext beschrieb sie, wie sich die Gemütslage bemerkbar machte, und gab humorvolle, mit Bildern unterlegte Beispiele, in denen die Betroffenen aus Nichtigkeiten heraus zu krakeelen begannen. Über die Jahre habe sie festgestellt, schrieb Muriel weiter, dass diesen Patienten ausreichend Schlaf, regelmäßige Mahlzeiten, viel Bewegung an der frischen Luft und die Beschäftigung mit Dingen, die ihnen am Herzen lagen, Linderung verschafften. Das und die Einnahme einer pflanzlichen Rezeptur, die in einem Getränk aus Roter Bete, Äpfeln, Kopfsalat, Petersilie und Sellerie verabreicht werden sollte.

Ich kicherte. Konnte es sein, dass Urgroßtante Muriel den gesunden Smoothie erfunden hatte? Doch meine Freude währte nur kurz. Ich überflog die Bestandteile der Pflanzenmischung, die in das Getränk gegeben werden sollte, und runzelte die Stirn. Unter *Passionsblume* konnte ich mir ja noch etwas vorstellen, und natürlich kannte ich *Lavendel*, aber was, um alles in der Welt, war *Tigerlilie*? Von *Frauenschuh* und *Traubensilberkerze* hatte ich genauso wenig gehört.

Ein unangenehmes Gefühl der Beunruhigung überkam mich. Ich dachte an Greta und schlug das Rezept gegen Schüchternheit auf. Hier erwartete mich das Gleiche. Von acht Zutaten kannte ich gerade mal zwei.

Schnell blätterte ich weiter. Ich las durch, was Muriel gegen Heimweh, Wortkargheit und Melancholie empfahl. Spätestens, als ich bei der Mixtur gegen Liebeskummer angekommen war, war ich fix und fertig. Frustriert schlug ich das Buch zu und steckte mir ein Macaron in den Mund, eine halbe Minute später das zweite. Während der Zucker durch meine Blutbahnen schoss, ermahnte ich mich zur Ruhe. Wofür gab es schließlich das Internet?

~

Eine halbe Stunde später hatte ich gelernt, dass Google nicht allwissend war. Zwar sah ich nun etwas klarer, doch ein paar der Begriffe aus Muriels Buch hatten tatsächlich zu keinem Suchergebnis geführt. Wie sollte ich für die Herzbacher Tafelrunde kochen, wenn ich nicht in der Lage war, die richtigen Mixturen herzustellen?

Ich sprang von meinem Stuhl auf und ging auf der Terrasse auf und ab. Max hob den Kopf und folgte mir mit seinen Blicken.

Plötzlich blieb ich wie angewurzelt stehen. Natürlich, warum war ich nicht sofort daraufgekommen? Ich würde die Mitglieder der Tafelrunde fragen! Sie würden wissen, was zu tun war.

Im Kopf ging ich die Personen einzeln durch. Sara war

arbeiten und anschließend beim Yoga, sie fiel schon mal aus. Dabei hätte ich sie wirklich gerne gefragt, wie sie zu der Überzeugung gelangt war, ich könne nichts falsch machen. Aber das musste warten. Von Hermann hatte ich weder eine Adresse noch eine Telefonnummer. Dasselbe galt für Greta und Irene, doch die beiden konnte ich ohnehin nicht fragen. Die eine würde vor Schüchternheit kein Wort herausbringen, die andere hatte mir heute Morgen schon eine Abfuhr erteilt. Blieb also nur Jonas. Jetzt hatte ich definitiv einen Grund, bei ihm zu klingeln. Bei dem Gedanken breitete sich ein Lächeln auf meinem Gesicht aus.

»Komm, Max, wir statten dem Professor einen Besuch ab. Hoffen wir mal, dass er zu Hause ist.«

Wir hatten Glück. Jonas war tatsächlich zu Hause. Er wirkte überrascht, als er uns die Tür öffnete.

»Hallo«, begrüßte er uns und steckte die Hände in die Taschen seiner Jeans. Sein Anblick verschlug mir für einen Moment die Sprache. Ich hatte schon am Samstag festgestellt, dass er gut aussah, doch in dem weißen T-Shirt und mit den verstrubbelten Haaren, dazu auch noch barfuß, war er absolut hinreißend. Mit Mühe rief ich mir den Grund, aus dem ich gekommen war, ins Gedächtnis.

»Ich wollte Sie um Hilfe bitten«, brachte ich schließlich hervor. »Sie wissen bestimmt, dass Hermann mich gebeten hat, die nächste Herzbacher Tafelrunde auszurichten. Das will ich auch gerne tun, nur komme ich mit Muriels Kochbuch nicht zurecht. Viele Pflanzennamen sagen mir überhaupt nichts. Im Internet habe ich auch nicht alles gefunden«, fügte ich schnell hinzu, damit er nicht den Eindruck gewann, ich könnte nicht bis drei zählen. »Jedenfalls hatte ich gehofft, dass Sie eine Idee haben. Schließlich sind Sie Mitglied der Tafelrunde. Vielleicht hat Ava ja mal etwas erwähnt, oder Sie haben ihr beim Kochen über die Schulter geschaut?« Ich sah ihn hoffnungsvoll an.

Jonas rieb sich den Nacken. »Kommen Sie erst mal herein«, meinte er nach einer kurzen Pause. »Du natürlich auch, Max.«

Er führte uns durch den Flur in ein großes Wohnzimmer mit bodentiefen Fenstern, das für einen allein lebenden Mann nicht nur ziemlich ordentlich war, sondern auch sehr geschmackvoll eingerichtet. Wie es sich für einen Professor gehörte, wurde eine Seite des Raumes von einer Bücherwand eingenommen, die bis zur Decke reichte. Bevor ich dazu kam, einzelne Titel in Augenschein zu nehmen, ging er hinaus in den Garten.

Jonas Grundstück lag genau wie Avas zur Stever hin. Nur dass es hier einen kleinen Steg gab, von dem man die Füße ins Wasser halten konnte.

»Wie schön«, entfuhr es mir.

Der Garten selbst bestand aus üppig grünem Rasen, altem Baumbestand und Johannisbeer-, Brombeer- und Haselnusssträuchern, wohin das Auge reichte.

»Möchten Sie etwas trinken?«, fragte Jonas, und als ich das bejahte, ging er ins Haus und kehrte zwei Minuten später mit einem Krug Apfelschorle zurück, in dem Eiswürfel klirrten. Max bekam eine Schüssel mit Wasser.

Wir setzten uns auf die holzgetäfelte Terrasse. Jonas schwieg, und ich musste daran denken, wie er Mitglied der Tafelrunde geworden war. Hermann hatte mir von seiner schwierigen Scheidung berichtet. Seitdem lebte er zurückgezogen und sprach nicht mehr als nötig. Ich kannte die Umstände natürlich nicht, doch es kam mir grausam vor von seiner Ex-Frau, mit dem gemeinsamen Sohn in das ferne Neuseeland auszuwandern.

Nachdem ich einen Schluck getrunken hatte, stellte ich mein Glas ab und machte den Anfang. »Also … wie sieht es aus? Helfen Sie mir aus meinem Dilemma?«

Jonas wiegte den Kopf. »Ich war nie dabei, wenn Ava die Gerichte zubereitet hat. Tatsächlich waren sie immer schon fertig, wenn wir kamen.«

»Oh.« Enttäuschung machte sich in mir breit. Das war nicht die Antwort, auf die ich gehofft hatte.

»Warten Sie«, meinte Jonas und lächelte kurz, was sein Gesicht vollständig verwandelte. »Wenn ich mich richtig erinnere, bewahrt Ava irgendwo in ihrem Haus einen Vorrat auf.«

Ich richtete mich kerzengerade auf. »Einen Vorrat?«, wiederholte ich aufgeregt. Mein Puls beschleunigte sich. »Etwa von jeder Kräutermischung?«

Er nickte. »Das hat sie zumindest mal gesagt.«

Ich strahlte ihn an. »Dafür würde ich Sie am liebsten küssen!«

Jonas grinste verlegen, wurde aber schnell wieder ernst. »Soll ich Ihnen suchen helfen?«, bot er an. An seiner Miene konnte ich ablesen, dass er über sich selbst erstaunt war.

Bevor er einen Rückzieher machen konnte, sprang ich auf. »Sehr gerne.«

»Wie? Jetzt sofort?«

»Aber ja.«

Er blieb noch einen Moment sitzen. Dann seufzte er und stand auf. »Also schön. Gehen wir.« Schnell trank ich mein Glas aus und folgte ihm.

Wir fingen in der Küche an. Systematisch durchsuchten wir alle Schränke und Regale. Ava war eine leidenschaftliche Köchin, und so besaß sie Unmengen an Dosen und Tiegeln, doch in keinem der Behälter stießen wir auf etwas, das auch nur annähernd Ähnlichkeit mit einer Kräutermischung aufwies.

Ich stand auf einer Trittleiter und blies mir eine Haarsträhne aus dem Gesicht. »Und jetzt?«, fragte ich Jonas, nachdem ich das letzte Gefäß zurückgestellt hatte.

»Jetzt kommen Sie erst mal herunter«, schlug er vor.

Als ich seiner Aufforderung Folge leisten wollte, geriet ich jedoch ins Schwanken. Reflexartig umfasste Jonas meine Beine. Bei der Berührung seiner Hände jagte ein Stromstoß durch mich hindurch, der meinen ganzen Körper zum Vibrieren brachte.

»Danke«, stotterte ich, als ich wieder auf sicherem Boden stand. So attraktiv ich ihn fand, auf eine solche Reaktion war ich nicht vorbereitet gewesen.

Wir sahen einander in die Augen, und ich hielt unwillkürlich den Atem an. Die Luft um uns herum schien vor Spannung zu knistern. Da kam Max angetrottet und leckte mir über die Hand. Verlegen wichen wir auseinander, und der Moment verstrich.

~

Nachdem wir den Wohn- und Essbereich durchsucht hatten, nahm ich mir Avas Schlafzimmer im ersten Stock vor.

»Das müssen Sie alleine tun«, hatte Jonas gesagt und die Arme vor der Brust verschränkt. Sein Ausdruck hatte Bände gesprochen, und ich musste grinsen. In Avas privaten Räumen und womöglich in ihrer Wäscheschublade nach geheimen Kräutermixturen zu suchen lag jenseits seiner Vorstellungskraft. Er bot stattdessen an, sich auf dem Dachboden umzuschauen.

Ich hörte seine Schritte über mir, als ich Avas Schreibtisch einer näheren Betrachtung unterzog. Meine Großtante hatte früher für eine Hilfsorganisation gearbeitet, die in Afrika und Asien Schulen baute und unterhielt. Zu ihren Aufgaben zählte es, Spendengelder zu sammeln, und da Ava nicht nur liebenswürdig war, sondern auch sehr überzeugend sein konnte, hatten die Unternehmer und wohlhabenden Familien, die zu den von ihr organisierten Spendengalas kamen, nur zu gerne die Scheckbücher gezückt. Die vielen Fotos, Karten und Briefe, die ich in ihren Schreibtischschubladen fand, zeugten von Avas eigenen Besuchen in Afrika und Asien und den engen und bereichernden Freundschaften, die sie vor Ort geknüpft hatte.

Obwohl ich wusste, dass Ava es mir nicht übel nehmen würde, war ich dennoch froh, als ich meine Inspektion abgeschlossen hatte, auch wenn ich leider nichts gefunden hatte.

Als ich aus dem Schlafzimmer trat, stieß ich auf Jonas, der gerade die Stufen vom Dachboden herunterkletterte. In seinem dunkelblonden Haar hatten sich Staubflusen verfangen. Ich kämpfte den Impuls nieder, ihn davon zu befreien, und wies stattdessen wortlos auf die Stelle. Nachdem er mich eine Sekunde lang verständnislos angeschaut hatte, verstand er und fuhr sich mit beiden Händen durchs Haar. »Besser?«, fragte er, und ich nickte stumm.

»Und?«, meinte er dann.

Jetzt war ich an der Reihe, verständnislos zu gucken.

Ein Lächeln blitzte in seinem Gesicht auf. »Haben Sie die Kräutermischungen gefunden?«, konkretisierte er seine Frage.

»Nein, leider nicht. Sie?«, erwiderte ich und musste im selben Moment über mich selbst lachen. Wenn er Muriels Heilmittel entdeckt hätte, hätte er mich wohl kaum danach gefragt. Ich schüttelte den Kopf. »Entschuldigen Sie. Sie müssen mich für völlig bescheuert halten. Natürlich haben Sie nichts gefunden. Es ist nur Ihr Haar ... es sieht so schön verwuschelt aus. Das hat mich aus dem Konzept gebracht. Ich verspreche Ihnen, es kommt nicht wieder vor.«

Jonas hob eine Augenbraue. »Sagen Sie eigentlich immer, was Sie denken?«

Ich lächelte ihn an. »Sie nicht?«

Er dachte einen Augenblick nach. »Nein, das tue ich nicht. Doch mir gefällt, dass Sie so sind.« Er fasste sich in den Nacken. »Wollen wir jetzt im Keller weitersuchen?«

Auch wenn ich den Vorratskeller bereits bei meiner Ankunft inspiziert hatte, konnte ein zweiter Blick nicht schaden, befand ich.

»Eins steht fest«, meinte Jonas und betrachtete ein Glas mit goldschimmerndem Apfelkompott, »wenn Herzbach irgendwann mal von der Außenwelt abgeschnitten sein sollte, werde ich bei Ava Zuflucht suchen.«

»Sie und das gesamte Dorf. Ich kann es nicht beschwören, aber ich könnte mir gut vorstellen, dass Ava genau dieses Szenario im Sinn hatte, als sie ihre Vorräte angelegt hat. Nicht, dass sie sich Sorgen um die Zukunft machen würde, aber sie hat dieses Kümmer-Gen. Und sie ist gerne vorbereitet.«

Jonas schmunzelte. »Kümmer-Gen trifft es sehr gut. Als sie mich damals zur Herzbacher Tafelrunde einlud, habe ich zunächst abgelehnt. Ich konnte mir nichts darunter vorstellen, und außerdem klang es mir zu sehr nach König Artus und seinen Rittern. Also reichlich suspekt. Jedenfalls klingelte Ava am Tag darauf wieder an meiner Tür und fragte mich erneut. Als ich erwiderte, ich hätte doch gestern schon Nein gesagt, sah sie mich aus ihren blauen Augen an und meinte: *Das hast du, mein Junge. Deshalb stehe ich ja hier.*«

Ich grinste. Das war typisch Ava. Sie würde niemanden sich selbst überlassen, von dem sie das Gefühl hatte, er könne ihre Hilfe gebrauchen. Da war jeder Widerstand zwecklos. »Wie ging es weiter?«

Jonas stellte das Glas Apfelkompott zurück in das Regal und wandte sich mir zu. Im Dämmerlicht des Kellers sah er mehr denn je wie Ryan Reynolds aus. »Ich lehnte erneut ab. Ich ließ sie wissen, dass ich nach meiner Scheidung, die damals noch ganz frisch war, kein Bedürfnis nach Gesellschaft hatte, und bat sie, meine Entscheidung zu respektieren. Dabei kam ich mir ziemlich mutig vor. Sie wissen ja, wie schwer es ist, Ava etwas abzuschlagen. Wahrscheinlich war ich der Erste, der es je versucht hat.« Um seine Augen erschienen Lachfältchen. »Am nächsten Tag klingelte es wieder an meiner Tür. Und an den beiden darauffolgenden ebenso. Ich schwöre Ihnen, Ellie, Ihre Großtante verfolgte mich bis in meine Träume. Das sagte ich ihr auch, als sie am sechsten Tag erneut vor meiner Haustür stand. *Und das werde ich weiter tun, bis du deine Meinung geändert hast*, war ihre Antwort. Mir war klar, dass das keine unterschwellige Drohung war, sondern eine Tatsache.«

Ich lachte.

»Die Situation war ihr auch nicht unangenehm. So fest war Ava davon überzeugt, das Richtige zu tun. *Du musst nur einmal mit uns essen*, sagte sie. *Wenn du danach keine Lust mehr hast, lasse ich dich für immer in Ruhe.* Zu dem Zeitpunkt war ich bereits so zermürbt, dass ich zustimmte. Ich hätte ihr alles versprochen, nur um sie nicht mehr täglich in meinem Vorgarten zu entdecken.« Nun lachte auch Jonas. Es war ein schönes Lachen, das tief aus seinem Bauch kam und etwas in mir zum Klingen brachte.

Hermann hatte mir Jonas als wortkarg beschrieben. Doch davon konnte ich in diesem Moment nichts entdecken. Er war höflich und zurückhaltend, das schon. Niemand, der sich in den Mittelpunkt drängte und nach Aufmerksamkeit schrie. Dafür war er hilfsbereit, klug und humorvoll, und wenn er lächelte, blitzte etwas Jungenhaftes auf, das meinen Bauch zum Kribbeln brachte. Ich fühlte mich zu ihm hingezogen, das war nicht zu leugnen. Das schlechte Gewissen, das ich Martin gegenüber empfand, verdrängte ich. Schließlich redeten wir nur.

~

»Und jetzt?«, fragte Jonas enttäuscht, nachdem wir die Tür der Vorratskammer hinter uns geschlossen hatten. »Im Waschkeller wird sie ihre Mixturen wohl kaum aufbewahren.«

Ich dachte nach. »Der Verschlag unter der Treppe«, fiel mir ein. »Er ist nicht besonders groß, aber für ein paar Heilkräuter sollte er reichen.«

»Das erinnert mich an Harry Potter«, kommentierte Jonas, als ich den Verschlag öffnete. Dabei kam ein alter

Apothekerkoffer aus braunem Leder zum Vorschein. Jonas und ich tauschten einen schnellen Blick. Vorsichtig hob ich den Koffer heraus, ging auf die Knie und öffnete die Messingbeschläge. »Jonas«, hauchte ich. »Schau nur.« Ohne es zu merken, war ich zum Du übergegangen.

Im Inneren befanden sich mehrere Döschen. Ich nahm ein pastellblaues heraus und hielt es ihm hin. »Hier steht dein Name drauf.«

»Mach es doch mal auf«, duzte er mich zurück.

Ich drehte den Deckel und hob ihn ab. Zum Vorschein kam ein feines Pulver. Ich schnupperte daran. »Riecht irgendwie … blumig.«

»Lass mich mal sehen.« Jonas kniete sich neben mich und nahm mir die Dose aus der Hand. Er war mir so nahe, dass mein Herz einen Hüpfer machte. Es war albern, weil man Sonne und Wind ja nicht riechen konnte, und doch erinnerte mich sein Duft daran.

»Hintendrauf steht die Dosierungsanleitung«, riss mich Jonas zurück in die Realität. »Zwei Teelöffel pro Mahlzeit«, las er vor. »Siehe Muriels Kochbuch Seite 93.« Er schwenkte den Behälter und schielte hinein. »Besonders viel ist leider nicht mehr darin«, stellte er bedauernd fest.

Das war mir im Augenblick egal. Ich war heilfroh, dass wir die Mischungen gefunden hatten, über Nachschub konnten wir uns später Gedanken machen. Ich nahm ein Döschen nach dem anderen aus dem Koffer und begutachtete die Etiketten. Sie waren alle da: *Hermann, Greta, Sara, Irene*.

»Da ist noch eines«, wunderte ich mich. Hatte Ava auch mit schlechten Stimmungen zu kämpfen? Das konnte ich mir nicht vorstellen. Es gab niemanden, der so gefestigt war wie meine Großtante. Aber für wen war das Döschen dann? Ich riss die Augen auf. »Hier steht Ellie drauf!« Ich las die Inschrift ein zweites Mal, doch es gab nichts zu deuten. Wenn in Avas Leben nicht noch eine Ellie existierte, wovon ich nicht ausging, war tatsächlich ich gemeint. Doch warum? Ich ließ mein letztes Gespräch mit Ava Revue passieren. War es mein Wunsch nach einer Auszeit gewesen, der sie veranlasst hatte, die Kräuter zu mischen?

Jonas stand auf und klopfte sich die Jeans ab. »Ich schlage vor, wir schauen mal nach, welches Rezept deine Großtante für dich verwendet hat.«

~

Muriels Buch lag noch immer auf dem Gartentisch. Mit fliegenden Fingern blätterte ich zu der Seite, die auf dem Döschen angegeben stand.

Jonas trat hinter mich und blickte über meine Schulter. Erneut stieg mir sein Duft in die Nase. Sosehr ich erfahren wollte, welches Rezept Ava für mich ausgewählt hatte, kostete es mich doch einige Anstrengung, mich auf das Geschriebene zu konzentrieren. Als ich die Überschrift las, runzelte ich jedoch die Stirn. »*Zukunftsirritiert* – das Wort gibt es überhaupt nicht.« Ich dachte einen Moment nach. »Aber es trifft meinen Gemütszustand trotzdem ganz gut.«

Jonas sah mich fragend an, und so erzählte ich ihm von meinem Wunsch und meinen Beweggründen, eine Auszeit zu nehmen. Dabei beschränkte ich mich auf meine Arbeit und ließ Martin unerwähnt. »Und nun bin ich hier, um herauszufinden, wie es mit meinem Leben weitergehen soll«, schloss ich meine Ausführungen.

Jonas antwortete nicht sofort. Er schien über meine

Worte nachzudenken, und so ließ ich ihn und widmete mich wieder dem Kochbuch. »Meine« Mixtur sollte in einer Quiche verabreicht werden, da das darin enthaltene Eiweiß die Wirkung der Kräuter verstärke. Mit dem Zeigefinger fuhr ich die Zutatenliste entlang. Erst ein Räuspern von Jonas ließ mich aufschauen.

»Auf mich machst du keinen zukunftsirritierten Eindruck«, meinte er.

»Was für einen Eindruck mache ich denn auf dich?«, stellte ich die Gegenfrage.

Jonas hob die Schultern. »Ich kenne dich ja kaum. Aber du wirkst selbstbewusst auf mich und scheinst ein optimistisch denkender Mensch zu sein. Außerdem bist du ehrlich. Entwaffnend ehrlich geradezu.« Seine Mundwinkel kräuselten sich, und ich spürte ein leichtes Flattern in der Magengegend.

Himmel! Es wurde höchste Zeit, dass ich mich wieder an den Zweck meiner Auszeit erinnerte. Schließlich musste ich herausfinden, wie meine Wunschzukunft aussah, und dann dafür sorgen, dass sie Realität wurde. Dabei konnte ich keine Ablenkung gebrauchen. Zumindest keine in Form von Professoren, die aussahen wie Ryan Reynolds und dazu noch nette Dinge über mich sagten.

Ich straffte die Schultern. »Wie kommt es eigentlich, dass du nicht arbeiten musst?«, lenkte ich die Unterhaltung in sicherere Gefilde.

»Montags habe ich keine Vorlesungen.«

»Du Glückspilz. Und, wie sind deine Studenten so?«, schob ich die nächste Frage hinterher.

»Aufgeschlossen. Interessiert. Mehr kann ich leider gar nicht sagen, denn mit den meisten habe ich noch nie ein

Wort gewechselt. Es sind zu viele. Münster ist als Studienort ziemlich gefragt.«

Ich nickte verständnisvoll. »Ich habe auch in Münster studiert. Ich erinnere mich an eine Vorlesung in der Aula am Aasee, in der ich in der letzten Reihe saß und die ganze Zeit gerätselt habe, was da neben dem Professor auf der Bühne lag. Es sah aus wie eine große Sporttasche. Dann bewegte sich die Sporttasche auf einmal. Sie wedelte mit dem Schwanz, und ich begriff, dass der Professor seinen Hund mitgebracht hatte.« Jonas lachte, und ich lehnte mich mit dem Rücken gegen den Tisch. »Lustig, dass du in Münster lehrst. Ich hätte dich gerne als Professor gehabt.« Beim letzten Satz biss ich mir auf die Zunge. Warum hatte ich das gesagt? Jetzt musste Jonas glauben, dass ich mit ihm flirtete.

Und tatsächlich, er lächelte mich auf eine Weise an, die meine Knie erneut weich werden ließ.

»Ich dich aber nicht als Studentin.« Es dauerte einen Augenblick, bis ich den Sinn seiner Bemerkung erfasste.

»Ach nein?«, fragte ich irritiert. »Warum denn nicht? Ich war eine tolle Studentin.«

»Das glaube ich sofort«, antwortete er, und ich hörte das Lachen in seiner Stimme. »Aber ich finde es gut, dich im Hier und Jetzt zu kennen.«

8

Am nächsten Abend stand ich mit Sara und Maria in Avas Küche. Während ich eine Flasche Rosé öffnete und die verschiedenen Käsesorten aus dem Hofladen auf einem Tablett anrichtete, erzählte ich ihnen von der Fahrradtour, die ich heute mit Max unternommen hatte. Dabei hatte ich mir einen leichten Sonnenbrand auf der Nase eingefangen, der trotz der Lotion, die ich großzügig darauf verteilt hatte, noch immer brannte. Max wiederum war so erschöpft von der Anstrengung, dass er sich nach unserer Rückkehr in seinen Korb zurückgezogen hatte und seitdem nicht mehr aufgetaucht war.

Nachdem wir miteinander angestoßen hatten, gingen wir nach draußen in den Garten. Die Sonne war noch nicht ganz untergegangen, und die Temperatur war angenehm mild. Die Grillen zirpten, und aus dem nahe gelegenen Wald erklang der Ruf eines Vogels.

Wir machten es uns auf Avas großer Picknickdecke am Rande des Wassers bequem. Das Tablett mit dem Käse stellte ich in die Mitte. Dazu gab es frisches Baguette und gesalzene Butter. Für später hatte ich zwei Windlichter mitgenommen, die ich in Avas Keller gefunden hatte. Mehr brauchte es nicht, dachte ich zufrieden.

»Und was habt ihr seit unserem Abend im *Kiepenkerl* so getrieben?«, erkundigte sich Maria und biss in ein Stück Baguette, das sie großzügig mit Käse belegt hatte. »Außer Fahrradfahren, meine ich?«

»Ich habe viel gearbeitet«, antwortete Sara. »Wie immer eigentlich. Aber mein Highlight war meine Yogastunde gestern. Stellt euch vor, meine Lehrerin hat mich gefragt, ob ich mir nicht vorstellen könnte, selber Stunden zu geben.« Ihre Stimme klang freudig, als sie sich den Moment ins Gedächtnis rief, und ihr Gesicht strahlte.

»Kannst du das denn?«, fragte Maria überrascht. Bei jeder anderen hätte die Frage vielleicht unverschämt geklungen, doch Maria hatte eine Art, die Dinge so freiheraus zu benennen, dass man gar nicht auf die Idee kam, ihr diese Offenheit übel zu nehmen.

Sara nahm einen Schluck von ihrem Rosé, bevor sie antwortete. »Im Moment noch nicht«, gab sie zu. »Aber ich denke ernsthaft darüber nach, eine Yogaausbildung zu machen. Ich praktiziere es schon seit zehn Jahren, und meine Lehrerin hält mich für sehr talentiert.«

Ich musterte sie interessiert. Davon hatte sie bisher nichts erzählt. »Mit welchem Ziel?«, fragte ich.

»Ich weiß nicht genau«, meinte Sara und zwirbelte eine Strähne ihres langen rotblonden Haares um ihren Zeigefinger. »Es klingt vielleicht verrückt, aber manchmal stelle ich mir vor, woran sich die Menschen erinnern, wenn ich einmal tot bin. *Sie half Firmen, Steuern zu sparen*, klingt nicht besonders beeindruckend. Dann denke ich, dass ich noch etwas anderes machen möchte. Etwas, das mir

Freude bereitet und gleichzeitig Sinn stiftet. Und Yoga stiftet eine Menge Sinn.« Sie machte eine kurze Pause. »Wisst ihr, mein Leben hat es jedenfalls verändert. Ich habe ursprünglich damit angefangen, weil ich unter Migräneanfällen litt. Zeitweise waren sie so heftig, dass ich nur noch im abgedunkelten Schlafzimmer liegen konnte. Manchmal tagelang. Nichts half, bis mir eine Freundin riet, es mit Yoga zu probieren. Anfangs war ich misstrauisch, ob eine solch heilende Wirkung nicht Humbug war, doch ich war auch verzweifelt genug, um es zu versuchen. Und es hat tatsächlich funktioniert. Heute habe ich kaum noch Beschwerden, und wenn sie doch einmal auftreten, dann längst nicht mehr so schlimm. Dazu bin ich viel gelenkiger als früher.« Ihr Blick wanderte zum Fluss. »Ich will meinen Job nicht kündigen«, sagte sie nachdenklich. »Aber ich möchte die Ausbildung machen und selber Stunden geben. Ich möchte den Menschen helfen, sich besser zu fühlen. Ausgeglichener. Nicht diesen gestressten Managertypen, die Yoga praktizieren, weil es hip ist, sondern echten Menschen mit echten Bedürfnissen. Solchen zum Beispiel, die an Migräne leiden, so wie ich damals. Wenn es gut anläuft, könnte ich die Stunden in der Steuerberatung reduzieren. Dann hätte ich noch mehr Zeit, um Yoga zu unterrichten.«

»Ich finde deine Idee toll«, gratulierte ich ihr, und auch Maria nickte eifrig.

Saras Plan imponierte mir. Während ich noch darüber nachsann, was ich vom Leben erwartete, hatte sie ihre Antwort bereits gefunden. Sicherlich verdiente sie als Steuerberaterin viel mehr, als sie als Yogalehrerin bekommen würde. Doch darum ging es ihr nicht. Sie wollte etwas Sinnhaftes tun.

»Es muss wundervoll sein, seine Berufung gefunden zu haben und damit andere Menschen zu erreichen«, kleidete ich meine Gedanken in Worte. »Ich befürchte, wenn ich morgen aufhören würde, bei *Aufhäuser & Stark* zu arbeiten, könnte sich einen Monat später niemand mehr an mich erinnern.« Auch wenn ich meine Worte überspitzt formuliert hatte, enthielten sie doch ein Körnchen Wahrheit. Erst letzten Monat hatte ich mit ein paar Kollegen an der Kaffeebar darüber gerätselt, wie der Leiter der Rechtsabteilung geheißen hatte, der unlängst in den Ruhestand gegangen war. Es hatte eine geschlagene Minute gedauert, bis uns sein Name eingefallen war. Wir hatten darüber gescherzt, wie schnell jemand in Vergessenheit geraten konnte. Wenn ich jetzt darüber nachdachte, fand ich den Umstand nicht mehr lustig, sondern tieftraurig, und mir war schleierhaft, wie ich darüber hatte lachen können.

»Guck nicht so wie sieben Tage Regenwetter«, tröstete mich Maria. »Bei mir in der Bank ist es auch nicht anders. Wir sitzen mit fünfzig Leuten im Handelsraum, jeder hinter vier blinkenden Bildschirmen. Ich könnte den ganzen Tag unter meinem Schreibtisch liegen, und niemand würde darauf reagieren. Zumindest, solange ich nicht anfange zu riechen.« Sie hielt inne und sah auf ihre sommerlich rot lackierten Fingernägel. »Vielleicht sollte ich das mal ausprobieren. Dann könnte ich einen Artikel über meine Erfahrungen verfassen und ihn an den Meistbietenden von der Zeitung verkaufen. Seelenlose Banker gehen immer gut.« Ein verschmitzter Ausdruck huschte über ihr Gesicht. »Oder ich verkaufe den Artikel an meinen Chef, damit er *nicht* veröffentlicht wird. Das könnte ein noch besseres Geschäftsmodell sein.« Marias Lachen hallte über den Fluss. Sie setzte ihr Glas an die Lippen und stellte dabei fest, dass es leer war.

Ich angelte nach dem Weinkühler und goss uns allen nach. Anschließend berichtete ich von meiner Beschäftigung mit Muriels Kochbuch. Da Maria noch nichts von der Herzbacher Tafelrunde gehört hatte, musste ich etwas weiter ausholen, doch schließlich gelangte ich zu der Stelle, an der ich Avas Vorrat entdeckt hatte. Jonas' Anwesenheit erwähnte ich nur beiläufig, denn ich traute meiner Stimme nicht, wenn ich über ihn sprach. »Auf jeden Fall steht der nächsten Tafelrunde jetzt nichts mehr im Wege«, schloss ich meine Ausführungen und reckte triumphierend den Daumen.

Sara sah mich an. Sie wirkte zerknirscht. »Jetzt begreife ich auch, warum du so nervös warst, als wir uns kennengelernt haben. Du wusstest nichts von Avas Vorrat! Tut mir leid, dass ich das nicht begriffen habe, sonst hätte ich es dir gesagt.«

»Es ist ja noch mal gut gegangen«, beruhigte ich sie.

Maria, die aufmerksam gelauscht hatte, richtete sich auf. »Das hört sich ziemlich spannend an. Wie wird man denn Mitglied in eurer Gang?«

Sara nahm sich noch ein Stück Käse und lächelte. »Als Erstes brauchst du ein Problem. Das ist ganz wichtig: ohne Problem keine Tafelrunde. Als Nächstes müssen alle Mitglieder zustimmen, dass du aufgenommen wirst. Eine einfache Mehrheit reicht nicht, das Ergebnis muss einstimmig sein.« Sie studierte Marias Gesicht. »Fragst du für dich?«

»Eigentlich dachte ich eher an meine Mutter«, gestand Maria. »Aber ich befürchte, um sie von ihren schlechten Stimmungen zu befreien, bräuchte es schon Merlin, die kleine Hexe und Bibi Blocksberg zusammen.« Sie erzählte uns, dass es nicht nur der Sturz sei, der ihre Mutter beeinträchtigte. Sie wurde auch zunehmend vergesslicher. Ihre Mutter schrieb sich bereits als Erinnerungsstützen Zettel, die sie im ganzen Haus verteilte. Auf ihnen stand zum Beispiel: *Kaffeemaschine ausstellen* oder *Mantel anziehen, wenn es draußen kalt ist.* »Ich wollte mit ihr einen Termin beim Spezialisten vereinbaren, doch davon wollte Mama nichts wissen. Sie hat das Ganze kleingeredet und mich wüst beschimpft. Es fehlte nicht viel, und sie hätte einen Teller nach mir geworfen.« Ein ironischer Zug lag um Marias Mund, doch der Ausdruck in ihren Augen verriet, wie sehr ihr die Situation zusetzte.

»Nächsten Dienstag ist der Umzug in den Seniorenstift. Das wird auch noch mal heiter. Der Sturz letzten Winter hat meiner Mutter gezeigt, dass alleine leben keine Option für sie ist. Wenn es nach ihr geht, soll *ich* bei ihr einziehen. Zwar streiten wir uns, sobald wir in einem Raum sind, doch das ist ihr immer noch lieber als die *olle Greisenbude*, wie sie das *Haus Morgenröte* nennt.« Maria atmete ein paarmal tief durch. »Meine Mutter war noch nie ein Sonnenschein, aber mittlerweile ist sie unerträglich. Ich bin froh, wenn der Umzug unter Dach und Fach ist. Danach brauche ich noch mal eine Woche Urlaub, um mich zu erholen.«

Wir fanden tröstende Worte für Maria, und es dauerte nicht lange, da lächelte sie wieder. »Danke fürs Zuhören, Mädels«, sagte sie. »Und für euer gutes Zureden. Aber jetzt lasst uns über etwas Erfreuliches sprechen. Wie wäre es mit deiner Geschichte, Ellie?« Sie sah mich auffordernd an.

Ich tat so, als wüsste ich nicht, worauf sie hinauswollte. »Welche Geschichte?«, fragte ich.

»Na, komm schon, die Im-Nachhinein-war-es-eine-ziemliche-Schnapsidee-Geschichte.«

Ich sah auf meine Uhr und täuschte ein Gähnen vor. »Kinder, schon so spät.«

Sara und Maria lachten. »Lenk nicht ab!«, riefen sie wie aus einem Mund.

Ich hob die Hände zum Zeichen der Kapitulation. »Okay, lasst mich kurz nachdenken.« Ich war nicht etwa ausgewichen, um keine peinliche Anekdote erzählen zu müssen, wie Sara und Maria vermutlich glaubten. Die Wahrheit war, dass mir keine einfiel. Meine Kindheit und Jugend waren ziemlich unspektakulär verlaufen. Ich war nie aufmüpfig gegenüber meinen Eltern oder Lehrern gewesen, hatte nie geraucht, keine Drogen genommen oder mich mit bösen Jungs eingelassen. Nicht, dass es in der Gegend in Steinfurt, in der ich aufgewachsen war, welche gegeben hätte. Stattdessen brachte ich gute Noten nach Hause, spielte Volleyball, Badminton und klassische Gitarre. Ein paar Jahre lang war ich sogar als Pfadfinderin aktiv. Später, als Studentin, war ich gerne auf Semesterpartys gegangen, hatte Nächte durchgetanzt oder auch mal die eine oder andere Vorlesung sausen lassen, aber ich hatte es nie übertrieben. Dafür war ich zu diszipliniert. Und seit ich arbeitete, war ich noch fokussierter. Man könnte auch sagen, noch langweiliger, spottete eine Stimme in meinem Kopf. Ich zermarterte mein Hirn, aber ich konnte mich an keine Episode erinnern, die vielversprechend angefangen und dann spektakulär oder wenigstens peinlich genug gescheitert wäre, um sie zum Besten zu geben.

Ich blickte zu Maria. Irgendetwas sagte mir, dass sie auf Knopfdruck mit einem Dutzend Geschichten würde aufwarten können, die das Prädikat verdienten. »Mir fällt wirklich nichts ein«, meinte ich schließlich resigniert. »Jetzt ist es amtlich: Ich bin eine Spießerin. Falls ich in den letzten fünfunddreißig Jahren einmal den Ruf des Abenteuers verspürt haben sollte, bin ich ihm zumindest nie gefolgt. Die Entscheidung für mein Sabbatical ist noch das Übermütigste, was ich jemals getan habe.«

Maria sah mich an, als hätte ich behauptet, meine Kindheit in dem Verschlag unter Avas Treppe verbracht zu haben. Ihr Gesicht spiegelte eine Mischung aus Mitleid und Unglauben. »Daran müssen wir arbeiten«, sagte sie. »Wenn deine Zeit in Herzbach vorbei ist, möchte ich, dass du mindestens eine Geschichte zu erzählen hast, die mit den Worten *Im Nachhinein war es eine ziemliche Schnapsidee* beginnt. Sara und ich werden dich dabei unterstützen. Und wenn es das Letzte ist, was wir tun.«

»Jawohl!«, pflichtete Sara ihr mit ernster Miene bei.

Ich musste grinsen. Die beiden klangen so feierlich, als würde es darum gehen, ein Rezept für den Weltfrieden zu finden. »Okay«, stimmte ich zu. Ich wusste nicht genau, warum, aber irgendwie gefiel mir die Vorstellung, Erinnerungen zu schaffen, die beim Nachfühlen ein verschämtes Kichern hervorriefen.

Plötzlich schob sich Jonas' Bild in meinen Kopf. Nein, mahnte ich mich streng. Es musste auch Schnapsideen geben, die nichts mit Männern zu tun hatten. Zumindest nicht mit solchen, in deren Augen man sich verlieren konnte, wenn man nicht aufpasste.

9

Am nächsten Morgen wurde ich von einer feuchten Schnauze wach, die gegen meine Hand stippte. Versuchsweise öffnete ich ein Auge. Vor meinem Bett stand Max und wedelte mit dem Schwanz. Als er bemerkte, dass ich nicht länger schlief, begann er freudig zu bellen.

»Max«, krächzte ich vorwurfsvoll. »Es ist mitten in der Nacht.« Zumindest fühlte es sich so an. Ich warf einen müden Blick auf mein Handy, das neben mir auf dem Nachttisch lag. »Okay«, revidierte ich gähnend, »es ist sieben Uhr morgens. Aber ich habe Urlaub. Ich muss noch nicht aufstehen. Kannst du dich nicht alleine beschäftigen?«

Um ihm zu signalisieren, dass ich zu keiner weiteren Diskussion bereit war, rollte ich mich auf den Bauch und presste das Kissen auf meine Ohren. Welch himmlische Ruhe!

Im nächsten Moment landete eine schwere, haarige Pelzkugel quer über meinem Rücken. Mir blieb die Luft weg. Ich drehte den Kopf und blickte in ein Paar schokoladenbraune Hundeaugen.

»Bitte«, flehte ich. »Lass mich noch ein bisschen schlafen. Nur fünf Minuten.«

Max schlabberte mit seiner Zunge über meine Wange. »Das heißt dann wohl Nein«, stellte ich fest.

Eine Viertelstunde später waren wir auf dem Weg in den Wald. Ich hatte mich in Rekordzeit angezogen und mir die Zähne geputzt, mehr Zeit gestand mir Max nicht zu. Nicht einmal für meinen roten Lieblingslippenstift hatte es gereicht.

Als die ersten Bäume in Sichtweite kamen, hakte ich seine Leine vom Halsband. Er sah zu mir hoch, und als ich nickte, stürmte er los. Versonnen sah ich ihm hinterher. Inzwischen hatte sich meine Müdigkeit gelegt.

Es versprach erneut ein herrlicher Tag zu werden. Trotz der frühen Stunde spendeten die Sonnenstrahlen bereits Wärme. Eine sanfte Brise strich durch die Blätter der Bäume und brachte sie zum Rascheln. Vögel zwitscherten über meinem Kopf, und ganz in der Nähe plätscherte die Stever vor sich hin. Ich hob die Nase. Es roch ursprünglich und erdig, nach Moos und Waldboden. Max hatte schon recht. Es war Verschwendung, an einem solchen Morgen im Bett zu liegen. Ich folgte dem schmalen Weg, den ich von meinem ersten Tag in Herzbach kannte. Max lief vor mir, sprang von links nach rechts und schnupperte an Sträuchern, Baumstämmen und Wurzeln. Zwischendurch wartete er, bis ich zu ihm aufgeschlossen hatte. Dann tapste er neben mir her und um mich herum, bis es ihm zu langweilig wurde und er erneut losspurtete.

Ich fragte mich, wie alt er wohl sein mochte. Seinem schlanken, muskulösen Körper und seiner Energie zufolge schien er noch jung zu sein. Jonas hatte gesagt, er wäre Ava zugelaufen. War er ausgesetzt worden? Ich schüttelte den Kopf. Max war so fröhlich und vertrauensvoll. Er wirkte nicht wie ein Hund, den jemand zurückgelassen hatte. Andererseits konnte ich mir auch nicht vorstellen, dass er ausgerissen war. Aber wo kam er dann her? Und gab es jemanden, der an ihn dachte und ihn vermisste? Während ich meinen Gedanken nachhing, hörte ich hinter mir die federnden Schritte eines Joggers, die schnell näher kamen. Ich wich ein Stück zur Seite, doch anstatt an mir vorbeizulaufen, passte er sich meinem Tempo an.

»Guten Morgen, Ellie«, sagte Jonas. »So früh schon auf den Beinen?«

Bei seinem Anblick fuhr ein Kribbeln durch meinen Magen, und ich merkte, wie sich mein Mund von selbst zu einem Lächeln verzog. »Nicht ganz freiwillig. Aber jetzt bin ich froh, dass Max keine Gnade mit mir hatte. Der Morgen ist traumhaft.«

Ich musterte ihn von der Seite. Jonas trug eine dunkelgraue Jogginghose und dazu ein schwarzes T-Shirt, das seine gebräunten, muskulösen Arme enthüllte. Nein, wie ein Professor sah er wahrhaftig nicht aus. Der Gedanke war noch in meinem Kopf, als er plötzlich sein T-Shirt anhob, um sich damit den Schweiß von der Stirn zu wischen. Mit offenem Mund starrte ich auf seinen perfekt geformten Bauch.

»Machst du das extra?«, platzte ich heraus.

Jonas ließ seine Hände sinken. Seine Miene war verblüfft. »Was mache ich extra?«, wollte er wissen.

»Na, mir deinen nackten Bauch zeigen«, antwortete ich gespielt vorwurfsvoll. Ich blieb stehen und stemmte die Hände in die Hüften.

Einen Moment lang sah er mich einfach nur an. »Und wenn es so wäre?«, fragte er.

Der belegte Ton, der plötzlich in seiner Stimme lag, jagte mir einen Schauer über den Rücken. Mein Mund wurde trocken, und ich antwortete, ohne nachzudenken: »Dann fände ich das schön, glaube ich.«

Jonas schluckte. Er machte einen Schritt auf mich zu, und mein Herz begann, wie wild zu klopfen. Jetzt trennten uns nur noch wenige Zentimeter. Sein Blick wanderte über mein Gesicht und blieb an meinem Mund hängen. »Ach so?«, fragte er leise, und ich nickte schwach.

Dann strich er mit seinem Daumen über meine Wange, umfasste meinen Rücken und zog mich ganz nah an sich heran. Unwillkürlich schmiegte ich mich an ihn, hob den Kopf und spürte seinen warmen Atem auf meiner Haut.

Wie in Zeitlupe senkten sich seine Lippen auf meine. Als er mich küsste, wurde mein Körper von einem Schwindel erfasst, und ich schloss die Augen und gab mich ganz dem Gefühl hin. Jonas' Lippen waren weich und gleichzeitig wunderbar fest. Unter ihrem Druck öffnete ich den Mund. Jonas stöhnte leise, seine Hände verfingen sich in meinen Haaren, und zusammen taumelten wir rückwärts, bis ich den Stamm eines Baumes in meinem Rücken spürte. Die harte Rinde stach durch den Stoff meines Kleides, doch das war mir egal.

Meine Hände glitten unter Jonas' T-Shirt und wanderten seinen verschwitzten Rücken hinab, während ich ihn wie eine Verdurstende küsste. Mein Verstand war vollkommen ausgeschaltet. Ich fühlte Jonas' Mund, seinen Körper, der sich gegen meinen presste, seine Muskeln unter meinen Fingern.

Und dann hörte es auf. So unvermittelt, wie es begonnen hatte. Verwirrt öffnete ich die Augen. Jonas stand schwer atmend vor mir. Seine dunkelblonden Haare fielen ihm feucht ins Gesicht.

»Hallo«, sagte er leise. Ein verlegenes Lächeln umspielte seinen Mund.

»Hallo«, erwiderte ich, immer noch benommen. Langsam beruhigte sich mein Atem, und das Schwindelgefühl ließ nach. Wir sahen uns an und mussten plötzlich beide lächeln.

»Du bist Avas Großnichte«, meinte Jonas kopfschüttelnd.

Doch bevor ich nachfragen konnte, was er damit meinte, kam Max aus dem Nichts herbeigesaust und sprang vor Freude an Jonas hoch. Max! Den hatte ich komplett vergessen.

Während Jonas sein weiches Fell kraulte, erklärte er: »Das klingt verrückt, ich weiß. Aber Avas Großnichte küsst man nicht im Wald … gegen einen Baumstamm gedrückt.« Er brach ab, doch ich hatte auch so begriffen, wovon er sprach.

Meine Großtante besaß eine natürliche Würde, die es einem unmöglich machte, etwas zu tun, das sie missbilligen könnte. Sie musste keinen besonderen Gesichtsausdruck aufsetzen, nicht schimpfen oder gar laut werden. So weit kam es nie, denn jeder, der sie kannte, wollte von ihr gemocht und respektiert werden und zeigte sich dementsprechend von seiner besten Seite. Selbst mein schweigsamer Großvater, der erst im Oktober 1955 aus russischer Kriegsgefangenschaft heimgekehrt war und immer ein wenig traurig dreinblickte, lächelte, wenn er sich mit Ava unterhielt. Meine Mutter hatte einmal gesagt, dass Ava in jedem den Wunsch weckte, ein besserer

Mensch zu sein. Doch das traf es nur zu Hälfte, wie ich fand. In Avas Gegenwart *war* man ein besserer Mensch. Der beste Mensch, der man sein konnte.

»Ich verstehe«, sagte ich also. Ich glaubte zwar nicht, dass Ava ein Problem damit hätte, wenn Jonas und ich uns küssten, doch ich verstand seine Skrupel. Im Nachhinein war ich sogar froh darüber. Wer weiß, wie unser Kuss sonst geendet hätte.

Jonas räusperte sich. »Soll ich dich noch ein Stück begleiten?«, fragte er.

Ich winkte ab. Auf einmal hatte ich das Bedürfnis, alleine zu sein. Ich musste meine Gedanken ordnen und darüber nachdenken, was gerade passiert war. »Lauf ruhig weiter. Max und ich kommen klar.«

Er sah mir prüfend ins Gesicht. »Wirklich?«

»Wirklich«, erwiderte ich.

Was war nur los mit mir? Ich hielt mich für einen rationalen Menschen. Doch der leidenschaftliche Kuss hatte mich aus der Bahn geworfen. Ich konnte noch immer Jonas' Mund auf meinem spüren, und bei dem Gedanken rieselten kleine Schauer meinen Rücken hinab. Bei Martins Küssen hatte ich nie so empfunden.

Sofort regte sich in mir das schlechte Gewissen. Jonas löste etwas in mir aus, was Martin nie vermocht hatte, nicht einmal am Anfang unserer Beziehung. Das erschien mir auf merkwürdige Weise unfair gegenüber dem Mann, mit dem ich seit sieben Jahre liiert war. Noch seltsamer fand ich allerdings, dass mich dieser Gedanke mehr belastete als die Tatsache, dass ich Martin hintergangen hatte. Obwohl … eigentlich hielt es mir nur wieder vor Augen, dass unsere Beziehung nur noch auf dem Papier existierte.

Jonas blieb noch einen Moment unschlüssig vor mir stehen. Ich konnte sehen, dass er mit der Situation alles andere als glücklich war. Er machte den Eindruck, als wolle er über das sprechen, was zwischen uns vorgefallen war. Doch dafür war ich jetzt eindeutig zu durcheinander. Schließlich zuckte er mit den Schultern. »Gut, wie du meinst. Also dann, Ellie, wir sehen uns.« Er drehte sich um und setzte sich mit schnellen, kraftvollen Schritten wieder in Bewegung.

Ich sah ihm hinterher, bis seine Gestalt kleiner und kleiner wurde und schließlich hinter der nächsten Biegung verschwand. Auch wenn ich ihm gesagt hatte, er solle weiterlaufen, fühlte es sich auf einmal falsch an, dass er fort war. Ein jähes Gefühl von Einsamkeit überkam mich.

Ich muss dringend auf andere Gedanken kommen, sagte ich mir, bevor ich durchdrehe. Sara war arbeiten, aber vielleicht hatte Maria Zeit, mich abzulenken. Ich nahm mein Handy aus der Tasche und schrieb ihr eine WhatsApp.

Ich habe Lust auf einen Kaffee.
Wie sieht es bei dir aus?

Die Antwort kam prompt.

Hey Ellie! Ich habe gleich um neun Uhr
einen Termin im Seniorenstift.
Komm doch mit, dann gehen wir
danach einen Kaffee trinken.

Geht das denn so einfach?

Na klar. Wir treffen uns um Viertel vor auf dem Parkplatz am Ortseingang.

Ich schaute auf mein Display. Das schaffte ich, es war erst acht Uhr. Und trotz der frühen Stunde war ich schon so leidenschaftlich geküsst worden, dass meine Lippen noch immer prickelten. Ich verdrängte die Erinnerung an Jonas und schrieb stattdessen Ich freu mich. Bis gleich. Dann packte ich mein Handy in meine Tasche und atmete tief durch. Was für ein Morgen.

~

Maria fuhr ein schwarzes Mini Cabrio mit cognacfarbenen Ledersitzen. Sie wartete bereits auf mich, als ich den Parkplatz betrat. In ihrem dunkelblauen Wickelkleid sah sie sehr mondän aus. Ihre Augen waren hinter einer riesigen Chanel-Sonnenbrille verborgen.

»Kannst du bitte fahren?«, fragte sie und hielt mir ihre Autoschlüssel hin. »Das letzte Glas Rosé gestern Abend muss schlecht gewesen sein.« Sie verdrehte gespielt leidend die Augen.

Ich kicherte. »Du bist wirklich ein bisschen blass um die Nase«, entgegnete ich und küsste sie zur Begrüßung auf die Wange. »Wir sind so viel Alkohol nicht gewöhnt. Ab heute gibt es nur noch Saft für uns.«

»So weit würde ich nicht gehen, aber für heute ist das okay, schätze ich.« Wir tauschten ein verschmitztes Lächeln.

»Weißt du, wie man Mini fährt?«, erkundigte sich Maria vorsichtig, nachdem ich Sitz und Rückspiegel eingestellt und jeden Knopf, jede Anzeige und jeden Schalter ausgiebig begutachtet hatte.

»Na klar«, beruhigte ich sie. »Ich bin nur gerne vorbereitet. Ich bin eben der gründliche Typ.«

»Ach ja?«, erwiderte sie und feixte. »Das ist mir ja noch gar nicht aufgefallen.« Sie beugte sich vor, sodass mir der Duft ihres leichten, sommerlichen Parfüms in die Nase stieg. »Ich fahr uns das Dach herunter.«

Ich nickte begeistert und startete den Motor. Gemächlich rollten wir los. »Hast du schon mal das blaue Fachwerkhaus hinter der Kirche gesehen, das mit der Jahreszahl über dem Eingang?«, fragte ich sie. »Die haben auch ein Minipferd. Es grast manchmal im Vorgarten.«

Maria schob ihre Sonnenbrille ein Stück die Nase herunter und fixierte mich von der Seite. »Bist du jetzt von *wie man Mini fährt* auf *Minipferd* gekommen?«, fragte sie ungläubig.

Ich lachte auf. »Irgendwie schon.«

Sie schob ihre Sonnenbrille mit dem Zeigefinger zurück und richtete ihren Blick wieder auf die Straße. »Aha«, war alles, was ihr dazu einfiel, und ich musste erneut grinsen.

Der Weg führte an saftigen Weiden und Maisfeldern vorbei und mündete schließlich in einer Allee mit prächtigen alten Bäumen, deren Zweige sich über unseren Köpfen zu einem üppigen Blätterdach vereinten. Die Sonnenstrahlen, die durch das Grün schimmerten, tauchten die Szenerie in ein geheimnisvolles Licht. Wir überholten einen Radfahrer, der seine Hand zum Gruß hob, und bogen schließlich in einen Privatweg ein.

Maria berichtete mir, dass das *Haus Morgenröte* früher ein Gestüt gewesen sei. »Der jetzige Besitzer hat es vor zehn Jahren von einer Erbengemeinschaft erworben und umbauen lassen. Nur damit seine Großmutter, die aus der Gegend stammte, für ihre letzten Tage ein schönes Zuhause hatte. Das hat mir die Direktorin erzählt, als ich mir das Haus angeschaut habe. Ist das nicht romantisch?« Ich stimmte ihr zu. Maria lächelte. »Den Enkel würde ich gerne mal kennenlernen. Solche Männer gibt es doch in Wirklichkeit gar nicht.«

Wir fuhren eine dicht bewachsene Anhöhe herunter und folgten der Beschilderung in Richtung Parkplatz.

Der Seniorenstift bestand aus mehreren einstöckigen Gebäuden, die rund um einen bezaubernden Rosengarten angelegt waren. Hier und da waren Tische und Stühle aufgestellt. An einem Ende der Rasenfläche befand sich das Haupthaus, das aus Baumberger Kalksandstein errichtet war und an den Landsitz eines Grafen erinnerte. Auf der gegenüberliegenden Seite war die ehemalige Reithalle, die heute für Freizeitaktivitäten und Festlichkeiten genutzt wurde, wie mir Maria erzählte. Direkt daneben führte ein Tor in einen weiteren Hof.

Über dem Anwesen lag eine beschauliche Stille, die nur von dem Gesang der Vögel und dem Summen der Insekten durchbrochen wurde. Ich genoss den spontanen Ausflug und drehte mich einmal um die eigene Achse. »Es ist wunderschön hier«, stellte ich fest. »Wenn wir später vergleichbar wohnen, haben wir alles richtig gemacht.«

»Erkläre das mal meiner Mutter«, erwiderte Maria. Wir schlugen den Weg zum Haupthaus ein. »Die Direktorin hat mich gestern angerufen, weil überraschend ein anderes Zimmer frei geworden ist, das ich mir anschauen soll. Es ist ein bisschen größer als das ursprünglich geplante und hat zusätzlich eine Badewanne.«

»Was heißt frei geworden?«, erkundigte ich mich. »Ist der Bewohner verstorben?«

»Nein. Der Herr, der darin gewohnt hat, hat auf seine alten Tage beschlossen, noch einmal zu heiraten, und ist zu seiner Verlobten nach Senden gezogen.« Maria kicherte. »Die Gute ist dreißig Jahre jünger als er und gelernte Krankenpflegerin.«

»Ich nehme an, er hat auch ein stattliches Vermögen«, meinte ich trocken.

»Das nimmst du richtig an. Aber der Mann hat keine Familie. Und wenn sie ihn glücklich macht …«

»Ich finde das trotzdem traurig. Es liegt doch auf der Hand, dass sie nur an seinem Geld interessiert ist.«

»Und wenn schon. Ich finde, die Frau hat jeden Cent verdient.« Maria sagte das mit einem so anzüglichen Grinsen, dass ich lachen musste. Vielleicht waren bei diesem Arrangement nur einseitige Gefühle im Spiel, aber wer war ich, dass ich mir ein Urteil darüber erlauben durfte?

Der Eingangsbereich war großzügig geschnitten und lichtdurchflutet. Auf dem Empfangstresen, der jedem Wellnesshotel Ehre gemacht hätte, stand ein Krug mit leuchtend roten Rosen. Dahinter saß ein Mann Ende zwanzig mit braunem Haar und einem offenen, freundlichen Gesicht. Wir nannten ihm unser Anliegen, und er griff zum Telefonhörer und meldete uns an. »Frau Steffen kommt sofort«, informierte er uns, nachdem er aufgelegt hatte. »Nehmen Sie doch solange in der Besucherecke dort vorne Platz. Möchten Sie etwas trinken? Kaffee oder Mineralwasser? Wir haben auch einen sehr leckeren Oolong-Tee aus Vietnam.«

Wir lehnten dankend ab und setzten uns in die gemütlichen Sessel, die um einen Kamin gruppiert waren. Lange warten mussten wir nicht.

»Ist *das* Frau Steffen?«, fragte ich Maria mit leiser Stimme.

»Yep.«

Erstaunt musterte ich die sportliche junge Frau, die aus dem Fahrstuhl gestiegen war und nun mit schnellen Schritten auf uns zukam. Die Direktorin eines Seniorenstifts hatte ich mir anders vorgestellt, vom Typ her eher wie *Fräulein Rottenmeier* aus *Heidi.* Stattdessen sah Frau Steffen wie eine Surferin aus. Groß, schlank und braun gebrannt, mit einem langen weißen Baumwollrock und weißem Top, dazu Glitzersandalen und Fußkettchen. Ihr blondes Haar mit den hellen Strähnchen fiel in zerzausten Wellen über ihre Schultern, was jugendlich und frisch aussah. Geradeso, als hätte sie es nach dem morgendlichen Bad im Meer von der Sonne trocknen lassen.

»Hallo, Frau Lehrbach«, begrüßte sie Maria mit überraschend tiefer Stimme und reichte danach mir die Hand. Ihre Augen waren von einem Kornblumenblau, und auf ihrer Stupsnase und ihren Wangen tanzten Sommersprossen.

Nachdem ich mich vorgestellt hatte, erklärte Maria, dass ich eine Freundin sei, die sie begleitete. »Wie schön«, erwiderte Frau Steffen. »Dann kommen Sie mal mit. Ich zeige Ihnen das Zimmer.«

Auf dem Weg dorthin erzählte Frau Steffen, dass im Haupthaus die Bewohner untergebracht seien, die nicht mehr so gut zu Fuß waren. Die anderen Senioren wohnten rund um den Rosengarten.

Aus der Nähe betrachtet, war Frau Steffen ein paar Jahre älter, als ich zunächst vermutet hatte. Um ihre Augen waren kleine Fältchen, wie ich sie von mir selbst kannte.

»Wo sind denn die Bewohner?«, fragte ich und sah mich um. Bisher hatte ich noch niemanden entdeckt.

»Nach dem Frühstück starten unsere Behandlungen. Außerdem bieten wir verschiedene Freizeitaktivitäten an«, informierte mich Frau Steffen. »Wassergymnastik, Zeichnen, Handarbeit, geführte Spaziergänge und vieles mehr. Wir haben auch einen Chor und sogar eine Akrobatik-AG. Eine unserer Bewohnerinnen hat früher im Zirkus gearbeitet, sie hat die AG ins Leben gerufen, als sie letzten Herbst hier einzog. Keine Sorge, das Ganze ist natürlich vollkommen altersgerecht. Die Aufführung findet auf unserem Sommerfest im Juli statt. Erinnern Sie mich daran, dass ich Ihnen nachher eine Einladung mitgebe.«

Ich warf Maria einen Blick zu, und wir tauschten ein Lächeln, das ohne Worte auskam. Sie war unverkennbar stolz, dass sie ihrer Mutter ein solches Zuhause ermöglichen konnte. Wie schrecklich musste es für sie sein, dass diese dem allen hier keinen Wert zumaß. Am liebsten hätte ich mit ihr gesprochen, aber ich ahnte, dass Maria ein solches Angebot ablehnen würde.

Wir sahen uns das Zimmer an, das mit seinem Eichenparkett, den cremefarbenen Wänden und den großen Fenstern sehr gepflegt wirkte. Die Einrichtung war stilvoll, das Bad modern. Nach hinten heraus gab es eine kleine Terrasse, auf der zwei Korbsessel standen. Nur die Notschalter, die an verschiedenen Stellen angebracht waren, erinnerten daran, dass wir uns in einer Senioreneinrichtung befanden.

»Wie hoch wäre der Aufschlag?«, erkundigte sich Maria, als wir nach der Besichtigung ins Freie traten.

Ich entschuldigte mich, damit sie in Ruhe über die

finanziellen Aspekte sprechen konnten, und schlenderte neugierig in Richtung der ehemaligen Reithalle.

Aus der geöffneten Tür drang Klaviermusik. Ich spähte durch den Eingang und erblickte ein Mädchen, das am Flügel saß und gedankenverloren vor sich hin spielte. Dem Mädchen gegenüber stand ein Rollstuhl, in dem eine alte, zerbrechlich wirkende Dame ruhte. Über ihren Knien lag eine rosafarbene Wolldecke, und ihre Augen waren geschlossen. Als das Mädchen eine Seite des Notenheftes umblätterte, erkannte ich sie. Es war Greta. Greta, die so schüchtern war, dass sie mir vor der Bäckerei nicht hatte in die Augen sehen können. Was machte sie hier?, fragte ich mich überrascht. Musste sie nicht in der Schule sein? Ich wollte mich zurückziehen, doch irgendetwas ließ mich innehalten.

Gretas Finger ruhten einen Moment bewegungslos auf den Tasten. Dann senkten sich ihre Hände, und sie begann erneut zu spielen. Es war ein wunderschönes und zugleich trauriges Stück. Ich kannte es, weil ich es in meiner Playlist auf dem Handy hatte: *Say Something* von A Great Big World im Duett mit Christina Aguilera.

»Das ist Greta Weiß«, flüsterte Frau Steffen, die unbemerkt hinter mich getreten war. »Sie kommt fast jeden Tag mit dem Fahrrad, um ihre Großmutter zu besuchen. Eigentlich erst nachmittags, aber vielleicht muss sie heute erst später in die Schule.« Sie wies mit ihrer Hand in Richtung Haupthaus. »Wollen wir?«

Ich warf einen letzten Blick auf das Mädchen mit dem weißblonden Zopf, das so schön für ihre Großmutter Klavier spielte, und nickte. Mein Gefühl sagte mir, dass Greta uns besser nicht entdeckte. Bestimmt wäre es ihr unangenehm gewesen.

Nachdem Maria und ich uns von Frau Steffen verabschiedet hatten, gingen wir zurück zum Wagen. Maria studierte den Flyer für das Sommerfest, den die Direktorin ihr gegeben hatte.

»Vielleicht hat deine Mutter ja Lust, bei der Akrobatik-AG mitzumachen«, meinte ich.

Maria schnaubte. »Eher friert die Hölle zu«, antwortete sie. »Ich habe mich übrigens für das größere Zimmer entschieden. Nicht, dass sie es mir jemals danken würde.«

~

Zurück in Herzbach beschlossen wir, frühstücken zu gehen. Ich hatte noch nichts gegessen und einen Bärenhunger. Wir setzten uns auf die Terrasse des Hotels am Dorfplatz und bestellten zweimal das süße Frühstück, das aus Croissants, Butter, Marmelade und Joghurt mit Honig, Nüssen und Früchten bestand. Dazu gab es Cappuccino für Maria und schwarzen Kaffee für mich.

»Also heraus mit der Sprache«, forderte Maria mich auf, nachdem die Kellnerin unsere Getränke gebracht habe. »Deine WhatsApp vorhin hatte doch einen Grund. Du willst etwas loswerden, das sehe ich dir an.«

Ich war mir nicht sicher, ob das stimmte. Eigentlich hatte ich ihre Gesellschaft gesucht, um *nicht* an Jonas denken zu müssen. Zudem war ich es gewohnt, die Dinge mit mir selbst auszumachen oder höchstens Ava um Rat zu fragen. Doch vielleicht, schoss es mir durch den Kopf, war es an der Zeit, das zu ändern.

Der Gedanke verblüffte mich. Auf einmal kam mir das Zitat in den Sinn, das gerahmt über dem Schreibtisch meines Chefs hing und angeblich von Albert Einstein stammte. *Die Definition von Wahnsinn ist, immer wieder das Gleiche zu tun und andere Ergebnisse zu erwarten.*

Nur eine Auszeit zu nehmen reichte nicht, begriff ich in diesem Moment. Wenn ich herausfinden wollte, wer ich war und was mich glücklich machte, musste ich bereit sein, alte Angewohnheiten abzulegen, und ich beschloss, hier und jetzt damit anzufangen.

»Es gibt da diesen Mann«, begann ich zögernd. »Sein Name ist Jonas. Er ist der Nachbar meiner Großtante Ava. Vielleicht hast du ihn bei deinen früheren Besuchen in Herzbach kennengelernt.«

Maria schüttelte den Kopf. »Nicht, dass ich wüsste. Es ist nicht oft vorgekommen, dass mir meine Mutter jemanden vorgestellt hat. Durch ihre zänkische Art war sie ziemlich isoliert im Dorf.« Sie beugte sich vor. Aus ihren Zügen sprach Neugier. »Aber genug von meiner Mutter. Erzähl mir lieber von diesem Mann. Was ist mit ihm?«

Ich holte tief Luft und schilderte ihr, wie Jonas und ich uns kennengelernt hatten und wie sympathisch ich ihn fand. »Er war übrigens der, der mir geholfen hat, nach den Pflanzenmischungen für die Tafelrunde zu suchen. Und dann, heute Morgen, sind wir uns zufällig im Wald begegnet.« Bei der Erinnerung machte mein Herz einen Satz, und ich hielt inne, um einen Schluck von meinem Kaffee zu trinken. Mit einer ungeduldigen Handbewegung forderte mich Maria zum Weitersprechen auf.

»Wir haben uns geküsst«, vertraute ich ihr an. »Es ist einfach passiert.«

Maria musterte mich prüfend. »Du siehst nicht begeistert aus.«

Die Kellnerin kam an unseren Tisch und stellte das Frühstück vor uns ab. Ich nahm mir ein Croissant, bestrich es mit Marmelade und biss hinein. »Ich bin durcheinander«, gestand ich kauend. »Bis heute Morgen wusste ich gar nicht, dass sich ein Kuss *so* gut anfühlen kann. Als würde mir der Boden unter den Füßen weggezogen. Also im positiven Sinne. Ich habe so etwas noch nie erlebt.«

»Wo ist dann das Problem?«

»Das Problem ist, dass ich einen Freund habe. Auch wenn Martin seit Monaten in China ist und wir gerade eine Beziehungspause machen.« Ich hielt inne und horchte in mich hinein. »Doch das ist nicht das Einzige, was mir zu schaffen macht«, versuchte ich die Gefühle, die mich durchströmten, in Worte zu fassen. »Ich habe mir diese drei Monate genommen, um mir Gedanken darüber zu machen, was ich von meinem Leben erwarte. Wie soll ich mich auf mein Vorhaben konzentrieren, wenn in meinem Bauch Schmetterlinge Polka tanzen?«

»Das ist in der Tat ein Riesenproblem«, kommentierte Maria voller Ironie.

»Du nimmst mich nicht ernst«, beschwerte ich mich.

»Stimmt«, gab sie unumwunden zu und bedachte mich mit einem mitleidigen Blick. »Du solltest auf dein Herz hören. Gefühle sind Gefühle. Sie lassen sich nicht von äußeren Umständen beeinflussen.« Sie rührte mit dem Löffel in ihrer Tasse. »Also: Da ist dieser Typ, der dich umhaut. Ihr wohnt direkt nebeneinander. Dazu hast du drei Monate Urlaub. Ihr solltet euch eine tolle Zeit zusammen machen. Stattdessen sitzt du hier und ziehst ein langes Gesicht.« Sie ließ ihren Löffel los und stützte die Ellenbogen auf. »Ich finde, dass du dich zu sehr unter Druck setzt. Wer sagt denn, dass dir ausgerechnet hier in Herzbach die Erleuchtung kommt, wie du leben willst? Wenn du etwas ändern möchtest, kannst du das jeden

Tag tun. Dafür brauchst du kein Sabbatical. Genieß die Zeit lieber. Wer weiß, ob du noch mal die Gelegenheit bekommst.« Maria wiegte den Kopf. »Außerdem kann es ja auch sein, dass Jonas der Schlüssel zu deinem Glück ist. Hast du da mal drüber nachgedacht?«

Ich stutzte. »Ich kenne ihn doch kaum. Aber davon mal ganz abgesehen: Ich möchte mein Glück nicht von jemand anderem abhängig machen. Ich will mit mir selbst ins Reine kommen, und dafür brauche ich einen klaren Verstand. Und zwar jetzt. Du weißt doch, wie das ist, wenn man arbeitet. Das Hamsterrad mag ein abgedroschener Vergleich sein, aber er enthält viel Wahres. In Düsseldorf komme ich schlichtweg nicht dazu, über Grundlegendes nachzudenken. Mir fehlt die Ruhe. Der Abstand zum Alltag. Nein, das muss ich hier tun. In Herzbach. Sonst tue ich es gar nicht.« Mir war klar, dass ich ziemlich dramatisch klang, aber im Kern hatte ich recht, da war ich mir sicher. Erst mit Verzögerung fiel mir auf, dass Martin in meinen Überlegungen gar nicht mehr vorkam.

»Und was heißt das jetzt für dich und Jonas?«, unterbrach Maria meine Überlegungen.

Ich hob die Schultern. »Ich schätze, das heißt, dass wir Freunde sind.«

»Bist du sicher? Und wenn er deine große Liebe ist?«

»So schnell geht das nicht mit der großen Liebe«, erwiderte ich betont sachlich und griff nach meiner Tasse. »Morgen sieht die Welt bestimmt schon wieder ganz anders aus.«

Maria nickte. Sie faltete ihre Hände und legte ihr Kinn darauf ab. Dann sah sie mir unverwandt in die Augen. »Ich würde Jonas gerne kennenlernen. Wenn du ihn nicht willst … vielleicht ist er ja etwas für mich.«

Ich erstarrte mitten in der Bewegung. Es dauerte geschlagene zehn Sekunden, bis ich mich wieder so weit unter Kontrolle hatte, dass ich ihr antworten konnte. »Natürlich. Nur zu.«

Maria lachte auf. »Nur zu«, imitierte sie meine krächzende Stimme. »Ist klar.« Sie nahm sich ein Croissant aus dem Korb und zeigte damit auf mich. »Das war ein Test, meine Süße. Und du bist durchgefallen. Aber so was von!«

Ich stieß geräuschvoll den Atem aus. »Du bist eine böse Frau.«

»Das«, sagte Maria und grinste, »beschreibt mich am besten.«

~

Eine Stunde später bog ich zu Fuß in Avas Straße ein. Ich war noch immer aufgewühlt von meiner Reaktion auf Marias Trick. Als sie gesagt hatte, sie wolle Jonas kennenlernen, hatte sich das wie ein Schlag in die Magengrube angefühlt. Mir war eiskalt geworden und übel, und ich hatte mich nicht rühren können. Nur um dann wie eine Verrückte zu grinsen, als Maria die Situation aufgeklärt hatte. *Jonas* … Hatte ich wirklich geglaubt, ich könnte so tun, als wäre nichts zwischen uns? Ich schüttelte den Kopf über meine Naivität.

Die Wahrheit war: Ich hatte mich schon seit unserer ersten Begegnung zu ihm hingezogen gefühlt, und seit er mich geküsst hatte, war das Gefühl um ein Vielfaches stärker geworden. Es wurde allerhöchste Zeit, dass ich mich wieder in den Griff bekam, nur hatte ich keine Idee, wie. Ob ich doch mit ihm sprechen sollte?

Vor dem Haus traf ich auf die Briefträgerin, die gerade von ihrem Fahrrad abgestiegen war. »Ach, hallo, Ellie«, begrüßte sie mich. »Dann kann ich Ihnen die Post auch persönlich geben.«

Ich starrte sie an. Allmählich fing ich an, mich zu fragen, ob irgendwo an zentraler Stelle in Herzbach ein Fahndungsfoto von mir hing, so wie man es aus den amerikanischen Polizeiserien kannte.

»Hallo«, erwiderte ich und zwang mich zu einem Lächeln.

Die Frau reichte mir einen kleinen Stapel und verabschiedete sich.

Nachdem ich die Haustür aufgeschlossen und Max begrüßt hatte, sah ich die Post durch. Vielleicht war eine Nachricht von Ava dabei. Das wäre genau die Aufmunterung, die ich jetzt brauchte. Und tatsächlich ... Zwischen zwei Werbesendungen entdeckte ich eine Postkarte vom Zürichsee, die meine Aufmerksamkeit fesselte. Ich drehte die Karte um. Mein Pulsschlag beschleunigte sich.

Meine liebste Ellie,
ich hoffe, du hast dich gut eingelebt und genießt deine Zeit in vollen Zügen.
Inzwischen hast du Hermann, Jonas und vielleicht auch schon die anderen kennengelernt, die Mixturen gefunden und fieberst deiner ersten Tafelrunde entgegen.
Vertrau mir, Kleines, du wirst eine wunderbare Gastgeberin sein. Ich wünschte nur, ich könnte dabei sein. Doch leider haben sich Umstände ergeben, die meine Abreise verzögern.
Bitte mach dir keine Gedanken. Es geht mir ausgezeichnet, nur dass ich dich sehr vermisse.
Alles Liebe und bis bald,
ich melde mich wieder,
Deine Ava

Ich stöhnte auf. Was sollte das heißen, ihre Abreise verzögerte sich? Sprach sie von Tagen oder Wochen? Und was waren das für Umstände, die sie festhielten, und dann auch noch in der Schweiz? Ich konnte mich nicht entsinnen, dass sie jemals Bekannte am Zürichsee erwähnt hätte, nur, was hatte sie dann dorthin verschlagen? Ausgerechnet jetzt, wo meine Gefühle verrücktspielten und ich ihre Gesellschaft so dringend herbeisehnte.

Ich nahm die Karte mit in die Küche, füllte ein Glas mit Leitungswasser und leerte es in wenigen Zügen. Wenigstens hatte sie geschrieben, dass es ihr gut ging, versuchte ich das Positive zu sehen. Das musste ich Irene erzählen, wenn ich sie traf.

Ich studierte den Poststempel. Die Karte war vor zwei Tagen aufgegeben worden. Max, der mir in die Küche gefolgt war, schaute zu mir auf, und ich legte meine Hand auf seinen Kopf. »Dein Frauchen ist am Zürichsee«, ließ ich ihn wissen. »Wenn ich nur wüsste, warum.«

Erschrocken hielt ich inne. Ob sie in die Schweiz gereist war, um sich einer Behandlung zu unterziehen, die nun länger dauerte als geplant? Szenen aus *Der Zauberberg* gingen mir durch den Sinn. Nein, verwarf ich die Befürchtung wieder. Dann hätte sie wohl kaum geschrieben, dass es ihr ausgezeichnet gehe. Dennoch, diese Geheimniskrämerei passte nicht zu ihr. Ava war offen und sagte Dinge freiheraus. Zumindest hatte ich das immer geglaubt. Doch von Muriel und der Tafelrunde hatte sie mir auch nie etwas erzählt. Vielleicht kannte ich meine Großtante nicht so gut, wie ich immer geglaubt hatte.

10

Am Samstagmorgen erwachte ich mit einem Gefühl kribbelnder Vorfreude. Ich war nun seit einer Woche in Herzbach, und morgen war der große Tag! Um Punkt eins würde sich die Tafelrunde in Avas Haus versammeln – mit mir als Gastgeberin. Außerdem würde ich Jonas wiedersehen. Zum ersten Mal seit unserem Kuss im Wald. Der Gedanke freute mich mehr, als ich zugeben wollte, machte mich aber auch äußerst nervös.

Zum Frühstück im Garten holte ich die Liste hervor, die ich an meinem ersten Abend erstellt hatte. Während ich an meinem schwarzen Kaffee nippte, las ich erneut die Punkte, die ich aufgeschrieben hatte. Mit Muriels Kochbuch hatte ich mich beschäftigt. Ich hatte die Kräutermixturen gefunden, und gleich nach dem Frühstück wollte ich die Einkäufe für die Gerichte besorgen, die ich kochen musste, um sie darin zu servieren. Hier konnte ich also einen halben Haken setzen. Auch Anschluss hatte ich gefunden, sogar mehr als das. Erst gestern hatten Maria, Sara und ich bis tief in die Nacht an Saras Küchentisch Monopoly gespielt und dabei Tränen gelacht. Zufrieden machte ich einen Haken hinter den Punkt. Was die sinnhafte Beschäftigung anging, war ich noch nicht weitergekommen. Ich unternahm zwar viel, doch nur aus Vergnügen, nicht zum Nutzen des Gemeinwohls, wie ich das in einem Anflug von Selbstlosigkeit formuliert hatte. Was das anging, musste ich noch nacharbeiten. Ebenso beim ersten und entscheidendsten Punkt auf meiner Liste: *Herausfinden, was mich glücklich macht und wie ich leben will. Wovon, mit wem und wo.*

Wieder musste ich an Jonas denken. Ich hatte gehofft, dass ich mit den Tagen weniger an ihn denken würde, doch das war nicht passiert. Sein Bild war in meinem Kopf ständig präsent. Genauso wie die Erinnerung an unseren Kuss.

Nach dem Frühstück setzte ich mich an meine Einkaufsliste. Als Erstes schlug ich das Rezept gegen Liebeskummer auf, das für Sara war. Hier sollte die Pflanzenmischung in einen Kuchen gegeben werden, der in erster Linie aus Schokolade bestand. Als ich alle Zutaten notiert hatte, widmete ich mich Hermanns Heimweh. Es klang nachvollziehbar, dass ein deftiger Eintopf den Rahmen bieten sollte, um die Heilkräuter zu verabreichen. Leise vor mich hin summend wechselte ich zum nächsten Rezept. Ich schrieb und schrieb, und als ich fertig war, bestand meine Einkaufsliste aus zwei Seiten. Während ich die vielen Zutaten noch einmal durchging, beschlich mich Unruhe. Ich würde eine Suppe, einen Eintopf, einen Auflauf und ein Ragout zubereiten und zusätzlich noch einen Kuchen und eine Quiche backen. Die Rezepte klangen aufwendig, und ich hatte keine Erfahrung als Köchin. Würde ich alle Gerichte so hinbekommen, dass die Kräuter ihre Wirkung entfalten konnten? Die Tafelrunde lag mir am Herzen, ich wollte meine Gäste nicht enttäuschen. Sie verließen sich darauf, dass ich meine Sache gut machte. Seufzend legte ich meinen Stift beiseite. Das Beste würde sein, wenn ich jemanden um Unterstützung bat.

Als ich vor Jonas' Haus stand, waren meine Handflächen feucht vor Aufregung, und ich wischte sie an meiner kurzen Jeans ab. Ich hatte mit mir gerungen, ob ich ausgerechnet erneut *ihn* zur Tafelrunde befragen sollte. Mein Verstand sagte mir, dass das keine gute Idee war, wenn ich ihn mir aus dem Kopf schlagen wollte. Doch dann hatte ich überlegt, dass ich ihn spätestens morgen sowieso sehen würde. Also konnte ich mich der Begegnung auch genauso gut jetzt stellen.

Nach einer halben Minute, die mir wie eine Ewigkeit vorkam, öffnete Jonas die Tür. »Oh, hallo, Ellie«, begrüßte er mich und rieb sich in einer mittlerweile vertrauten Geste den Nacken.

Mir blieb das Herz stehen, und einen Moment lang konnte ich gar nichts sagen. Jonas trug die graue Sporthose, die ich schon kannte, und dazu ein schwarzes Kapuzenshirt mit dem Schriftzug der Universität Münster. Wieder musste ich an unseren Kuss denken, und ein heißer Schauer rann meine Wirbelsäule entlang. Ob Jonas gerade auch daran dachte? Seine verlegene Miene ließ darauf schließen. Bereute er, mich geküsst zu haben?

Der Gedanke versetzte mir einen Stich. Jetzt reiß dich zusammen, befahl eine Stimme in meinem Kopf. Ich atmete tief ein, drückte die Schultern durch und erzählte ihm von meinen Befürchtungen. »Ich koche so gut wie nie, und jetzt habe ich Angst, dass ich etwas falsch mache und die Tafelrunde vermassele«, schloss ich. »Deshalb hatte ich gehofft, du könntest mir helfen.«

Ein merkwürdiger Ausdruck huschte über seine Züge. Ein bisschen erinnerte er mich dabei an Max. Der hatte mich heute Morgen genauso angeschaut, als ich ihn im Flur dabei ertappt hatte, wie er heimlich auf meinen Flip-Flops herumkaute. Doch bevor ich mir einen Reim darauf machen konnte, bat Jonas mich hinein. Auf dem Esstisch stand ein aufgeklappter Laptop.

»Hast du gearbeitet?«, erkundigte ich mich.

Jonas Blick glitt zum Computer. »Ich habe mit meinem Sohn geskypt.« Er klang plötzlich so traurig, dass ich ein schlechtes Gewissen bekam.

»Hast du das Gespräch meinetwegen unterbrochen? Weil ich an der Tür geklingelt habe?«

Jonas schüttelte den Kopf. »Wir waren gerade fertig. Liam war auf dem Weg ins Bett und hatte schon seinen Schlafanzug an. Durch die Zeitverschiebung bleibt nicht viel Spielraum, um miteinander zu sprechen.« Er klappte den Laptop zu. »Eigentlich wollte ich jetzt laufen gehen. Hast du Lust mitzukommen? Dann können wir unterwegs über die Tafelrunde sprechen.«

Ich zögerte. Streng genommen hatte ich keine Zeit, mit Jonas zu joggen. Ich musste mit den Vorbereitungen für das Essen beginnen. Andererseits, überlegte ich, war es erst zehn Uhr morgens, und wir mussten ja keine lange Runde laufen. Außerdem konnte ich so für ihn da sein. Denn Jonas war eindeutig niedergeschlagen, auch wenn er das zu überspielen versuchte. Am liebsten hätte ich tröstend seine Wange berührt. Doch allein der Gedanke reichte aus, um mir vorzustellen, wie sich seine Lippen auf meinen anfühlten. So weich und gleichzeitig fest …

»Erde an Ellie«, meinte Jonas und wedelte mit einer Hand vor meinem Gesicht herum.

Ich fuhr zusammen. »Ich bin ganz da«, behauptete ich.

»Das sehe ich«, antwortete er amüsiert. »Na komm, du Träumerin. Wir laufen eine Runde, und dabei erkläre ich dir, warum du dir keine Sorgen wegen morgen Mittag machen musst.«

In Düsseldorf war ich häufig laufen gegangen. Es war für mich der einzige Sport, der flexibel genug war, um sich meinen Arbeitszeiten anzupassen. Bei *Aufhäuser & Stark* hatten wir Umkleideräume und Duschen im Keller, sodass ich auch in der Mittagspause joggen konnte. Ich war niemand, der Sport brauchte, um glücklich und erfüllt zu sein. Er war ein notwendiger Ausgleich zu den vielen Stunden, die ich am Schreibtisch verbrachte. In Herzbach war ich bisher nicht auf die Idee gekommen, laufen zu gehen, denn ich war ohnehin durch das Spazierengehen mit Max genug an der frischen Luft. Meine Laufsachen lagen noch genau so im Schrank, wie ich sie vor einer Woche ausgepackt hatte.

Zurück in Avas Haus, schlüpfte ich in meine schwarze Laufhose und das graue Top. Die neonpinken Schuhe nahm ich in die Hand, um sie im Flur anzuziehen. Als ich aus der Tür trat, wartete Jonas auf dem Bürgersteig auf mich.

»Gut siehst du aus«, meinte er, und ich merkte, wie ich unter seinen anerkennenden Blicken rot wurde.

In gemäßigtem Tempo liefen wir los. Die Sonne schien so warm und einladend, wie sie es die ganze Woche getan hatte. Im Wald waren einige Spaziergänger unterwegs. Sie grüßten, als wir an ihnen vorbeiliefen, und wir grüßten freundlich zurück. Ich überlegte fieberhaft, ob ich den Kuss zwischen uns ansprechen sollte. Doch ich traute mich nicht.

»Also«, sagte ich stattdessen, nachdem wir eine Weile schweigend nebeneinander hergetrabt waren. »Wieso muss ich mir keine Sorgen machen? Gibt es einen Trick beim Kochen?« Obwohl ich mich für trainiert hielt, fiel mir das Sprechen schwer. Im Gegensatz zu Jonas, der kein bisschen angestrengt wirkte. Sein Atem ging ruhig und gleichmäßig, als er mir antwortete.

»Kann man so sagen. Die Gerichte in Muriels Kochbuch sind nur Beiwerk. Das Entscheidende sind die Pflanzenmischungen, und die haben wir. Anfangs hat Ava noch streng nach den Rezepten gekocht. Allerdings war das lange vor meiner Zeit. Als ich zur Tafelrunde kam, gab es schon für alle das Gleiche, nur eben mit einer individuellen Kräuternote versehen.«

»Du meinst, Ava hat einfach irgendetwas gekocht und nur die Pflanzenmischung variiert? Als Topping sozusagen?«

»Exakt.«

»Und wann wolltest du mir das erzählen?«

Jonas räusperte sich. »Wir dachten, Avas Reise wäre ein guter Anlass, um zu den … äh … Ursprüngen der Tafelrunde zurückzukehren.«

Ich blieb so abrupt stehen, dass ich ins Straucheln geriet. »Bitte was?«, fragte ich fassungslos. »Ihr habt mir nichts gesagt, damit ich so für euch koche, wie es im Buch steht? Habt ihr dabei auch nur mal eine Sekunde an den Aufwand gedacht?« Mit jedem Wort wurde ich lauter.

Jonas, der ebenfalls angehalten hatte, wirkte betreten. »Wenn du das so formulierst, klingt es wirklich nicht besonders nett.«

»DAS WAR AUCH NICHT NETT!«, machte ich meinem Unmut Luft. Plötzlich kam mir ein furchtbarer Gedanke. »Hat Sara auch davon gewusst?« In Sekundenschnelle ließ ich unsere Gespräche über die Tafelrunde Revue passieren, doch sie hatte nichts gesagt oder getan, was mir im Nachhinein verdächtig erschienen wäre.

Jonas schüttelte den Kopf. »Es war Hermanns und meine Idee, dich einfach machen zu lassen.«

»Hermann?«, rief ich entrüstet. Und ich hatte ihm meine Stulle angeboten! Gut, genau genommen war es seine Stulle, und er hatte sie mir gegeben, doch ich fühlte mich trotzdem verraten. Wenigstens war Sara nicht an der Verschwörung beteiligt.

»Wir wollten dich nicht verletzen, Ellie, wirklich nicht«, drang Jonas Stimme an mein Ohr. »Wir haben nicht nachgedacht. Es erschien uns einfach eine gute Gelegenheit zu sein. Tut mir leid.« Er atmete tief durch, legte den Kopf schief und sah mich aus seinen braunen Ryan-Reynolds-Augen an. »Verzeihst du mir, dass ich dir nichts gesagt habe?« Bevor ich wusste, was geschah, sank Jonas vor mir auf den Boden und streckte mir seine gefalteten Hände entgegen.

Gegen meinen Willen hoben sich meine Mundwinkel. In diesem Moment kam ein gut gekleidetes Paar um die siebzig vorbei. Als sie uns erblickten, flüsterte der Mann seiner Frau etwas zu, woraufhin sie ihm liebevoll über die Wange strich. Dann wandte sie sich an mich.

»Kindchen, wenn ein so netter junger Mann um Ihre

Hand anhält, greifen Sie zu. Davon gibt es da draußen nicht so viele.«

Der alte Mann legte schmunzelnd einen Arm um ihre Schulter. »Viel Glück Ihnen beiden«, meinte er und zog seine Frau mit sich fort.

Ich sah zu Jonas, der noch immer vor mir kniete. Er versuchte, ernst zu bleiben, doch seine Lippen zuckten verräterisch.

»Wage es nicht«, drohte ich ihm mit dem Zeigefinger. »Ich bin immer noch sauer auf dich.«

Er biss sich tapfer auf die Unterlippe und schüttelte den Kopf.

Im Gehen drehte sich die alte Frau noch einmal nach mir um. »Zugreifen, Kindchen!«, rief sie.

Abgelenkt von ihrem Ratschlag, achtete ich nicht auf Jonas. Als ich mich ihm erneut zuwandte, lag ein breites Grinsen auf seinem Gesicht. Ich runzelte die Stirn, und er wurde schlagartig ernst. »Du bist wütend«, sagte er. »Ich weiß. Tut mir leid.« Er sah mich so zerknirscht an, dass es mir schwerfiel, länger böse auf ihn zu sein. Es war nicht richtig, dass er mir keinen Hinweis gegeben hatte, doch am Ende war ja nichts passiert. Außerdem war mir eine Idee gekommen, wie er es wiedergutmachen konnte. Ich ließ ihn noch zehn Sekunden schmoren, dann streckte ich ihm meine Hand entgegen. »Ich vergebe dir, Jonas Graf. Aber Strafe muss sein.«

»Ich tue alles, was du willst«, versprach er und umfasste meine Hand. Bei seinen Worten spürte ich ein Kribbeln, das durch seine Berührung noch verstärkt wurde. Na prima, dachte ich. Mein Körper hatte offensichtlich kein Problem damit, dass er mir Informationen vorenthalten hatte.

»Was meinst du?«, fragte ich. »Welche Tomaten sollen wir nehmen: die kleinen Kirschtomaten oder die Strauchtomaten?«

Jonas, der mit dem Einkaufswagen neben mir stand, lugte mit prüfendem Blick in die Gemüseauslage. »Aromatischer sind die kleinen. Aber davon bräuchten wir ziemlich viele, von daher würde ich die anderen vorziehen. Schon weil in dem Rezept stand, dass man die Haut abziehen soll. Das könnte bei den Minitomaten schwierig werden.«

Mit einem diabolischen Grinsen füllte ich einen Beutel mit Kirschtomaten und legte ihn zu den anderen Einkäufen in den Wagen. Da Herzbach keinen eigenen Supermarkt hatte, waren wir nach Mondstein gefahren, in dessen Neubaugebiet vor Kurzem ein *Rewe* aufgemacht hatte. Nachdem Jonas mir versichert hatte, dass keine Vegetarier an der Tafelrunde teilnahmen, hatte ich mich für ein Chili con Carne entschieden. Das war einfach zu kochen und dabei würzig genug, um die individuelle Kräuternote, die vielleicht nicht jedermanns Geschmack war, zu überdecken. Ich musste lediglich am Schluss sechs Portionen abteilen und dann die jeweilige Mixtur unterrühren.

Jonas hatte ich als Einkaufs-, Küchen- und Aufräumhilfe verpflichtet. Das erschien mir eine gerechte Strafe.

»Ellie!«, hörte ich plötzlich eine Stimme rufen. »Huhu, Ellie!«

Ich drehte mich um und stand vor einer rundlichen Frau mit pechschwarzem, nach außen geföhntem Bob. Elisabeth Große Brummel, genannt Biene, rief ich mir ins Gedächtnis.

»Hallo, Biene«, begrüßte ich sie, und sie lachte erfreut

und drückte mich an sich. Nach mir war Jonas an der Reihe, der ihre Umarmung mit einem gequälten Gesichtsausdruck über sich ergehen ließ. Siggi war ebenfalls da, doch er begnügte sich damit, uns die Hand zu schütteln. Seine ausgelatschten Sandalen, die Tennissocken und Bermudashorts hätten das Klischee des deutschen Mallorca-Urlaubers vermittelt, wäre da nicht das perfekt gebügelte Anzugshemd, über das ich mich schon letzten Sonntag gewundert hatte.

Bienes Blick huschte neugierig zwischen Jonas und mir hin und her. »Ihr seid zusammen hier«, stellte sie fest.

»Hm«, murmelte Jonas, was wohl so viel wie *Ja* heißen sollte und eindrucksvoll unterstrich, warum die Leute ihn für wortkarg hielten.

»Und? Woher kennt ihr euch?«, wollte Biene wissen, ohne ihre Sensationslust zu verbergen. »Habt ihr euch während Ellies Vorstellungsrunde durch die Nachbarschaft kennengelernt?«

»Jetzt lass die beiden doch«, meinte Siggi im halbherzigen Ton eines Ehemannes, der es gewohnt war, dass seine Einwände überhört wurden. Und richtig … Biene stemmte die Hände in die Hüften und sah mich so erwartungsvoll an, dass ich ihr die gewünschte Information gab.

»Du kennst doch Avas Hund Max. Jonas hat bis zu meiner Ankunft auf ihn aufgepasst.«

Bienes Augen funkelten. Sie öffnete den Mund, um weiter nachzubohren, doch Jonas kam ihr zuvor. »Wir müssen jetzt weiter«, verabschiedete er sich. »Schönes Wochenende euch beiden. Komm, Ellie.« Er schob den Einkaufswagen in den nächsten Gang und vergewisserte sich mit einem Blick über seine Schulter, dass wir alleine waren. »Biene ist die größte Tratschtante von ganz Herzbach. Und das will etwas heißen.«

»Dann können wir ja heilfroh sein, dass sie deinen Kniefall nicht gesehen hat«, entgegnete ich. Ich hörte selbst, wie schnippisch ich klang, doch ich fühlte mich verletzt. Offensichtlich schien Jonas ein Problem mit der Vorstellung zu haben, dass im Dorf über uns geredet wurde. Zwar gefiel mir der Gedanke auch nicht sonderlich, dennoch kränkte es mich, dass er Jonas eine solche Furcht einjagte. Im Gegensatz zu mir war er schließlich Single. War es denn wirklich so schrecklich, wenn ihm jemand ein Techtelmechtel mit mir andichtete? War *ich* so schrecklich?

»Übrigens verstehe ich gut, warum du bei der Tafelrunde bist«, sagte ich immer noch ungnädig. *»Wir müssen jetzt auch weiter«*, imitierte ich seinen brummenden Tonfall. »Das war in der Tat wortkarg.«

Jonas blieb stehen und sah mir in die Augen. Sofort tat es mir leid, dass ich ihn angefahren hatte. »Ich *bin* wortkarg, Ellie. Doch du hast etwas an dir, das mich das vergessen lässt.« Er wirkte verwundert, so als sei ihm die Erkenntnis, dass er sich bei mir anders verhielt, hier zwischen den Supermarktregalen zum ersten Mal gekommen.

Ich schwieg. Es versöhnte mich, dass ich eine solche Wirkung auf ihn hatte, doch gleichzeitig fühlte ich mich verunsichert, weil die Signale, die er aussendete, so widersprüchlich waren. In einem Moment küsste er mich voller Leidenschaft, im nächsten wich er zurück und murmelte etwas davon, dass ich Avas Großnichte sei. Dann nahm er vor Biene Reißaus, damit sie keine Gerüchte über uns in die Welt setzte. Und nun das. Nun stand er vor mir, blickte mich treuherzig an und sprach davon, dass ich ihn seine Wortkargheit vergessen ließ.

Warum war es mir überhaupt so wichtig, was er über mich dachte? Aus welchem Grund versuchte ich, sein Verhalten zu verstehen? Konnte ich nicht froh sein, dass er die Distanz wahrte, die ich immer häufiger vermissen ließ?

»Okay«, riss mich Jonas aus meinen Überlegungen. Er atmete geräuschvoll aus. »Was brauchen wir sonst noch?«

~

Eine halbe Stunde später legten wir unsere Einkäufe auf das Band. Als Vorspeise würde es einen grünen Salat mit Joghurtdressing geben und zum Dessert eine leichte Zitronencreme, die Jonas sich gewünscht hatte. Als die Kassiererin den Betrag nannte, zückte er wie selbstverständlich seine EC-Karte.

»Ich bin die Gastgeberin«, erinnerte ich ihn und hielt der Frau meine Karte hin. Die Kassiererin sah unsicher von mir zu Jonas.

»Ich zahle«, sagte Jonas in einem Ton, der keinen Widerspruch duldete. Die Frau zuckte mit den Achseln und griff nach seiner Karte.

Ich tippte ihm auf die Schulter. »Wir leben im 21. Jahrhundert. Ich kann selbst für meine Einkäufe aufkommen.«

Jonas wandte sich mir zu. »Ich weiß«, erwiderte er. »Doch du hast uns nicht eingeladen, Ellie. Das haben wir selbst getan. Die Mitglieder der Tafelrunde kommen für die Kosten auf. Wir wechseln uns untereinander ab mit dem Bezahlen. Dieses Mal bin ich dran.«

»Wenn das so ist …« Grinsend drehte ich mich zu der

Kassiererin und hob den Zeigefinger. »Wir nehmen auch noch eine Flasche Champagner, bitte.«

Jonas half mir, die Einkäufe vom Parkplatz bis in Avas Haus zu tragen. Eigentlich war das mit der Flasche Champagner ein Scherz, doch Jonas hatte die Idee so gut gefunden, dass er tatsächlich eine gekauft hatte. Ich stellte sie in den Kühlschrank und wandte mich zu ihm um. Wir schauten uns in die Augen und wussten plötzlich beide nicht mehr, was wir sagen sollten.

»Kann ich dir sonst noch helfen?«, brach Jonas schließlich das Schweigen.

Ich schüttelte den Kopf. »Wir kochen morgen früh. Es ist ja längst nicht mehr so viel zu tun, wie ich dachte. Die Gäste treffen um dreizehn Uhr ein, wenn du gegen zehn da sein könntest, haben wir reichlich Zeit.«

Jonas nickte. »Okay. Dann … geh ich jetzt mal.« Seine Worte waren nicht als Frage formuliert, doch sie schwang zwischen den Zeilen mit. Zumindest bildete ich mir das ein, worauf mein Bauch zu flattern begann.

Ich verfluchte die Wirkung, die Jonas auf mich hatte. Anstatt mir in Ruhe Gedanken über meine Zukunft zu machen, interpretierte ich jedes Wort, jede Geste und jeden Blick von ihm. Mein Fokus war dabei, sich zu verschieben, und das, so sagte ich mir zum hundertsten Mal, durfte ich nicht zulassen. Also rang ich mir ein Lächeln ab und erwiderte: »Alles klar. Vielen Dank noch mal fürs Helfen.«

»Keine Ursache.« Wenn Jonas enttäuscht war, hatte er seine Züge gut unter Kontrolle. »Bis morgen, Ellie. Wir sehen uns um zehn.« Er hob die Hand zum Abschied, dann war er auch schon verschwunden.

Unwillkürlich musste ich an Saras Worte denken, als sie über Noah gesprochen hatte. *Und wenn er dann ging, fühlte es sich jedes Mal wie ein kleiner Verlust an. Als wäre der Tag plötzlich weniger hell.* Ich weiß genau, was du meinst, dachte ich. Und ich fragte mich, wie lange ich mir noch selbst vormachen wollte, nicht in Jonas verliebt zu sein.

11

Nachdem Jonas gegangen war, zog ich mir einen Bikini an, cremte mich mit Sonnenmilch Lichtschutzfaktor fünfzig ein und breitete ein großes Strandtuch auf dem Rasen aus. Max folgte mir in den Garten und ließ sich im Schatten des Apfelbaums nieder. Während ich so dalag, die Sonnenstrahlen auf meiner Haut genoss und dabei versuchte, nicht an Jonas zu denken, verkündete das vertraute *Ping* meines Handys eine neue WhatsApp-Nachricht. Sie war von Sara, die in die Gruppe geschrieben hatte, die aus ihr, Maria und mir bestand.

Liebe Ellie,
bist du zu Hause?

Ja, tippte ich.

Dann mach bitte die Tür auf.

Für den Bruchteil einer Sekunde schaute ich verständnislos auf das Display. Dann hievte ich mich hoch und lief ins Haus. Und tatsächlich – vor der Haustür standen Sara und Maria.

»Überraschung!«, riefen sie unisono.

»Hast du dich für uns so in Schale geworfen?«, fragte Maria und musterte meinen jadegrünen Bikini.

Sie selbst und Sara trugen Sportkleidung, und ich hoffte im Stillen, dass sie nicht mit mir joggen wollten. Zweimal an einem Tag war mir definitiv zu viel. Doch bevor ich nachfragen konnte, wies Maria mit dem Kinn auf Saras Rucksack, aus dem, wie ich jetzt bemerkte, eine Yogamatte hervorlugte.

Maria schirmte ihren Mund mit einer Hand ab, um mir etwas zuzuflüstern. »Ich konnte es nicht verhindern«, flüsterte sie mit einem vielsagenden Seitenblick auf Sara.

»Stimmt genau«, gab Sara ihr fröhlich recht. »Ich muss doch üben. Und ihr beiden seid meine Versuchskaninchen. Folgt mir, Mädels, wir gehen in den Garten.«

»Ich habe gar keine Matte«, warf ich in einem letzten Versuch ein, meinem Schicksal zu entgehen.

Sara drehte sich zu mir um. »Du vielleicht nicht, aber Ava hat eine. Genau genommen hat sie sogar zwei. Die Matten sind in ihrem Kleiderschrank im untersten Fach. Bringst du bitte beide mit? Maria braucht auch eine.«

Ich sah sie mit offenem Mund an. »Ava praktiziert Yoga?«

Sara nickte. »Sie ist ganz verrückt danach.«

»Ach ja?«, fragte ich lahm. Natürlich hielt ich Sara nicht für eine Lügnerin, doch mir Ava im Lotussitz vorzustellen, die dabei nach ihrer inneren Mitte suchte, oder wie auch immer das im Yogajargon hieß, erschien mir seltsam. Noch eine Sache, die ich nicht über Ava wusste. Kopfschüttelnd lief ich in das Schlafzimmer und zog mir bequeme Leggings und ein weites Shirt an.

Als ich fünf Minuten später mit den beiden Matten in den Garten trat, hatten Sara und Maria bereits die

Markise auf der Terrasse heruntergefahren und den Tisch und die Stühle beiseitegeräumt. »Auf dem Rasen ist es schöner, aber da gibt es zu wenig Schatten für uns alle«, erklärte Sara. Sie nahm mir die Matten aus der Hand und rollte sie links und rechts neben ihrer aus. Dann setzte sie sich im Schneidersitz auf den Boden und lud uns ein, es ihr gleichzutun.

Maria und ich tauschten einen gequälten Blick, bevor wir ihrer Aufforderung nachkamen. Sara lächelte von Maria zu mir. Dann richtete sie ihren Blick auf den Fluss.

Nach einem kurzen Moment der Stille begann sie zu sprechen. »Komm langsam auf deiner Matte an«, sagte sie mit ihrer schönen, ruhigen Stimme. »Finde einen bequemen Sitz, und schließe die Augen.«

Im ersten Moment fand ich es seltsam, dass sie in der zweiten Person Singular zu uns sprach, doch irgendwie gefiel mir die direkte Anrede, und ich rutschte auf meiner Unterlage herum, bis ich gemütlich saß.

»Oft ist es so, dass der Geist jetzt sehr laut ist. Lass los, was dich heute beschäftigt. Konzentrier dich auf deine Atmung. Sie hilft dir, deinen Geist zu beruhigen. Atme tief ein. Die Bauchdecke beginnt sich langsam zu wölben, und mit der Ausatmung lass los, damit sich der Bauchnabel wieder zur Wirbelsäule zurückzieht.«

Ich tat wie geheißen. Mit wurde ein bisschen schwindelig. Doch es war ein angenehmes Gefühl, und ich glaubte zu spüren, wie der Sauerstoff durch mich hindurchströmte.

»Atme noch mal tief ein und vollständig aus, und falte die Hände in *Namaste* vor deinem Herzen zusammen. Wenn du magst, lass uns die Stunde mit einem *Om* beginnen. Atme dafür noch einmal tief ein. Mit der Ausatmung kommt das *Om.*«

Sara chantete das *Om,* und Maria und ich stimmten nach kurzem Zögern mit ein. Zu meiner Überraschung kam ich mir nicht albern vor. Im Gegenteil, es hatte etwas Kraftvolles, Verbindendes, wie wir drei im Einklang vor uns hin summten.

»Nun öffne die Augen, und komm aus dem Sitz«, forderte Sara uns auf. »Stell dich langsam hin. Komm an den Anfang deiner Matte. Roll die Schultern zurück. Komm in die erste Position, in die Bergposition, *Tadasana.* Lass uns durch den Sonnengruß fließen.«

In den nächsten fünfzig Minuten führte Sara uns durch die verschiedenen Positionen, die so bildhafte Namen wie *Krieger II, Kleine Kobra* und *Herabschauender Hund* hatten. Ihre Bewegungen waren harmonisch und fließend.

Es war, als führten wir einen Tanz auf, der sinnlich war, aber auch anstrengend. Ich spürte, wie jeder Muskel meines Körpers beansprucht wurde.

»Komm in die Rückenlage«, sagte Sara schließlich. »Zieh die Knie zu dir heran. Dann lässt du langsam los. Strecke dich lang auf der Matte aus. Leg die Arme locker neben deinem Körper ab. Jetzt tauchst du langsam in dein *Savasana* ein, in deine Endentspannung.«

Sara verstummte, und ich lag da, mit geschlossenen Augen, und genoss nach der körperlichen Anstrengung das wunderbare Gefühl, nichts tun zu müssen. Erfüllt von den süßen Düften des Gartens, spürte ich die warme Brise auf meinem Wangen, hörte das Zwitschern der Vögel, das Summen der Insekten und das sanfte Plätschern des Flusses. Tiefe Zufriedenheit hüllte mich ein.

Nach ein paar Minuten ergriff Sara erneut das Wort, und ich gab mich ganz dem weichen Klang ihrer Stimme hin. »Vertiefe langsam wieder deinen Atem. Komm über die Seite hoch in einen bequemen Sitz. Lass die Augen geschlossen. Mit der Einatmung falte deine Hände wieder vor deinem Herzen zusammen. *Namaste.* Verneige dich vor dir selbst, und bedank dich für die Zeit, die du dir selbst geschenkt hast.«

Langsam kehrte ich in die Realität zurück. Ich öffnete die Augen und schielte zu Maria. Ich konnte es nicht beschreiben, aber ich fühlte mich … gut. Und sehr entspannt. Maria schien es ähnlich zu gehen. Sie saß im Schneidersitz auf ihrer Matte und lächelte auf eine Art vor sich hin, die ich noch nie an ihr gesehen hatte. Sie sah beinahe friedfertig aus.

»Ich glaube, ich habe zum ersten Mal in meinem Leben auf meine Atmung geachtet«, sagte sie. »Was für ein Gefühl.«

Mir ging es ebenso. Ich versuchte, meine Eindrücke in Worte zu fassen. »Ich hätte es nie für möglich gehalten, dass ich das mal sage, aber es war eine tolle Erfahrung. Ich danke dir, Sara.«

Sara, die sich sehr über unser ehrliches Lob zu freuen schien, strahlte über das ganze Gesicht. »Ich danke euch«, sagte sie und faltete die Hände vor ihrer Brust. *»Namaste.«*

Nach der Yogastunde mixte ich uns in der Küche einen Bananenshake, wie ich ihn bei Sara getrunken hatte, als wir uns kennengelernt hatten.

»Was haltet ihr davon, wenn wir noch Schokoladenstückchen dazutun?«, fragte Maria mit lüsterner Miene.

»Das ist eine ganz hervorragende Idee«, bemerkte ich und angelte mit einer Hand im Fach über mir, bis ich das Gesuchte gefunden hatte.

»Die Kombination ist *so* lecker«, stöhnte Sara, als wir wieder auf der Terrasse saßen und unsere Shakes tranken. Sie wischte sich mit dem Zeigefinger die Schokolade aus dem Mundwinkel. »Wieso bin ich da vorher nie draufgekommen?«

»Es ist ja noch nicht zu spät«, meinte Maria tröstend. Sie blickte zur Stever und gähnte. Plötzlich richtete sie sich ruckartig auf. »Schaut mal, Kinder. Ist das da drüben eine Flaschenpost?«

Ich drehte mich um. Tatsächlich, da schwamm eine Flasche im Wasser. Schnell sprang ich auf und lief hinunter zum Fluss. Sara und Maria folgten mir.

Ich griff nach einem Zweig und fischte damit nach der Flasche, bevor die Strömung sie davontragen konnte. Nachdem ich sie ans Ufer bugsiert hatte, hob ich sie auf und öffnete den Schraubverschluss. »Ich bin ganz aufgeregt«, flüsterte Sara. »Ich habe noch nie eine Flaschenpost gefunden.«

»Vielleicht ist sie von Kevin Costner«, scherzte ich in Anspielung auf den Film *Message in a Bottle*, den ich als Jugendliche in Steinfurt im Kino gesehen hatte. Da meine Hände nass waren, trocknete ich sie an meinem T-Shirt ab, bevor ich das eingerollte Blatt herausholte und vorsichtig entfaltete.

»Jetzt lies schon vor!«, rief Maria.

»Liebe Ellie«, begann ich und runzelte perplex die Stirn. Wie war das möglich? Und dazu in einer Schrift, dir mir fremd vorkam?

Sara klatschte in die Hände. »Der Brief ist für dich,

Ellie. Wie romantisch! Jetzt spann uns doch nicht so auf die Folter, lies weiter.« Ich tat so, als hätte ich sie nicht gehört, und vertiefte mich schweigend in die Zeilen.

Liebe Ellie,
als ich zehn Jahre alt war, habe ich mit Freunden auf dem Schulhof mit Streichhölzern gezündelt. Dabei ist das Klettergerüst abgebrannt. Ich dachte immer, eine bescheuertere Idee werde ich nie haben, doch wie es aussieht, habe ich mich geirrt. Du bist so aufrichtig und ehrlich, und ich benehme mich wie der letzte Idiot. Danke, dass du trotzdem noch mit mir redest. Und wenn ich tausend Kirschtomaten die Haut abziehen muss, ich werde es tun. Mit einem Lächeln.

Dein Jonas

PS: Schick mir doch bitte eine WhatsApp-Nachricht, wenn du meine Flaschenpost erhalten hast. Dann muss ich keine neue losschicken. Meine Nummer steht auf der Rückseite. ☺

Ich musste lächeln, und mir wurde ganz warm ums Herz.

»Lass mich sehen!«, Sara schnappte mir den Brief aus der Hand und drehte mir den Rücken zu. Maria las über ihre Schulter mit. Als sie fertig waren, sahen sie mich mit einer Mischung aus Belustigung und Verwunderung an. Also erzählte ich ihnen von Hermanns und Jonas »Verschwörung« und von der Strafe, die ich mir ausgedacht hatte. »Jetzt muss er mir morgen noch beim Kochen und Aufräumen helfen. Danach ist er erlöst.«

Sara schüttelte den Kopf. »Wolltest du wirklich für

jeden von uns etwas anderes kochen?« Sie gluckste. »Was für ein Aufwand.«

Maria zog die Stirn in Falten. »Ich verstehe nur nicht, warum die beiden das überhaupt wollten. Nur um dich zwei Tage lang zu beschäftigen? Das macht doch keinen Sinn.«

Ich schaute sie an. Seltsamerweise hatte ich mir die Frage noch gar nicht gestellt. Doch sie hatte recht. Es ergab tatsächlich keinen Sinn.

Sara tippte sich gegen ihr Kinn. »Vermutlich wollten sie sehen, ob die Pflanzenmischungen besser wirken, wenn sie streng nach Kochbuch verabreicht werden.«

»Wie meinst du das, *besser wirken*?«, erkundigte ich mich.

»Na ja. Greta ist immer noch schüchtern, Irene melancholisch, und Hermann überkommt immer wieder furchtbares Heimweh. Seit Ava für uns alle kocht, geht es uns zwar besser, aber *geheilt* sind wir nicht.« Ein Schatten legte sich über ihre Züge, und ich nahm an, dass sie gerade an Noah dachte.

Mir kam in den Sinn, was Jonas beim Joggen gesagt hatte. »Aber früher hat Ava doch genau so gekocht, wie es in Muriels Buch steht. War es da denn anders?«

»Keine Ahnung. Das war vor meiner Zeit«, wiederholte Sara unbewusst Jonas Worte. Sie zog ein nachdenkliches Gesicht. »Ich kann es mir aber nicht vorstellen«, meinte sie nach einer kurzen Pause. »Sonst hätte Ava nicht damit aufgehört, Riesenaufwand hin oder her. Zumindest für Greta und Irene, die es am ärgsten getroffen hat. Vergiss es einfach, Ellie. Hermann hat es nicht böse gemeint, so viel ist sicher.«

»Ich unterbreche euch nur ungern, aber können wir

uns bitte wieder setzen?«, meldete sich Maria zu Wort. »Mir fallen sonst die Beine ab.«

Nachdem wir auf der Terrasse Platz genommen hatten, kam Sara erneut auf die Flaschenpost zu sprechen. »Du musst Jonas noch eine WhatsApp-Nachricht schreiben«, erinnerte sie mich. »Sonst lässt er gleich die nächste Post zu Wasser in der Hoffnung, dass du genau in dem Moment guckst, wenn sie vorbeischwimmt.«

Bei dem Gedanken, Jonas eine Nachricht zu schicken, beschleunigte sich mein Puls. Ich nahm mein Handy zur Hand und speicherte Jonas als neuen Kontakt ab. Dann begann ich zu tippen.

> Lieber Jonas,
> ich habe deine Nachricht
> erhalten. Du bist kein Idiot.
> Kirschtomaten häuten
> musst du trotzdem.
> Ich freu mich auf morgen!
> Deine Ellie

War das zu viel? Mein Zeigefinger verharrte über dem Sendepfeil. Dann biss ich auf meine Unterlippe und schickte die Nachricht los. Dabei hämmerte mein Herz wie wild gegen meinen Brustkorb.

»Was hast du geantwortet?«, wollte Maria wissen.

Ich sagte es ihr. »Wie schön, dass ihr *nur* Freunde seid«, meinte sie ironisch.

Sara setzte sich aufrecht hin. »Habe ich etwas verpasst?« Ihr Blick glitt zwischen Maria und mir hin und her. »Sag bloß, da läuft etwas zwischen Jonas und dir?«, fragte sie und musterte mich prüfend. Als ich nicht sofort antwortete, schlug sie sich mit der flachen Hand vor die Stirn. »Natürlich läuft da was! Männer schicken keine Flaschenpost. Nicht einfach so.« Sie lehnte sich zurück und verschränkte die Arme vor der Brust. »Und nun erzähl. Und wehe, du lässt auch nur ein Detail aus.«

Nachdem ich ihr dieselbe Geschichte wie Maria erzählt hatte, stieß sie einen tiefen Seufzer aus. »Ihr habt euch geküsst, wie schön! Du hast so ein Glück, Ellie. Jonas ist ein toller Mann. Er ist intelligent, freundlich und aufmerksam. Seine Wortkargheit ist nur eine Phase. Er hat einen gut bezahlten Job, der ihn glücklich macht und ihm viel Freizeit lässt. Und ganz offensichtlich ist Jonas auch noch romantisch. Und jetzt kommt der Hammer: Er ist Single!« Sie setzte ein schiefes Lächeln auf. »Du könntest aufregenden Sex haben. Stattdessen sitzt du hier mit uns. Warum?«

Ich wich ihrem Blick aus. Ich sparte mir, Martin als Alibi vorzuschieben, denn er war nicht der Grund, wie ich mir eingestehen musste.

»Jonas lenkt mich zu sehr ab«, erklärte ich. »Er muss mich nur anschauen, und meine Knie werden weich. Ich kann mich nicht konzentrieren, wenn er in meiner Nähe ist.«

Sara öffnete den Mund und schloss ihn wieder. Schließlich drehte sie sich zu Maria. »Entschuldigung, aber weißt du, wovon sie redet? Das klingt doch eindeutig danach, als wäre sie verliebt.«

Maria hob beide Arme. »Ich halte mich da raus. Ich bin so neutral wie die Schweiz.« Sie senkte ihre Stimme. »Wenn ich dir einen Tipp geben darf, Sara: Nick einfach und lächele. Das mach ich auch. Siehst du: so.« Sie lächelte mich an und nickte. »Du hast völlig recht, Ellie.

Ignoriere deine Gefühle. Vergraul ihn. Die Liebe wird so was von überbewertet.«

Ich zog eine komische Grimasse. »Ja, ja, verspottet mich ruhig.« Mein Blick blieb an Jonas' Brief hängen, der vor mir auf dem Tisch lag. »Wisst ihr, in den letzten Monaten hatte ich immer wieder diesen einen Gedanken: Ich wollte nach Hause, was absurd war, weil ich mich bereits in meiner Wohnung befand.« Ich zögerte. »Vielleicht klingt es albern, aber ich sehne mich nach *Heimat*. Nach dem Gefühl, irgendwo anzukommen. Dazuzugehören. Einen Moment zu erleben und zu denken: Genau so fühlt es sich richtig an! Ich sehne mich so sehr danach, dass es wehtut.« Ich schluckte. »Ihr habt recht, ich mag Jonas. Wahrscheinlich sogar mehr als das. Aber wenn ich meinen Gefühlen jetzt nachgebe, verliere ich mein Ziel aus den Augen. Und das darf ich nicht zulassen. Ich muss herausfinden, wer ich bin und was ich will. Ich möchte nach Hause – ich war viel zu lange fort.«

Nach meinem Bekenntnis war es eine Weile still. Schließlich beugte sich Sara zu mir und legte ihre Arme um mich. »Tut mir leid, dass wir dich aufgezogen haben.« Maria erhob sich und kam zu uns. Schweigend umarmten wir uns zu dritt. Ihre Freundschaft legten sich wie Balsam auf meine Seele.

»Warum erklärst du es Jonas nicht?«, meinte Maria, nachdem wir uns voneinander gelöst hatten. »Sag ihm, dass du ihn magst, nur dass der Zeitpunkt ungünstig ist. Er wird es verstehen.«

Sara stimmte ihr zu. »Er sollte wissen, dass er dir nicht gleichgültig ist. Bestimmt wartet er auf dich.«

Ich schüttelte den Kopf, um zu zeigen, dass ich anderer Meinung war. Was hatte Jonas davon, wenn ich ihm jetzt meine Gefühle gestand? »Ich weiß doch gar nicht, ob Jonas in die Zukunft passt, die ich mir vorstelle«, gab ich zu bedenken. »Nein. Ich werde nicht mit ihm sprechen, und ihr tut das bitte auch nicht.«

»Ganz schön kompliziert«, sagte Sara. »Aber du bist der Boss.«

»Ich kenne Jonas zwar nicht«, erwiderte Maria, »aber ich schwöre beim Grab meiner Großmutter, dass ich ihm nichts von deinen Gefühlen erzählen werde, es sei denn, jemand zwingt mich dazu.«

Irritiert hob ich eine Augenbraue. »Wer sollte dich denn dazu zwingen?«

»Sagt man das nicht so?«

»Nein«, antwortete ich und lachte.

»Na schön«, meinte Maria. »Ich verspreche, dass ich Jonas nichts sagen werde. Egal was passiert.«

12

Ich lag auf der Couch und las Zeitung, als es an der Haustür klingelte. Überrascht blickte ich auf die Uhr über dem Kaminsims. Es war zehn Uhr abends. Sara und Maria waren vor einer Ewigkeit gegangen. Ob eine von ihnen etwas vergessen hatte und nun zurückgekommen war, um es zu holen? Ächzend hievte ich mich hoch, so sehr spürte ich meine Muskeln nach dem Joggen und Yoga, und lief in den Flur, doch zu meiner Überraschung war es Hermann, der im Lampenschein vor mir stand. Sein Gesicht wirkte so grau, dass mir vor Schreck beinahe das Herz stehen blieb. »Ist etwas mit Ava?«, stieß ich hervor.

Hermanns Kopf fuhr in die Höhe. »Was? Nein!«, rief er, nachdem er die Panik in meinen Zügen bemerkt hatte.

Ich legte eine Hand auf meinen Brustkorb. »Gott sei Dank.« Mein Atem beruhigte sich. »Was ist es dann?«

Hermann ließ die Schultern hängen. »Ich habe Ihnen nicht die Wahrheit über die Tafelrunde gesagt, Ellie. Da gibt es etwas, das Sie wissen sollten.«

Ich konnte nicht anders, ich musste lächeln. »Na, dann kommen Sie mal herein.«

Wir gingen in die Küche, und ich machte uns einen Tee. Helles Mondlicht schien durch das Fenster auf die Arbeitsplatte, als ich frischen Ingwer in zwei Becher füllte und mit heißem Wasser aufgoss. Zum Schluss gab ich noch ein paar Blätter Minze und ein wenig Honig dazu.

»Hier, bitte.« Ich reichte Hermann seine Tasse. »Probieren Sie mal, ob er Ihnen süß genug ist.«

»Er ist perfekt.« Er lächelte mich unsicher an.

Ich konnte mir denken, worum es ging. Er war hier, um mir seine kleine Verschwörung zu beichten. Nach ein paar Sekunden stellte er seinen Becher auf dem Tisch ab. »Sie müssen sich morgen nicht so viel Mühe machen«, platzte er heraus. »Ava kocht *ein* Gericht und streut lediglich am Schluss die verschiedenen Kräuter ein. Verzeihen Sie, dass ich Ihnen das nicht eher gesagt habe.«

»Haben Sie mit Jonas gesprochen?«, erkundigte ich mich.

Ein überraschtes Lächeln blitzte in seinem Gesicht auf. »Nein. Aber Sie, wie es aussieht?« Er hustete und nahm einen Schluck von seinem Tee. »Bestimmt hat Jonas behauptet, es wäre unsere Idee gewesen. Doch das stimmt nicht, es war allein mein Einfall.«

»Aber warum?«, fragte ich ratlos.

Hermann ließ sich Zeit mit seiner Antwort. »Haben Sie Irene kennengelernt?«, erkundigte er sich schließlich. »Und die kleine Greta?«

Ich nickte langsam. Ein trauriger Ausdruck trat in seine Augen. »Greta ist so ein nettes Mädchen. Und sie ist klug, ein richtiger Bücherwurm. Sie liebt ihre Großmutter und besucht sie fast jeden Tag. Aber sie hat keine Freunde. Sie ist zu schüchtern, um auf andere Kinder zuzugehen. Ich habe beobachtet, wie sie Greta hänseln und sich über sie lustig machen. Das bricht mir das Herz. Greta sollte spielen und lachen und all den Blödsinn machen, den Mädchen in ihrem Alter so veranstalten. Stattdessen verbringt sie ihre Zeit im Seniorenstift. Das ist nicht richtig.« Hermanns Kiefer war angespannt, und ich konnte sehen, wie nahe ihm das ging. Mir ging es auch nah.

»Und Irene«, fuhr Hermann fort, »ist auch eine arme Seele. Sie bezieht alles, was passiert, auf sich. Wirklich alles, ich übertreibe nicht. Vor vier Wochen waren wir nach der Tafelrunde spazieren, und es fing an zu regnen. Da sagte sie mit bitterer Leichenmiene, es sei klar, dass es jetzt regne, bestimmt wisse der liebe Gott, dass sie keinen Schirm dabeihabe. Als Scherz wäre es lustig gewesen, doch sie meinte ihre Worte vollkommen ernst.« Er lachte ohne eine Spur von Humor. »Ich könnte Ihnen hundert Beispiele nennen. Irene ist krankhaft pessimistisch. Sie hat Therapien gemacht, aber keine hat geholfen. Es geht ihr nicht gut, und dasselbe gilt für Greta. Vielleicht auch für uns andere, nur dass *unsere* Stimmungen nicht unser ganzes Leben beherrschen.« Er legte seine Hände, die groß und schwielig waren, auf die Tischplatte. »Ava hat mir versichert, es würde allein auf die Pflanzenmischungen ankommen, aber ich wollte nichts unversucht lassen. Insgeheim hatte ich gehofft, die Mixturen würden in den dafür vorgesehenen Gerichten besser wirken.« Er hielt meinen Blick fest. »Das ist keine Entschuldigung für mein Verhalten. Es war falsch, dass ich nichts gesagt habe. Ich hoffe, Sie haben nicht die ganze Woche mit Einkaufen verbracht.« Sein Tonfall war voller Reue.

Beruhigend drückte ich seine Schulter. »Keine Sorge, es hat sich noch alles rechtzeitig aufgeklärt. Ich hoffe nur, Sie mögen Chili con Carne.«

Ein erleichtertes Lächeln breitete sich auf seinem Gesicht aus. »Chili con Carne ist wunderbar.« Sein Blick wanderte zu seinem Becher. »Nur Ingwer mag ich nicht.«

Ich musste grinsen. »Warum haben Sie nichts gesagt?«

Seine Augen ertranken in einem Meer aus Lachfältchen.

»Ich dachte, das wäre meine gerechte Strafe.«

~

Als ich später im Bett lag, musste ich noch lange an mein Gespräch mit Hermann denken. Er hatte nicht aus Eigennutz geschwiegen, sondern weil er sich um Irene und Greta sorgte. Irgendwie konnte ihn sogar verstehen. Doch wenn Ava sagte, dass es nur auf die Kräuter ankomme, dann hatte das seine Richtigkeit, da war ich mir hundertprozentig sicher. Aber vielleicht gab es ja andere Wege, ihnen zu helfen. Mit dem Gedanken schlief ich ein.

13

Und dann war er da, der Tag der Herzbacher Tafelrunde. Vor lauter Aufregung stand ich noch vor Max auf, der mich aus seinem Korb heraus verschlafen musterte, als ich in den Flur trat. Ich beugte mich zu ihm und gab ihm einen Kuss auf sein Haupt. »Bleib ruhig noch ein bisschen liegen, mein Junge. Es ist gerade mal sechs Uhr.«

Während ich mir unter der Dusche die Haare einschäumte, ging ich im Geist meine Vorbereitungen durch. Bis Jonas um zehn Uhr kam, wollte ich das Erdgeschoss saugen, wischen und den Tisch decken. In der Anrichte im Wohnzimmer hatte ich silberne Platzteller entdeckt. Sie würden gut zu Avas grauen Servietten und den antiken Kandelabern passen. Dazu ein paar Blumen und ein wenig Grün aus dem Garten, und fertig war der Tischschmuck.

Als Jonas um Punkt zehn Uhr erschien, hatte ich nicht nur das Erdgeschoss, sondern auch das gesamte Haus geputzt.

»Sehr hübsch«, lautete sein Urteil, als er den gedeckten Tisch sah. »Hast du das gestern schon vorbereitet?«

»Nein«, antwortete ich. »Ich bin früh aufgestanden.«

Jonas schmunzelte. »Das kann ich mir vorstellen. Du bist bestimmt nervös, oder? Musst du aber nicht sein. Die Tafelrunde wird super, vertrau mir.«

Halb dankbar, halb verlegen lächelte ich ihn an. Ich hatte nicht gewusst, wie ich mich Jonas gegenüber verhalten sollte. Nach der Sache mit der Flaschenpost weniger denn je. Doch nun, wo er vor mir stand, verflog meine Anspannung, und ich spürte, wie mich Freude erfüllte. Ganz einfach, weil er da war.

Während wir Zwiebeln und Paprika für das Chili klein schnitten, berichtete ich ihm von Hermanns abendlichem Besuch.

Jonas griff nach einer weiteren Paprika. »Ich bin froh, dass er das getan hat. Alles andere hätte mich auch gewundert.«

Eineinhalb Stunden später köchelte das Chili vor sich hin, der grüne Salat war gewaschen, und das Joghurtdressing und die Zitronencreme standen im Kühlschrank. Nachdem wir die Küche aufgeräumt hatten, kochte ich uns einen Kaffee, den wir auf der Terrasse tranken.

»Und?«, fragte mich Jonas und sah mich über seine Tasse hinweg an. »Bist du immer noch nervös?«

»Schon«, gab ich zu. »Es sind so unterschiedliche Charaktere, die zusammenkommen. Worüber unterhaltet ihr euch? Seid ihr so etwas wie eine Selbsthilfegruppe, oder habt ihr auch normale Themen?«

»Was sind denn normale Themen?«, erkundigte sich Jonas belustigt.

Ich überlegte. »Was ihr während der Woche gemacht habt, was ihr Aufregendes erlebt hat, was euch beschäftigt.«

Jonas sah mich plötzlich so intensiv an, dass meine Brust eng wurde. »Ich war diese Woche im Wald laufen«, begann er. »Dabei habe ich diese Frau getroffen und sie geküsst. Das war aufregend. Mehr als das, es war atemberaubend. Seitdem denke ich ununterbrochen an sie. Und es beschäftigt mich nur eine Frage. Werden wir uns wieder küssen?«

Die Atmosphäre auf der Terrasse hatte sich schlagartig verändert. Alle Geräusche schienen plötzlich verstummt. Wie hypnotisiert blickte ich Jonas in die Augen, und mein Mund wurde trocken. Mein Wille schwand und wurde zu etwas anderem, etwas Leichtem, das in die Luft gewirbelt und davongetragen wurde. Ich umfasste sein Gesicht, spürte seine rauen Bartstoppeln unter meinen Fingern. Als ich ihn küsste, erschauderte er. Ohne unseren Kuss zu unterbrechen, zog Jonas mich in seine Arme. Wir waren uns so nah, dass ich sein Herz spüren konnte. Es schlug kräftig und schnell.

Plötzlich blitzte ein Bild in mir auf. Jonas, wie er mich sanft auf den Tisch hob, wie ich meine Beine um ihn schlang und … *stopp!* Reflexartig schob ihn von mir weg.

»Die anderen …«, keuchte ich. Es war eine klägliche Ausrede, da es noch nicht ein Uhr sein konnte, doch Jonas akzeptierte sie.

»Natürlich«, sagte er und fuhr sich mit beiden Händen durch sein Haar. »Entschuldige.«

Ich sah zu Boden und schwieg. Was sollte ich auch sagen? Erst zog ich ihn an mich, und dann stieß ich ihn weg.

~

Hermann war der erste Gast, der eintraf. Er umarmte mich zur Begrüßung und überreichte mir einen wunderschönen Blumenstrauß, der nach Sommer duftete. Als ich die Blumen gerade in eine Vase gestellt hatte, schellte es erneut an der Tür. Diesmal war es Sara, dicht gefolgt von Irene und Greta.

»Hallo, Ellie. Ich bin heute Morgen mit Schnupfen aufgewacht«, teilte Irene mir mit und schnäuzte sich in ihr Taschentuch. »Nicht, dass mich das wundern würde«, fügte sie leidend hinzu.

Greta reichte mir wortlos ein Schächtelchen mit Macarons aus der Bäckerei am Dorfplatz.

»Wie lieb von dir!«, rief ich. »Danke schön.«

Eine brennende Röte zog ihren Hals hinauf und brachte ihr Gesicht zum Glühen.

Irene drehte sich zu mir. »Ich habe Ihnen nichts mitgebracht. Es hätte Ihnen sowieso nicht gefallen, und dann hätten Sie so tun müssen, als ob, und das hätte Sie verlegen gemacht und mich auch, und dann hätten wir uns minutenlang angeschwiegen. Aber nicht in diesem vertrauten Schweigen, Sie wissen schon, sondern in dem peinlich berührten, bei dem man sich nichts mehr herbeisehnt als ein Mäuseloch, in dem man verschwinden kann. Darüber wäre dann das Essen angebrannt und Sie …«

Irene war gefangen in einer negativen Gedankenspirale, aus der sie keinen Ausweg fand. Als sie kurz innehielt, um nach Luft zu schnappen, nutzte ich die Gelegenheit, um alle Gäste auf die Terrasse zu bitten.

Irene zuckte mit den Achseln. »Ich bin es gewöhnt, unterbrochen zu werden«, sagte sie zu niemand Bestimmtem. »Manchmal unterbreche ich mich sogar selbst.«

Das kann ja heiter werden, dachte ich. Doch als ich

sah, wie Greta die alte Frau fürsorglich unterhakte und Richtung Garten lotste, hob sich meine Stimmung wieder. Ich gab Jonas ein Zeichen, mir in die Küche zu folgen. Ich wollte ihn bitten, mir beim Aperitif zu helfen, und gleichzeitig die Gelegenheit nutzen, um noch einmal mit ihm zu sprechen. Auf der Terrasse hatte er mir gestanden, dass ich ihm nicht mehr aus dem Kopf ging. Daraufhin hatte ich ihn geküsst, nur um ihn im nächsten Moment wieder von mir zu schieben. Mir wurde klar, dass Sara und Maria recht hatten. Jonas verdiente eine Erklärung. Ich musste ihm sagen, wie es in mir aussah. Dass ich mich zu ihm hingezogen fühlte, aber der Zeitpunkt falsch war. Und von Martin musste ich ihm auch erzählen. Ich öffnete den Mund und betete im Stillen, dass ich die richtigen Worte fand, als Jonas die Hand hob.

»Lass mich den Anfang machen«, bat er, und unwillkürlich musste ich daran denken, was er im Supermarkt zu mir gesagt hatte: *Ich bin wortkarg, Ellie. Doch du hast etwas an dir, das mich das vergessen lässt.* Jonas lehnte sich gegen den Kühlschrank und legte den Kopf schief. »Du bist die erste Frau, die ich geküsst habe seit der Trennung von Grace.« Er klärte seine Stimme mit einem Räuspern. »Und das lag nicht daran, dass es keine Angebote gegeben hätte.« Jonas stockte, und ein gequälter Ausdruck überzog sein Gesicht. »Entschuldige, das kam jetzt falsch rüber.«

Ich musste lächeln. »Ich mag dich, Jonas Graf«, entfuhr es mir.

Einen Moment lang wirkte er überrumpelt. Dann trat ein warmes Funkeln in seine Augen. »Ich mag dich auch, Ellie …« Er runzelte die Stirn. »Wie heißt du eigentlich mit Nachnamen?«

»Lindemann.«

»Ich mag dich auch, Ellie Lindemann.«

Wir lächelten einander an.

»Wollen wir jetzt den Aperitif anrichten?«, fragte ich, und Jonas nickte. Ich nahm den Champagner aus dem Kühlschrank, und auch, wenn es nun doch nicht zur Aussprache zwischen uns gekommen war, fühlte ich mich besser. Beschwingt beinahe.

Als wir zu den anderen in den Garten traten, bot sich Jonas und mir ein Bild, das in seiner Harmonie und Schönheit an ein Stillleben erinnerte. Greta und Max saßen dicht nebeneinander im Gras. Das zierliche Mädchen, das mit seinem weißblonden Zopf wie eine Elfe aussah, hatte seinen rechten Arm um den Rücken des Labradors geschlungen. Hinter ihnen stand, bewegungslos wie eine Statue, Irenc. Ihr Blick verlor sich im Wasser der Stever. Wenn sie darüber nachsann, ob der Fluss über seine Ufer treten und sie verschlingen würde, einfach, weil sie in diesem Augenblick dort stand, dann äußerte sie ihren Verdacht zumindest nicht laut. Hermann und Sara wiederum hatten auf der Terrasse Platz genommen und ihre Stühle so gedreht, dass sie die drei auf dem Rasen beobachten konnten. Sie wirkten wie Vater und Tochter, die für ein Lifestyle-Magazin posierten. Hermann trug eine kakifarbene Stoffhose und dazu ein weißes Leinenhemd, das seine gebräunte Haut zur Geltung brachte, Sara ein langes Sommerkleid, das im Nacken geknotet war und genau den Farbton ihrer Augen besaß.

Jonas rief Irene und Greta herbei, und eine Minute später hielten alle ihren Aperitif in der Hand. Für die Erwachsenen gab es Champagner, für Greta Orangina.

Ich hob mein Glas. »Jetzt noch mal ganz offiziell: Herzlich willkommen zur Herzbacher Tafelrunde. Ich freue mich, dass ihr gekommen seid. Auf ein paar schöne Stunden!«

Zum Essen gingen wir trotz des schönen Wetters hinein. Zur Tafelrunde gehörte eine Tafel, und die befand sich nun einmal im Haus.

Obwohl ich mir sagte, dass man bei einem grünen Salat nicht viel falsch machen konnte, war ich erleichtert, als Sara mir ein »Sehr lecker!« zurief und die anderen eifrig nickten.

Hermann und Sara begannen ein Gespräch über eine Käsesuppe, die Ava bei einem früheren Treffen als Vorspeise serviert hatte und die so legendär verunglückt sein musste, dass sogar Greta schmunzeln musste.

»Erinnert ihr euch noch daran, was für Fäden der Käse gezogen hat?«, lachte Hermann. »Sie waren überall. Im Mund, zwischen den Zähnen, am Kinn. Sie klebten am Löffel, an der Suppentasse und auf dem Weg dazwischen.«

Irene schob sich ein Salatblatt in den Mund. »Zwei Tage später ist David Cassidy gestorben«, sagte sie so bedeutungsvoll, als ob zwischen der Suppe und dem Tod des Sängers ein direkter Zusammenhang bestünde.

»Man schätzt, dass jeden Tag hundertzweiundfünfzigtausend Menschen sterben«, warf eine zarte Stimme ein, und ich brauchte einen Moment, um zu begreifen, dass sie Greta gehörte. Ihr Gesicht war flammend rot und ihr Blick starr auf den Teller vor sich gerichtet, doch sie hatte geredet. Ein Gefühl der Rührung überkam mich.

Irene jedoch ließ sich von Gretas Bemerkung nicht beeindrucken. »Ja«, gab sie ihr recht. »Und David Cassidy war einer davon.«

Jonas, der mir gegenüber am anderen Ende der Tafel Platz genommen hatte, warf mir einen amüsierten Blick zu, und ich sah schnell woandershin, damit ich nicht loskicherte.

~

»Bis jetzt läuft doch alles gut«, stellte Jonas fest, nachdem wir die Vorspeisenteller abgeräumt und in die Küche getragen hatten. Nachdem er in Anwesenheit der anderen kaum etwas gesagt hatte, gab er seine Wortkargheit nun erneut auf. Ich strich mir eine verschwitzte Strähne aus der Stirn.

»Gott sei Dank.«

Auf der Anrichte warteten die Dosen mit Avas Heilkräutern darauf, zum Einsatz zu kommen. Versonnen nahm ich eine hoch und betrachtete sie. »Wie machen sich die Mixturen eigentlich bemerkbar? Spürst du einen Unterschied, wenn du davon gegessen hast?«

Jonas dachte kurz nach. »Es ist nicht so wie bei einer Kopfschmerztablette, die du nimmst und durch die du dich nach fünfzehn Minuten besser fühlst. Der Prozess ist langwierig. Mit jeder Tafelrunde geht es dir ein bisschen besser, doch *geheilt* bist du nicht. Schau dir Greta an.«

Ich ahnte, worauf er hinauswollte. Dass sie vorhin das Wort ergriffen hatte, war bestimmt ein Riesenfortschritt. Dennoch war sie immer noch unfassbar schüchtern. Ich dachte an das, was Hermann gesagt hatte.

»Was mit Irene?«

Jonas blies die Backen auf. »Ich fürchte, Irene ist ein

hoffnungsloser Fall. Dennoch tut ihr die Gemeinschaft gut. Ava hat die Tafelrunde wiederauferstehen lassen, damit Irene eine positive Konstante in ihrem Leben hat. Seitdem haben die Mitglieder von Zeit zu Zeit gewechselt, nur Irene ist von Anfang an dabei.«

Das Chili con Carne fing an, Blasen zu werfen. Schnell stellte ich den Herd kleiner und rührte um, damit es nicht anbrannte. Schließlich füllte ich den ersten Suppenteller. Jonas gab die Kräuter dazu und mischte sie mit einem Löffel unter.

»Diese Portion ist für Hermann«, meinte er und legte einen Zettel mit Hermanns Namen daneben, damit es zu keiner Verwechslung kam. Anschließend nahm er die Dose, auf der mein Name stand, und hielt sie mir hin. »Möchtest du es ausprobieren?«, fragte er. »Das Mittel gegen Zukunftsirritationen?«

»Warum nicht?«, sagte ich betont beiläufig und dachte an unseren Kuss. Vielleicht halfen mir ja die Kräuter, klarer zu sehen. Es waren schließlich schon seltsamere Dinge passiert.

14

Hast du es dir so vorgestellt, Ava?, fragte ich meine Großtante in Gedanken. Gespannt ließ ich meinen Blick über die Tafelrunde schweifen, die damit beschäftigt war, den ersten Löffel des Chili con Carne zum Mund zu führen.

Ich aß nun ebenfalls. Das Chili war würzig und besaß genau die richtige Schärfe. Die Kräuternote darin war allerdings gewöhnungsbedürftig. Es schmeckte ein bisschen so, als hätte ich die Blumen mitgekocht, die Hermann mir als Gastgeschenk überreicht hatte. Doch wahrscheinlich ging es nur mir so.

Die Gäste schienen zufrieden zu sein. Alle aßen anstandslos auf und wischten ihren Teller mit dem knusprigen Weißbrot sauber, das in einem Korb auf dem Tisch stand.

Hermann lehnte sich zurück und faltete die Hände vor seinem Bauch. »So. Wer macht den Anfang?«

»Wenn mich nicht alles täuscht, ist Irene dran«, erwiderte Sara.

»Natürlich«, murmelte Irene vor sich hin. »Lasst doch Irene den Anfang machen.«

Hermann, der meine verwirrte Miene bemerkte, erklärte: »Nach dem Essen tauschen wir uns aus. Über unsere Fortschritte genauso wie über unsere Rückschläge. Schließlich sind wir alle aus einem bestimmten Grund hier. Und wir duzen uns, wenn das in Ordnung ist.«

»Natürlich«, sagte ich und lächelte in die Runde. Also war die Tafelrunde doch eine Selbsthilfegruppe. Als ich Jonas vorhin danach gefragt hatte, war er mir die Antwort schuldig geblieben. Stattdessen hatten wir uns geküsst. Bei der Erinnerung wurde mir erneut siedend heiß. Nur mit Mühe gelang es mir, mich wieder auf Irene zu konzentrieren. Sie nahm einen Schluck von ihrem Mineralwasser und seufzte schwer.

»Ich fange mit dem Negativen an, denn etwas Schönes habe ich nicht zu berichten.«

Die anderen, die nichts anderes erwartet hatten, blickten sie aufmunternd an.

In den nächsten Minuten erzählte Irene von einem Bus, der ihr, obwohl sie pünktlich vor Ort gewesen war, vor der Nase weggefahren war. Von einer Supermarktkasse, die in dem Moment schloss, als sie ihre Einkäufe auf das Band legte, und von einem jungen Mann, der ihr die Uhrzeit nannte und dabei von einem Radfahrer angerempelt und zu Fall gebracht worden war. »Hätte ich ihn nicht angesprochen, wäre es nie so weit gekommen«, schloss sie ihre Ausführungen. Sie schürzte die Lippen. »Ich bin ein Magnet, der das Unglück anzieht. So ist das eben, und daran wird sich nichts ändern. Doch ihr sagt ja immer, ich soll das Positive sehen. Also, hier kommt das Positive: Wenn es mich nicht gäbe, würden diese Dinge anderen Menschen passieren, darum ist es besser, sie geschehen mir. Ich bin alt und unnütz und erwarte es nicht anders.«

Hermann, der neben ihr saß, legte seine Hand auf ihren Arm. »Du bist nicht unnütz, Irene. Du bist wertvoll. Wenn du das doch nur sehen könntest.«

Ihr Gesichtsausdruck zeigte deutlich, dass sie ihm kein Wort glaubte. Hermann wirkte bekümmert, drang aber nicht weiter in sie.

»Dann mache ich jetzt wohl mal weiter«, sagte er nach einer kurzen Pause. »Da Ellie zum ersten Mal dabei ist, hole ich ein bisschen aus. Ich hoffe, ihr anderen seht es mir nach.« Er räusperte sich. »Schon als kleiner Junge wusste ich, dass ich zur See fahren wollte. Den größten Teil meines Lebens habe ich auf dem Meer verbracht. An Land war ich nicht glücklich, denn dort war ich nicht ich selbst. Es gab tausend Dinge, die ich dann vermisste: die Weite, das Rollen der Wellen, die Mannschaft, doch am allermeisten fehlte mir die frische Luft. Es war so, als gäbe es an Land nicht genug Luft, um meine Lungen zu füllen.« Er stockte. »Die Pensionierung erlebte ich als einen Schock. Ich hätte wahrlich genug Zeit gehabt, um mich darauf vorzubereiten, doch das hatte ich nicht getan. All die Jahre war ich ein viel beschäftigter Mann. Ich hatte verdrängt, dass ich nicht mein ganzes Leben lang Kapitän sein konnte. Und dann war der Moment gekommen, in dem ich Abschied nehmen musste. Von einem Beruf, der mir alles bedeutet hat.« Hermann lächelte wehmütig. »Danach fiel ich in ein tiefes Loch. Ich wusste nichts mehr mit mir anzufangen. Auf einmal hatte der Tag so viele Stunden. Ich verbrachte ganze Nachmittage damit, auf meinem Sofa zu sitzen und auf die Wanduhr zu starren, als könnte ich die Zeiger so dazu bewegen, sich schneller zu drehen. Irgendwann, als es besonders schlimm war, packte ich kurzerhand ein paar Sachen zusammen und stieg in den Zug. Von Norddeich Mole nahm ich die Fähre nach Norderney. Ich dachte, wenn ich das Meer sehe, würde es mir besser gehen. Doch das Gegenteil war der Fall. Ich stand auf dem Deck, schaute in die Wellen, hörte die Möwen, die über mir kreischten, sog die salzige Luft ein, und zum ersten Mal, seit ich erwachsen war, musste ich weinen. In diesem Moment begriff ich, dass ich meine Heimat verloren hatte. Das Gefühl überwältigte mich. Ich, der erfahrene Kapitän, den nichts aus der Ruhe bringen konnte, der in jeder Situation einen klaren Kopf behielt, sank zu Boden, zog die Knie an, machte sich, so klein er konnte, und schluchzte sich die Seele aus dem Leib.«

Er holte tief Luft. Wir anderen hingen wie gebannt an seinen Lippen. Schließlich sprach er weiter. »Ich blieb nicht auf Norderney, wie ich es geplant hatte, sondern fuhr mit der nächsten Fähre zurück. Diesmal unter Deck. Als ich gerade meine Wohnung aufgeschlossen hatte, rief Ava an. Sie wolle hören, wie es mir geht. Als ich es ihr sagte, lud sie mich ein, nach Herzbach zu kommen.

›An wann hattest du gedacht?‹, fragte ich müde.

Sie antwortete: ›An heute. Oder wäre das zu früh?‹

Mit dem Telefon in der Hand sah ich auf meine Tasche, die gepackt im Flur stand. Ich drehte meinen Kopf und blickte zur Wanduhr im Wohnzimmer. ›Heute wäre genau richtig‹, erwiderte ich. Einen Monat später zog ich zu Ava nach Herzbach. Von dort aus suchte ich mir etwas Eigenes.«

»Und wie geht es dir jetzt?«, erkundigte ich mich.

Hermann dachte kurz nach. »Mein Heimweh ist nicht

verschwunden. Aber hier kann ich besser damit umgehen. Ich habe Ava, die Tafelrunde, Menschen, die ich mag und die mich mögen, die Natur, die wunderschöne Umgebung. Es geht mir so gut, wie es einem alten Seebären an Land eben gehen kann.« Er zwinkerte mir zu. »So viel vorweggeschickt. Jetzt komme ich dazu, wie es mir seit der letzten Tafelrunde ergangen ist.«

Aus dem Teil, der nun folgte, hörte ich heraus, dass Hermann immer dann, wenn ihn das Heimweh übermannte, zwei Dinge tat: Zum einen sah er sich alte Fotoalben an. Zum anderen baute er Buddelschiffe, also Modelle von Schiffen, die er anschließend in eine Flasche zog und aufrichtete. Wenn er eine Woche lang nichts von beidem getan hatte, stand es gut um ihn.

Auf den ersten Blick waren es harmlose Hobbys. Doch Hermann beschrieb sie wie eine Sucht, und ich begriff, dass er ihnen nicht aus Freude nachging, sondern weil er nicht anders konnte.

»In den letzten vierzehn Tagen habe ich weder ein Buddelschiff gebaut noch ein Fotoalbum aufgeschlagen«, schloss er und lächelte stolz.

Die anderen gratulierten ihm herzlich. Aus ihren Gesichtern konnte ich ablesen, wie sehr sie sich für ihn freuten.

Nach Hermann war Jonas an der Reihe, und ich hielt unwillkürlich die Luft an.

»Als ich gestern Abend im Bett lag, habe ich darüber nachgedacht, was ich euch erzählen soll. Also habe ich Revue passieren lassen, was in den letzten Tagen so alles passiert war.«

Ich verschluckte mich an meinem Getränk und musste husten.

Jonas schmunzelte kaum merklich. »Dabei habe ich festgestellt, dass ich weitaus mehr geredet habe als sonst. Und es hat gar nicht wehgetan.«

Einen Moment lang war es still, dann fingen Hermann, Sara und Irene gleichzeitig an, Fragen zu stellen. Während das Stimmengewirr zunahm, sahen Jonas und ich einander an, bis ich das Gefühl hatte, mich in seinen Augen zu verlieren.

»Jetzt erzähl schon«, forderte Hermann. »Woran lag es?«

Es dauerte einen Moment, bis Jonas begriff, dass Hermann ihm eine Frage gestellt hatte, und er konzentrierte seine Aufmerksamkeit auf den alten Mann.

»Vorher gab es eben nichts zu reden. Und jetzt schon.«

»Und ich weiß auch, warum!«, rief Sara und sah vergnügt von Jonas zu mir.

Hermann stöhnte. »Es mag ja sein, dass bei euch jungen Leuten Blicke und Gesten reichen, um euch zu verständigen, aber ich würde auch gerne den Grund erfahren. Bitte klärt mich auf.«

Irene nahm die weiße Stoffserviette von ihrem Schoß, faltete sie ordentlich zusammen und legte sie vor sich auf den Tisch. »Jonas redet von Ellie, Hermann«, erklärte sie ihm. »*Sie* ist sein Grund.«

»Ach was«, meinte Hermann.

Er tat mir beinahe ein bisschen leid, wie er so verdattert dasaß. Ich wusste nicht, was ihn mehr verblüffte: dass Jonas meinetwegen so einfach umschalten konnte oder dass Irene das vor ihm erkannt hatte. Letzteres versetzte mich allerdings auch in Erstaunen. Irene wirkte die meiste Zeit meilenweit entfernt auf mich, als würden ihre Gedanken ständig und unablässig um sie selbst kreisen. Die Erkenntnis, dass sie nicht nur Anteil an den Dingen nahm, die um sie herum geschahen, sondern dass sie diese auch analysierte und die richtigen Schlüsse daraus zog, freute mich. Noch mehr hätte ich mich allerdings gefreut, wenn es dabei nicht um Jonas und mich gegangen wäre, denn das machte mich verlegen.

In den nächsten Minuten berichtete Jonas von unserer ersten Begegnung und wie wir die Pflanzenmischungen gesucht hatten. Außerdem erzählte er von unserem Besuch im Supermarkt und dem gemeinsamen Kochen. Die Verschwörung ließ er aus. Weniger seinetwegen, wie ich vermutete, sondern um Hermann nicht in Verlegenheit zu bringen. Auch unsere Küsse im Wald und auf der Terrasse verschwieg er. Natürlich musste ich dennoch daran denken. Als er geendet hatte, wirkte er selbst erstaunt darüber, wie viel er zu berichten hatte. Wortkarg wirkte er in diesem Moment nicht.

»Ihr seht, ich hatte eine eher untypische Woche«, fasste er gut gelaunt zusammen, und die anderen beglückwünschten ihn dazu.

Schließlich nahm Sara den Faden auf. »Im Gegensatz zu dir hatte ich eine sehr typische Woche«, meinte sie. »Genau genommen waren es zwei sehr typische Wochen, zumindest hatte ich wie immer Liebeskummer. Noah ändert einfach nichts an seinem Leben.« Ihre Stimme klang frustriert. Saras Worten entnahm ich, dass die anderen genau über ihre Affäre Bescheid wussten. Sie musste wirklich großes Vertrauen in die Mitglieder der Tafelrunde haben, wenn sie so offen davon berichtete. In den nächsten Minuten zeichnete sie das Bild eines Mannes, der liebevoll und zärtlich war, wenn sie sich sahen. Der ihr aufmerksam zuhörte und sie zum Lachen brachte, der Gefühle in ihr auslöste, wie es niemand vor ihm vermocht hatte. Er sagte Sätze zu ihr, die sich in ihr Gedächtnis einbrannten und an die sie sich klammerte, wenn er zurück zu seiner Frau ging und sie alleine in der Stille ihres Hauses zurückblieb. »Bei unserem letzten Treffen habe ich es nicht mehr ausgehalten. Ich habe von Noah eine Entscheidung verlangt, und er versprach mir, endlich mit seiner Frau zu sprechen.«

Sara zog die Stirn in Falten. »Ich war so glücklich. Ich *wollte* ihm glauben. Bis er am nächsten Tag aufhörte, mir zu schreiben. Das war noch nie vorgekommen. Plötzlich las er auch meine WhatsApp-Nachrichten nicht mehr. Ich rief ihn mehrmals an, aber er ging nicht ans Telefon, und er rief auch nicht zurück. Je länger sein Schweigen anhielt, desto verzweifelter wurde ich. Ich verstand nicht, was passierte. Nach drei Tagen meldete er sich. Er hätte eine Katastrophe abwenden müssen, die die Firma betreffe.« Ihr Blick glitt von einem zum anderen. »Wie kann er mich lieben?, frage ich mich. Wie wichtig kann ich ihm sein, wenn er sich drei Tage lang nicht einen Augenblick Zeit nimmt, um mich zu beruhigen und mir meine Ängste zu nehmen? Wenn er sich zurückzieht, sobald ich Verbindlichkeit fordere?«

Bekümmert blickte ich sie an. Hätte sie doch nur schon früher etwas gesagt. Ich wäre für sie da gewesen.

Sara schluckte. »Wie ihr seht, hatte ich nicht nur Liebeskummer, er ist sogar auf einem neuen Höhepunkt angekommen.«

Die Reaktionen der anderen waren unterschiedlich. Irene bedauerte die Entwicklung zutiefst, gab aber zu, dass sie mit nichts anderem gerechnet habe. Hermann meinte, Noah sei den Kummer nicht wert und Sara solle die Konsequenzen ziehen und Schluss machen. Jonas wiederum empfahl ein klärendes Gespräch. Greta sagte nichts, doch ihr mitfühlender Gesichtsausdruck sprach Bände.

»Und was meinst du, Ellie?«, wandte sich Sara an mich.

Ich ließ mir Zeit mit meiner Antwort. »Ich stimme Jonas zu«, erwiderte ich schließlich. »Ich kenne Noah nicht und kann nicht beurteilen, warum er sich so verhält, aber ich denke, du solltest ihm eine Chance geben, sich zu erklären. Natürlich nur, wenn du noch an eine gemeinsame Zukunft mit ihm glaubst.«

Trotz ihres Kummers schenkte mir Sara ein kleines Lächeln. »Danke, Ellie.« Sie blickte in die Runde. »Euch allen vielen Dank. Es tut so gut, hier zu sein und mit euch darüber zu reden.«

Schließlich war Greta an der Reihe. Auf ihrem Hals zeigten sich hektische Flecken, und ihre Hände, die auf dem Tisch lagen, zitterten. Schnell vergrub sie sie in ihrem Schoß.

»Du musst nichts sagen, wenn du nicht möchtest«, beruhigte Hermann sie.

»Ich möchte aber«, flüsterte sie so leise, dass ich Mühe hatte, sie zu verstehen. Sie holte tief Luft und erzählte uns von ihrem dreizehnten Geburtstag. Sie hatte ihn nicht feiern wollen, aber ihre Mutter hatte darauf bestanden.

»Ich wollte die Einladungskarten nicht persönlich überreichen, also habe ich sie in die Schülerfächer gesteckt.« Greta griff nach ihrem silbernen Halskettchen mit dem Sternenanhänger und fing an, damit zu spielen. »Letzte Woche war es dann so weit. Meine Mutter hatte eine riesige Torte aus Schokolade und Marzipan gebacken und mein Vater das Wohnzimmer mit Luftschlangen und bunten Luftballons geschmückt. *Beginn 15 Uhr*, stand auf den Einladungskarten. Eine halbe Stunde später war noch immer niemand gekommen.« Die Kette schnitt in Gretas Finger und hinterließ weiße Abdrücke auf ihrer Haut. Ihr Kiefer war hart vor Anspannung. »Irgendwann sahen sich mein Vater und meine Mutter ratlos an und fragten sich, wo alle blieben. Ich ließ den Kopf hängen und flüsterte, dass niemand käme. Meine Mutter konnte das nicht verstehen. Sie fragte mich, ob ich die Einladungskarten nicht verteilt habe, und als ich mit ›doch‹ antwortete, schüttelte mein Vater den Kopf. ›Aber warum hast du uns denn nicht gesagt, dass niemand Zeit hat, Greta?‹

›Sie haben Zeit‹, erwiderte ich. ›Sie haben nur keine Lust.‹ Dann lief ich nach oben, und noch auf der Treppe hörte ich, wie Mama anfing zu weinen.«

Greta hob das Kinn. Wieder fiel mir auf, was für ein wunderschönes, ebenmäßiges Gesicht sie hatte. »Ich will eine Freundin finden«, sagte sie. »Damit Mama nicht mehr so traurig sein muss.«

Ich sah sie an und wünschte mir nichts mehr, als dass sie es schaffte. Nicht ihrer Mutter zuliebe, sondern für sich selbst.

Saras Augen schimmerten feucht, und sie legte einen Arm um die Schulter des Mädchens. »Das wirst du.«

Auch ich spürte Tränen aufsteigen. Hastig blinzelte ich sie weg. Das Geheimnis der Tafelrunde waren gar nicht so sehr die Kräuter, erkannte ich plötzlich. Es waren die Menschen, die hier versammelt waren. Das Refugium, das sie gemeinsam schufen. Selbst ich, die das erste Mal dabei war, fühlte mich in ihrer Gegenwart sicher und geborgen. Die Tafelrunde bildete einen geschützten Rahmen. Kein Gedanke war zu furchtbar, zu absurd oder zu unangenehm, als dass er nicht geäußert werden durfte.

Auch wenn niemand von mir als Neuling erwartete, dass ich ebenfalls das Wort ergriff, hatte ich auf einmal das Bedürfnis dazu. Ich nahm meinen Löffel und schlug damit gegen mein Wasserglas. Sofort richteten sich alle Augen auf mich.

Ich räusperte mich. »Als ich hier ankam«, begann ich, »hatte ich noch nie von der Tafelrunde gehört. Ava ist meine Großtante, ich kenne sie seit meiner Geburt, und wir sind sehr vertraut miteinander. Deshalb war ich verwundert, dass sie mir nichts von euch erzählt hatte. Mehr noch, ich war gekränkt. Doch heute ist mir der Grund dafür klar geworden. Es hat mit Loyalität zu tun. Was in dieser vertraulichen Runde erzählt wird, bleibt hier. Weil es niemand anderen etwas angeht.«

Ich schaute von einem zum anderen. »Jonas hat euch berichtet, wie wir nach den Kräutermischungen gesucht haben. Mir hat Ava auch eine zugedacht. Ein Mittel gegen ›Zukunftsirritationen‹. Ich bin hier in Herzbach, um mein Leben zu reflektieren und neu zu sortieren. Ich möchte herausfinden, wer ich bin und wie ich mir meine Zukunft vorstelle. Ich habe fünfunddreißig Jahre lang ein Leben gelebt, von dem ich mich frage, ob es jemals zu mir gepasst hat. Aber ich will mich nicht über die Vergangenheit oder über verpasste Gelegenheiten ärgern, ich will nach vorne schauen. Und dafür wünsche ich mir eure Unterstützung.« Ich schluckte. »Liebe Tafelrunde: Nehmt ihr mich auf in eurer Mitte? Nicht nur als Gastgeberin, sondern auch als Mitglied?«

»Wer dafür ist, hebe die Hand«, sagte Hermann. Es dauerte keine Sekunde, da zeigten alle Hände in die Höhe.

Mich überlief am ganzen Körper Gänsehaut. Das Gefühl, das mich durchströmte, war unvergleichlich. Auf einmal war ich Teil von etwas sehr Bedeutendem. Ich war so berührt, dass mir die Worte fehlten. »Danke«, war alles, was ich herausbrachte.

15

»So, das war's«, meinte ich und stellte die Spülmaschine an. Mit einem leisen Gurgeln lief das Wasser ein. Bis auf Jonas waren alle Gäste gegangen, und die Küche sah wieder aufgeräumt und sauber aus, nirgendwo lag mehr etwas herum. Jonas hängte das Geschirrtuch, mit dem er Avas empfindliche Dessertschalen abgetrocknet hatte, an den Haken neben der Tür und streckte sich. In diesem Moment tapste Max herein und schmiegte sich an seine Beine, bis Jonas sich bückte und seine Ohren kraulte.

Es war inzwischen später Nachmittag. Wir hatten eine Stunde lang aufgeräumt, und ich war immer noch erfüllt von dem Gedanken, dass ich nun ein Mitglied der Tafelrunde war. Vielleicht lag mein Hochgefühl auch ein Stück weit an Avas Kräutern, aber vor allem an dem Zusammenhalt, den ich gerade erlebt hatte. Meine Großtante hatte wundervolle Menschen in ihrem Haus versammelt. Jeder war einzigartig, auf seine ganz besondere Art. Leider waren es auch die Kämpfe, die sie Tag für Tag ausfochten. Die Tafelrunde half ihnen dabei, sich gegenseitig Kraft und Zuversicht zuzusprechen. Dennoch war es ein langer Weg bis zur Besserung.

Meine Gedanken wanderten zu Greta. Ihre Geschichte hatte mich zu Tränen gerührt. Ihre Eltern hatten es gut gemeint und das Gegenteil erreicht. Konnte es sein, dass sie gar nicht wussten, wie schüchtern ihr Kind *wirklich* war? Ich fragte Jonas danach. Seine Miene verdüsterte sich. »Greta will nicht, dass ihre Eltern sich Sorgen machen. Wenn ihre Mutter fragt, wie es ihr geht oder wie es in der Schule war, lächelt sie und antwortet: *Gut*. Manchmal erfindet sie auch Verabredungen. Die Zeit verbringt sie dann mit ihrer Großmutter.«

Ich verzog das Gesicht. »Greta ist so ein nettes Mädchen. Sie ist liebenswert, klug, sensibel …«

»Bildhübsch«, ergänzte Jonas meine Aufzählung.

»Das auch. Sie könnte ein wundervolles Leben haben. Wenn nur ihre Schüchternheit nicht wäre. Die Tafelrunde ist gut für sie, keine Frage, aber ich fürchte, das dauert alles viel zu lange. Sie sollte *jetzt* ihre Kindheit genießen.«

Jonas schmunzelte. »Ihre Kindheit genießen … das klingt, als wärst du hundert Jahre alt.«

»Manchmal fühle ich mich auch so«, scherzte ich.

Max begann zu fiepen, und wir nahmen ihn an die Leine und gingen nach draußen. Unterwegs unterhielten wir uns weiter.

»Es muss doch eine Möglichkeit geben, Greta zu helfen«, beharrte ich. »Ich bin keine Psychologin, aber ich glaube, sie braucht Erfolgserlebnisse. Denk an den Film *Zurück in die Zukunft*. Als Marty McFly im DeLorean in die Fünfzigerjahre reist, ist sein Vater George nicht einfach nur schüchtern, er hat überhaupt kein Selbstbewusstsein. Doch dann kommt der Abend, an dem Martys Mutter bedrängt wird. George wächst über sich hinaus und schlägt den Angreifer seiner Angebeteten nieder. Und siehe da – als Marty ins Jahr 1985 zurückkehrt, ist sein Vater ein selbstbewusster, gut aussehender Mann, der eine glückliche Ehe führt. Und genau das brauchen wir für Greta auch!«

Jonas sah mich von der Seite seltsam an.

»Was ist denn?«, wollte ich wissen. »Das klingt doch logisch, oder nicht?«

»Total. Ich hätte nur nicht gedacht, dass du *Zurück in die Zukunft* kennst. Ganz zu schweigen vom DeLorean. Du beeindruckst mich immer wieder aufs Neue, Ellie Lindemann.«

»*Das* beeindruckt dich?«, fragte ich überrascht. Männer waren komische Wesen. Ich senkte verschwörerisch die Stimme. »Ich habe auch *Krieg der Sterne* gesehen. Und *From Dusk Till Dawn*.«

Jonas lachte so laut, dass sich ein Paar, das vor uns spazieren ging, neugierig umschaute. Inzwischen hatten wir die alte Mühle erreicht, in der gerade eine Trauung stattgefunden hatte. Das strahlende Brautpaar trat heraus und wurde von begeistert klatschenden Menschen in Empfang genommen. Herzförmige Luftballons schwebten in den blauen Himmel. An ihren Bändern waren kleine Briefumschläge befestigt. Jonas und ich legten den Kopf in den Nacken und sahen den Luftballons hinterher, wie sie über die Wipfel der Bäume immer höher stiegen, bis sie nur noch als rote Punkte zu erkennen waren. Es war ein wunderschönes Bild, aber das Gefühl der Sehnsucht, das es jäh in mir weckte, bestürzte mich. Bisher hatte ich nie groß über das Thema Ehe nachgedacht und auch kein Bedauern empfunden bei dem Gedanken, dass ich vielleicht nie im weißen Kleid vor dem Traualtar stehen würde. Doch meine heftige Reaktion zeigte mir, dass die Dinge vielleicht anders lagen, als ich immer geglaubt hatte.

»Was ich eigentlich sagen wollte«, bemerkte ich, um mich abzulenken, »ist, dass es Gretas Selbstwertgefühl steigern würde, wenn sie sich beweisen würde.« Wir überquerten die Brücke, die über die Stever führte, und betraten den Wald.

»Ich lasse mich gerne von Greta niederschlagen«, scherzte Jonas. »Vor allem wenn das bedeutet, dass ich dir vorher zu nahe kommen darf.«

Ich verdrehte die Augen, und Jonas wurde augenblicklich ernst. »Tut mir leid. Das war blöd.« Er räusperte sich. »Hast du einen Vorschlag? Wie wir Greta helfen können, meine ich?«

Es gefiel mir, dass Jonas von *wir* sprach. »Nein«, erwiderte ich. »Noch nicht. Aber es wird uns schon etwas einfallen.« In meinem Kopf begann eine Idee Gestalt anzunehmen. »Das gilt übrigens nicht nur für Greta, sondern auch für Hermann, Sara und Irene«, sagte ich nachdenklich. Vor meinem inneren Auge erschienen ihre Gesichter. Sie alle konnten Unterstützung gebrauchen. Es musste doch etwas geben, das Hermanns Heimweh und Irenes Pessimismus und ihre Melancholie linderte und Saras Liebeskummer beendete, bevor ihr Herz einen irreparablen Schaden davontrug.

Über meinen Eifer musste Jonas grinsen. »Mit dir kann man nicht nur gute Filme schauen«, stellte er fest, »an dir ist auch eine Mutter Teresa verloren gegangen.«

»Ich stecke eben voller Überraschungen«, witzelte ich.

»Was ist mit mir?«, zog Jonas mich liebevoll auf. Er ließ Max von der Leine, der sofort losstürmte und mit zwei langen Sätzen im Unterholz verschwand. »Ich gehöre auch zur Tafelrunde. Willst du mir nicht auch helfen?«

Ich sah Max hinterher. »Du hast vorhin behauptet, dass ich einen positiven Einfluss auf dich ausübe. Reicht das nicht? Du darfst mich in meinem Vorhaben unterstützen. Als mein Assistent.« Ich drehte mich zu ihm und hob schmunzelnd die Hand. »Bevor du mir jetzt dankst, hör kurz zu. An meinem ersten Tag in Herzbach habe ich eine Liste gemacht mit den Dingen, die ich während meiner Auszeit angehen wollte. Dabei war es mir auch wichtig, eine sinnvolle Beschäftigung zu finden. Etwas, das den Dorfbewohnern hilft. In den letzten Tagen habe ich darüber nachgegrübelt, was das sein könnte, dabei lag die Antwort direkt vor meiner Nase. Es ist die Herzbacher Tafelrunde! Wenn meine drei Monate vorbei sind, möchte ich, dass es den anderen besser geht.« Ich bückte mich und hob einen trockenen Ast auf, den ich Jonas wie ein Schwert entgegenstreckte. »Jonas Graf, ich frage dich, möchtest du mir beistehen im Kampf gegen Hermanns Heimweh, Saras Liebeskummer, Gretas Schüchternheit und Irenes … äh … melancholischen Fatalismus?«

Jonas musterte mich belustigt. »Ja, das möchte ich. Aber ich gehe nicht wieder auf die Knie.«

»Okay.« Achselzuckend warf ich den Ast ins nächste Gebüsch. »Ich denke, darauf können wir uns einigen.«

»Und ich bin auch nicht dein Assistent.«

Überrascht wandte ich den Kopf. »Wie meinst du das?«

»Du hast vorhin gesagt, ich dürfte dich unterstützen. Als dein Assistent. Deine Filmbesessenheit in allen Ehren, Ellie, aber das klingt mir dann doch zu sehr nach

Batman und Robin.« Er nahm Daumen und Zeigefinger zwischen die Lippen und stieß einen lauten Pfiff aus.

Sofort kam Max herbeigestürmt, bremste vor Jonas ab und sah mit angelegten Ohren zu ihm hoch.

Ich musste lachen. »Ich bin nicht filmbesessen«, widersprach ich. »Das hängt mir jetzt wohl ewig nach. Aber gut, ich habe den Punkt verstanden. Dann bist du eben nicht Robin. Wer willst du dann sein?«

Jonas sah mir in die Augen. Auf einmal war jeder Schalk aus seiner Miene verschwunden. »Dein Partner.«

Ich hielt den Atem an. Unter seinem Blick wurde mir warm. Ein plötzlicher Windstoß fuhr in die Bäume und brachte die Blätter über uns zum Rascheln.

»Bei deinem Unterfangen«, holte mich Jonas in die Gegenwart zurück. Er rieb sich verlegen den Nacken. »Wir helfen den anderen. Als gleichberechtigte Partner. Das heißt, wir besprechen alles gemeinsam und entscheiden dann, wie wir vorgehen.«

»Richtig«, sagte ich eine Spur zu laut. »Wir sind Partner. Natürlich sind wir das.«

Max begann zu bellen. Seine Miene zeigte deutliche Verwirrung darüber, dass wir ihn erst herbeipfiffen und dann keine Anstalten machten, uns mit ihm zu beschäftigten.

Jonas hob einen Stock auf und warf ihn mit einer kräftigen Bewegung. Ich betrachtete das Spiel seiner Muskeln, die sich deutlich unter seinem T-Shirt abzeichneten. Auf einmal musste ich an seine Studentinnen denken. Bestimmt gab es die eine oder andere, die ihr Herz an ihn verloren hatte. Alles andere wäre nicht mit rechten Dingen zugegangen. Ob sie sich extra hübsch machten für seine Vorlesungen, in der Hoffnung, dass sein Blick an ihnen hängen blieb? Die Vorstellung versetzte mir einen Stich. Ich war eifersüchtig, begriff ich. Noch ein Gefühl, das neu für mich war. In den Jahren mit Martin hatte ich es nie verspürt. Ich vertraue ihm eben, hatte ich mir eingeredet. Es gab auch keine Alternative. Schließlich wohnte er nicht nur in einer anderen Stadt, er war auch den größten Teil des Jahres unterwegs. Und er war sehr attraktiv, wenn man auf den nordischen Typ stand. Martin hätte Dutzende Affären haben können, und ich hätte nichts davon mitbekommen. Doch ich konnte mich an keinen Moment erinnern, in dem ich mir darüber Sorgen gemacht hätte. Und dann trat Jonas in mein Leben, und sofort dachte ich an hübsche Studentinnen, die ihn anhimmelten, und geriet darüber so in Aufruhr, dass sich mein Magen verhärtete. Max kam mit dem Stock im Maul zurück und legte ihn vor mir auf den Waldboden.

»Jetzt bist du an der Reihe«, meinte Jonas.

»Ich kann nicht werfen. Darin bin ich die totale Niete.«

Max wackelte mit dem Schwanz. Los doch, schien seine Miene zu sagen.

»Na komm«, forderte Jonas mich auf. »Spring über deinen Schatten. Wir sind doch unter uns. Partner … schon vergessen?«

Wie sollte ich das vergessen? Ich gab mir einen Ruck und nahm den Stock auf. Dabei fasste ich genau die Stelle an, die Max im Maul gehabt hatte. Sein warmer Speichel klebte an meinen Fingern. Ich unterdrückte den Impuls, meine Hand abzuwischen, stellte mich in Position und warf. Jonas, Max und ich sahen dem Stock hinterher.

»Du kannst wirklich nicht werfen«, kommentierte Jonas, als der Ast ein paar Meter weiter zu Boden trudelte.

»Ich habe auch nichts anderes behauptet.«

Max schielte von mir zum Stock, als überlege er, ob er sich überhaupt die Mühe machen und losrennen sollte. Schließlich gab er ein halbherziges »Wuff« von sich und trabte los. Mich beschlich der Verdacht, dass er es nur mir zuliebe tat.

Ein Gefühl der Zuneigung durchflutete mich. Was für ein lieber Kerl er doch war! Keine fünf Sekunden später hatte er den Ast erreicht. Er nahm ihn auf und brachte ihn zu Jonas. Dabei warf er mir einen entschuldigenden Seitenblick zu.

»Müsst ihr Männer eigentlich immer zusammenhalten?«, fragte ich kopfschüttelnd.

~

»Ich weiß, wer der Mörder ist.« Jonas klang sehr von sich überzeugt, als er in die Schüssel mit den Erdnussflips griff, die zwischen uns auf dem Sofa stand.

»Dann behalte es ja für dich«, drohte ich spielerisch.

Auf dem Heimweg hatten wir überlegt, dass unser Vorhaben, den Mitgliedern der Tafelrunde zu helfen, Spürsinn und Kreativität erforderte. Darüber waren wir zum Münster-*Tatort* gekommen, der heute Abend im Fernsehen lief. Wenn sich ein Ermittlerduo mit unkonventionellen Methoden auskannte, so hatten wir geflachst, dann Professor Boerne und Kommissar Thiel. Davon abgesehen war der *Tatort* für einen Mann, der Professor an der Uni Münster war, und eine Frau, die neun Semester dort studiert hatte, Pflichtprogramm. Und so saßen wir in Jonas' Wohnzimmer auf dem Sofa, während Max zu unseren Füßen leise vor sich hin schnarchte.

Die Szene, die gerade lief, spielte in einem westfälischen Dorf, das mit seinen hübschen Fachwerkhäusern Ähnlichkeit mit Herzbach besaß. Als Kommissar Thiel über den Marktplatz ging, um einen Ladeninhaber zu befragen, drehte ich mich zu Jonas. »Kennst du eigentlich den Mann, der im Hofladen bedient? Der Gutaussehende mit dem blonden Bart?«

Für den Bruchteil einer Sekunde runzelte Jonas die Stirn, doch er hatte seine Züge schnell wieder unter Kontrolle. »Du meinst Stefan.« Sein Tonfall war jetzt betont sachlich. »Warum fragst du?«

Er ist eifersüchtig, schoss es mir durch den Kopf. Ich konnte nicht verhindern, dass sich ein Lächeln auf meinem Gesicht ausbreitete. »Er schien nett zu sein«, erklärte ich. »Ich habe mich gefragt, ob er Sara gefallen könnte. Als Alternative zu Noah, falls der für eine ernste Beziehung nicht zur Verfügung steht.«

Jonas Körper entspannte sich. Um seine Augen bildeten sich Lachfältchen. »Niemals!«, antwortete er.

»Du klingst so sicher.«

»Das bin ich auch.« Er griff erneut nach den Flips. »Stefan ist mit Jenni verheiratet. Als ich noch mit meiner Frau zusammen war, haben wir ab und an etwas zu viert unternommen. Die beiden als Paar zu erleben ist ... ich kann es nicht richtig in Worte fassen. Es gibt keinen Stefan und keine Jenni, es gibt nur Stefan und Jenni. Das bedeutet nicht, dass sie nie etwas ohne den anderen machen. Doch die beiden sind eine Einheit – untrennbar miteinander verbunden. Wie sie miteinander umgehen und sprechen, die Blicke, die sie sich zuwerfen, die kleinen Gesten, ihr Lachen. Du sitzt nur mit offenem Mund da, voller Ehrfurcht, und denkst: *Das will ich auch. Genau so.*«

Eine Weile betrachtete ich ihn schweigend. »Wow«, sagte ich schließlich. Nicht nur, weil mich seine Worte bewegten, sondern auch, weil mir wieder bewusst wurde, wie selbstverständlich ihm das Reden fiel, wenn wir zusammen waren.

Jonas nickte. »Ja.« Er erinnerte sich an die Flips in seiner Hand und steckte sie sich alle auf einmal in den Mund.

Ich schmunzelte über seine dicken Backen, und ein Gefühl von Zuneigung durchfuhr mich. Bei Martin hatte es mich genervt, wenn er geräuschvoll aß. Sobald er sich einen Apfel nahm, hatte ich unauffällig Abstand zwischen uns gebracht, damit ich sein Schmatzen nicht hören musste.

»Dann müssen wir eben einen anderen Mann für Sara finden«, kam ich zurück zum Thema.

Jonas wiegte den Kopf. »Du bist schon bei der Lösung, Ellie. Dabei haben wir das Problem noch gar nicht verstanden. Vielleicht sind Sara und Noah genauso füreinander bestimmt wie Jenni und Stefan. Und wenn es so ist, geht es darum, wie die beiden zusammen sein können, ohne dass alles um sie herum in Scherben bricht.«

Ich dachte über seine Worte nach und kam zu dem Schluss, dass er recht hatte. Überhaupt hatte er oft recht, überlegte ich, und stellte fest, dass mir das gut gefiel. Denn er argumentierte klug und nachvollziehbar, ohne besserwisserisch zu sein.

»Ein neuer Mann wäre einfacher gewesen«, sagte ich bedauernd. »Aber gut, folgender Vorschlag: Wir bitten Sara, eine Verabredung für uns vier in ihrem Haus zu arrangieren. Noah weiß, dass sie ihren Freunden von ihm erzählt, dann kann er uns auch treffen. Und dann beobachten wir, wie Noah sich ihr gegenüber verhält. Wenn dein Jenni-und-Stefan-Radar ausschlägt, überlegen wir weiter. Wenn nicht, greift Plan B, und der lautet: Wir finden einen neuen Mann für Sara.« Ich griff nach meiner Colaflasche, die vor mir auf dem Sofatisch stand, und nahm einen Schluck aus dem Strohhalm. Dabei ließ ich Jonas nicht aus den Augen.

»Du siehst niedlich aus mit deinem Strohhalm. Wie eine Sechsjährige.«

Ich unterdrückte ein Lächeln. »Lenk nicht ab.«

»Was wirst du Sara erzählen, warum du diese Verabredung möchtest?«, fragte Jonas.

»Wir sagen ihr, dass wir Noah unter die Lupe nehmen wollen, um festzustellen, ob er sie verdient hat. Das stimmt ja auch.«

Nachdem ich Jonas davon überzeugen konnte, wandten wir uns Hermann, Irene und Greta zu. Schnell waren wir uns einig, dass auch hier eine Analysephase nötig war. Um ihnen zu helfen, brauchten wir Ansatzpunkte. Schließlich lehnte sich Jonas in die Kissen zurück und fasste das Besprochene noch einmal zusammen.

»Also, ich übernehme Hermann und begleite ihn auf seiner nächsten Vogelerkundungstour. Eine bessere Gelegenheit für ein Gespräch unter Männern gibt es nicht. Du wiederum sorgst dafür, dass Sara einen Termin für uns vier ausmacht, bei dem wir Noah genauer unter die Lupe nehmen können. Außerdem folgst du Greta, wenn sie aus der Schule kommt. Bestimmt entdecken wir dabei einen Ansatzpunkt, um etwas gegen ihre Schüchternheit zu unternehmen. Um Irene kümmern wir uns gemeinsam, sobald uns etwas einfällt.«

Bei der Erwähnung von Gretas Namen zuckte ich zusammen. Es erschien mir nicht richtig, sie heimlich zu beobachten, aber sie war so schüchtern, dass uns keine andere Möglichkeit eingefallen war, um mehr über sie und ihre Situation zu erfahren.

Plötzlich erklang die Schlussmelodie des *Tatorts*. Wir tauschten einen verblüfften Blick. Die Zeit war wie im Flug vergangen.

»Wer war denn jetzt der Mörder?«, fragte ich.

»Na, er«, behauptete Jonas und angelte nach der Fernbedienung, um den Bildschirm auszustellen.

Ich pickte ein paar Krümel vom Sofa auf und gab sie in die leere Schüssel. »Das sagst du doch jetzt nur.«

»Stimmt«, räumte er ein.

Ich studierte sein Gesicht. Auf einmal musste ich an unsere verhinderte Aussprache in Avas Küche denken. Wenn wir unser Vorhaben, den Mitgliedern der Tafelrunde zu helfen, in die Tat umsetzen wollten, würden wir in den nächsten Wochen viel Zeit miteinander verbringen. Deshalb war es wichtig, klare Verhältnisse zu schaffen.

»Du, wegen unseres Kusses …«, fing ich an.

Jonas versteifte sich. Er legte die Fernbedienung auf den Sofatisch und wandte sich mir zu. »Ja?«

Ich biss mir auf die Lippen. »Ich glaube, ich muss anders anfangen.« Ich schwieg einen Moment, um mich zu sammeln. Dann suchte ich erneut seinen Blick. »Ich bin erst seit einer guten Woche in Herzbach und habe schon so viele neue Dinge über mich gelernt.« Ich machte eine aufzählende Geste mit der Hand. »Die neuen Freundschaften tun mir gut. Bis vor Kurzem habe ich vieles mit mir alleine ausgemacht, dabei hilft es mir, wenn ich mich anderen anvertraue. Außerdem gefällt es mir, Teil einer

Gemeinschaft wie der Tafelrunde zu sein.« Ich sah zu Max, der noch immer zu meinen Füßen schlief. »Vorhin an der Mühle, als wir dieses Brautpaar gesehen haben, da habe ich fast so etwas wie Neid verspürt. Das hat mich bestürzt. Bisher habe ich angenommen, dass mir die Ehe nichts bedeutet. Heute habe ich bemerkt, dass das vielleicht gar nicht stimmt. Und ich bin mir sicher, dass ich in den nächsten drei Monaten noch viel mehr über mich herausfinden werde. Das alles sagt mir, dass meine Entscheidung für eine Auszeit richtig war. Nach Herzbach zu kommen war richtig. Doch du stellst mich vor eine Herausforderung«, fügte ich offen und ehrlich hinzu. »Ich fühle mich zu dir hingezogen, auch wenn ich dich kaum kenne. In deiner Nähe fällt es mir schwer, einen klaren Gedanken zu fassen. Dabei müsste ich mich auf mein Ziel konzentrieren. Herauszufinden, wie ich leben will. Eigentlich sollte ich Abstand zu dir halten. Doch das möchte ich nicht. Dafür bin ich viel zu gern mit dir zusammen. Ich genieße es, Zeit mit dir zu verbringen. Nur das mit dem Küssen muss aufhören, sonst verliere ich meinen Fokus. Können wir uns darauf verständigen?« Ich blickte ihn unsicher an.

Jonas lächelte. Das erschien mir ein gutes Zeichen. Ich erwartete, dass er mich nach Zugeständnissen fragen würde. *Und wenn deine drei Monate um sind? Dürfen wir uns dann küssen?* Doch das tat er nicht.

Er nickte schlicht und erwiderte: »Ja, Ellie. Das können wir.«

Ich verspürte eine seltsame Mischung aus Erleichterung und Enttäuschung. Natürlich hatte ich genau das bezweckt, aber insgeheim hatte ich auf mehr Widerstand gehofft. Dir kann man es auch wirklich nicht recht machen, sagte eine Stimme in meinem Kopf. Sie klang entnervt. Ich weiß, dachte ich. Im gleichen Atemzug wurde mir bewusst, dass ich Jonas immer noch nichts von Martin erzählt hatte. Ich hatte den richtigen Moment verpasst, und die Information jetzt mit einem »Übrigens, was ich dir noch sagen wollte …« hinterherzuschieben wäre merkwürdig gewesen. Nicht so schlimm, tröstete ich mich. Ich war noch ein Vierteljahr in Herzbach. Bestimmt würde sich bald eine neue Gelegenheit ergeben.

16

Ich fasse es nicht!«, rief ich verzückt. Es war der nächste Vormittag. Weil Jonas nicht in die Uni musste, hatte er vorgeschlagen, einen Ausflug zum Badesee zu machen, der mit den Rädern keine zehn Minuten entfernt lag.

Ich hatte mir ein Strandbad vorgestellt, wie ich es aus Düsseldorf kannte. Mit einem großen Parkplatz, Kassenhäuschen und weitläufigen Liegeflächen und dem Geruch von Pommes und heißem Fett, der von den Imbissständen herüberwehte. Stattdessen waren wir auf verschlungenen Wegen durch den Wald geradelt, bis sich plötzlich, versteckt hinter einer bewachsenen Anhöhe, der See auftat. Dicht umschlossen von Bäumen und Schilfgras, lag er da wie ein kostbares Kleinod und glitzerte in der Sonne. Das Wasser war so klar, dass man bis auf den Grund sehen konnte, und am gegenüberliegenden Ufer leuchteten Hunderte von Butterblumen. In der Luft lag Vogelgezwitscher, ansonsten war es herrlich still. Nachdem ich meine Begeisterung kundgetan hatte, lehnten wir unsere Räder gegen einen Baum, breiteten unsere Handtücher auf dem Sand aus und ließen uns darauf nieder. Max war bereits im Wasser und paddelte selig um die eigene Achse.

»Dies ist genau der richtige Ort, um sich besser kennenzulernen«, meinte Jonas zufrieden, verschränkte die Hände hinter seinem Kopf und schloss die Augen.

Ich rollte mich auf die Seite, stützte mich mit einem Ellbogen ab und sah ihn an. »Wie meinst du das?«, fragte ich.

Ein Lächeln blitzte in seinen Zügen auf. »Du hast gestern behauptet, dass du mich kaum kennst. Also wird es höchste Zeit, dass wir das ändern. Schließlich sind wir Partner.«

Ich ließ mir seine Worte durch den Kopf gehen. »Und wie genau hast du dir das vorgestellt?«

Jonas rollte sich nun ebenfalls auf die Seite, sodass unsere Gesichter nur wenige Zentimeter voneinander entfernt waren. Mit Mühe wandte ich meinen Blick von seinem Mund ab.

»Wir stellen uns gegenseitig Fragen, die der andere wahrheitsgemäß beantworten muss. Ich fange an. Was ist dein Lieblingsessen?«

»Ich habe mehrere. Thailändisches grünes Curry, Tagliatelle mit Garnelen, Steak mit Pommes und Fondue«, sagte ich wie aus der Pistole geschossen. »Und deins?«

»Sauerbraten mit Spätzle. Berge oder Meer?«

»Meer.« Das Spiel fing an, mir Spaß zu machen. »Hund oder Katze?«

Jonas lächelte. »Hund«, sagte er und bedachte den planschenden Max mit einem liebevollen Blick. »Lieblingsfarbe?«, fragte er dann.

»Blau«, antwortete ich. »Wo bist du geboren?«

»In Wesel. Und du?«

»Steinfurt.«

So ging es eine Zeit lang weiter, bis sich unsere Fragen veränderten und persönlicher wurden. »Wovor hast du am meisten Angst?«, fragte ich.

»Davor, dass ich meinen Sohn verliere«, sagte er leise. Ein schmerzhafter Ausdruck legte sich auf sein Gesicht, und er atmete tief ein und wieder aus. »Meine Ex-Frau ist Neuseeländerin«, wiederholte er das, was ich bereits von Hermann wusste. »Wir haben uns in Wellington kennengelernt. Mein zweites Buch war gerade erschienen und hatte in Wissenschaftskreisen für einiges Aufsehen gesorgt. Als mich die Universität für eine Gastprofessur einlud, war ich begeistert. Ein Jahr Neuseeland – was konnte es Schöneres geben? Grace war zu dem Zeitpunkt Doktorandin. Nach einer meiner Vorlesungen kam sie zu mir und stellte mir eine Reihe von Fragen. Ich hatte noch einen Termin, also bot ich ihr an, sie später in der Mensa auf einen Kaffee zu treffen. Auf unsere erste Verabredung folgten weitere. Wir verliebten uns ineinander, die Uni verlängerte meinen Vertrag, und ich begann an einem neuen Buch zu arbeiten. Als Grace schwanger wurde, heirateten wir. Unser Sohn Liam wurde in Wellington geboren. Er war vier Jahre alt, als ich dem Ruf an die Westfälische Wilhelms-Universität Münster folgte. Grace und ich hatten die Entscheidung gemeinsam getroffen. Sie meinte, wenn ich ihr zuliebe in Neuseeland leben könne, dann schaffe sie das auch in Deutschland. Wir ahnten nicht, wie sehr sie sich geirrt hatte.« Jonas griff nach der Wasserflasche, die neben ihm auf dem Handtuch lag, und nahm einen tiefen Schluck. Dann sprach er weiter. »Wir suchten nach einem Haus auf dem Land, ruhig gelegen und nah an Münster, und wurden in Herzbach fündig. Eine Zeit lang war ich glücklich. Die Professur war genau das, was ich mir immer gewünscht hatte. Dazu hatte ich ein gemütliches Heim, eine liebevolle Ehefrau und einen entzückenden Sohn. Ich war so in meiner Seifenblase gefangen, dass ich anfangs gar nicht mitbekam, wie Grace mit jedem Tag unzufriedener wurde. Sie sprach kaum Deutsch und konnte sich nicht verständigen, wie sie es gewöhnt war. Mit den anderen Müttern aus Liams Kindergarten hatte sie keine Gemeinsamkeiten, sie fand keine Freundinnen, und auch die Jobsuche gestaltete sich schwieriger als erwartet. Zudem vermisste Grace ihre Heimat und ihre Familie. Auch Liam fand sich nicht zurecht. Er verstand nicht, warum er seine Großeltern, die sich häufig um ihn gekümmert hatten, nicht mehr sehen konnte. Im Kindergarten blieb er für sich und weinte viel. Binnen weniger Wochen war aus unserem fröhlichen Jungen ein in sich gekehrtes Kind geworden, das sich zwischen Schweigen und Wutausbrüchen bewegte. Irgendwann begriff auch ich, was los war. Grace und ich stritten viel. Sie machte mir Vorwürfe, wenn ich den Frühstückstisch nicht abgeräumt hatte, wenn ich mit Schuhen über den gewischten Boden gelaufen war oder wenn ich morgens vergessen hatte, den Müll hinauszubringen. Sie schimpfte über alles, nur nicht über das, was sie mir wirklich vorwarf: dass ich sie aus unserem Leben in Wellington herausgerissen und nach Herzbach gebracht hatte.« Jonas setzte sich auf und blickte zum See. »Nach einem Jahr gaben wir auf. Wir hatten so viel Schreckliches gesagt … das ließ sich nicht ungeschehen machen. Wir wussten beide, dass wir als Paar nicht mehr funktionierten. Ebenso klar war, dass

Grace nicht in Deutschland bleiben würde. Und dass sie Liam mitnehmen wollte.« Jonas verstummte.

Ich tastete nach seiner Hand und drückte sie.

Er wandte sich mir zu und schenkte mir ein trauriges Lächeln. »Ich habe sie gehen lassen. Beide. Alles andere hätte einen erbitterten Kampf bedeutet, ausgetragen auf Liams Rücken, und das wollte ich nicht riskieren.« Er schluckte. »Nachdem mein Sohn fort und meine Ehe gescheitert war, hatte ich an nichts mehr Freude. Ich zog mich immer mehr zurück. Sagte Verabredungen mit Freunden ab und konzentrierte mich nur noch auf meine Arbeit. In den letzten zwei Jahren habe ich zwei Fachbücher geschrieben. Das sagt eigentlich alles.«

Ich musterte ihn. »Wie häufig siehst du deinen Sohn?«

»Ich fliege in jeden Semesterferien für ein paar Wochen rüber. Zum Glück legt mir Grace keine Steine in den Weg. Sie ist glücklich, wieder in ihrer Heimat zu sein, und dankbar, dass ich sie habe ziehen lassen. Für Liam ist die Zeit zwischen unseren Treffen unendlich lang. Er ist noch so klein. Er war erst fünf, als wir uns getrennt haben. Mir graust vor dem Tag, an dem er aufhört, *Papa* zu mir zu sagen. Ich habe jetzt schon kaum noch Bedeutung für ihn.«

»Sag das nicht«, sagte ich bestimmt. »Du bist sein Vater, und daran kann weder die Zeit noch die Entfernung etwas ändern. Kinder lieben ihre Eltern. Das hat die Natur so vorgesehen. Selbst die schlechten werden geliebt.« Ich erschrak. »Damit wollte ich jetzt nicht sagen, dass du ein schlechter Vater bist. Du bist bestimmt ein wundervoller Vater. Deshalb liebt Liam dich erst recht, meinte ich.« Ich brach ab, schlug mir die Hände vors Gesicht und blinzelte verschämt durch meine Finger.

Jonas umfasste meine Handgelenke und zog meine Arme mit sanftem Druck nach unten. Dann sah er mir in die Augen. »Ich weiß nicht, wie du das machst, Ellie Lindemann, aber in deiner Gegenwart kann ich nicht Trübsal blasen.«

Vor Erleichterung, dass er mir meinen verbalen Ausrutscher nicht übel nahm, wurde mir schwindelig. Jonas stand auf und hielt mir seine Hand hin. »Ich könnte jetzt eine Abkühlung gebrauchen.«

Das Wasser war so kalt, dass es mir den Atem raubte. Jonas hatte mir nicht erlaubt, mit der großen Zehe vorzufühlen. Stattdessen hatte er mich mitgezogen. Und so hatten wir uns Hand in Hand in den See gestürzt und waren im tiefen Wasser untergetaucht.

»Du musst dich bewegen, dann wird dir warm«, meinte Jonas, als ich prustend an die Oberfläche kam. »Komm, Ellie. Wer zuerst am anderen Ufer ist.«

Jonas kraulte los, und ich folgte ihm gemächlich. Ich war keine gute Schwimmerin. Zu mehr als Brustschwimmen hatte es nie gereicht. Bald winkte er mir vom Ziel aus zu, während ich noch immer in der Mitte des Sees dümpelte. Doch das störte mich nicht. Nachdem sich mein Körper an die Temperatur gewöhnt hatte, begann ich das Bad zu genießen. Das Wasser war wunderbar weich. Es liebkoste meinen Körper, und ich freute mich über die kleinen Wellen, die ich mit jeder meiner Bewegungen schlug. Ich drehte mich auf den Rücken und blickte in den Himmel, der wie gemalt aussah. Als hätte jemand zarte weiße Wölkchen ins tiefe Blau getupft. Wie auf Bestellung zog ein Schwarm Vögel vorbei.

Bewundernd sah ich ihm hinterher, als die Wasseroberfläche neben mir plötzlich in Bewegung geriet. Im nächsten Moment tauchte Jonas auf. Er sog gierig Luft in seine Lungen und strich sich das feuchte Haar aus der Stirn. Mit den Wasserperlen, die auf seiner gebräunten Haut glitzerten, bot er einen so schönen Anblick, dass es mir die Sprache verschlug. Ich brachte meinen Körper in die Senkrechte und begann, Wasser zu treten.

»Morgen oder Abend?«, erkundigte sich Jonas.

Ich starrte ihn an. »Bitte?«

»Bist du ein Morgentyp oder ein Abendtyp?«, konkretisierte er seine Frage, und ich begriff, dass er unser Spiel von vorhin fortsetzte.

»Abend. Und du?«

»Definitiv Abend. Kaffee oder Tee?«

»Kaffee. Aber er muss schwarz sein. Kino oder Theater?«

»Mal so, mal so.«

Langsam wurde das Wassertreten mühsam, und ich wollte Jonas gerade vorschlagen, zurück zum Strand zu schwimmen, als er seine nächste Frage stellte: »Wenn du einen Roman über deine Auszeit schreiben müsstest, wie würde der Titel lauten?«

»Puh!«, rief ich und zog die Stirn kraus. »Keine Ahnung. Frag mich das in drei Monaten noch mal.«

»Versuch es«, forderte Jonas mich auf.

Ich überlegte eine Weile. Schließlich sagte ich: »*Ellie und das Geheimnis der Tafelrunde.*« Unzufrieden schüttelte ich den Kopf. »Nein, das trifft es nicht und klingt außerdem nach einem Jugendroman. Wie wäre es mit *Von einer, die auszog, das Glück zu finden?*« Der Titel gefiel mir auch nicht. Er war zu staatstragend. Ich kaute nachdenklich auf meiner Unterlippe herum und startete einen neuen

Versuch: »Oder *Der Sommer, in dem ich alles Mögliche suchte und am Ende mir selbst begegnete.*« Frustriert brach ich ab und stöhnte. »Zum Glück verlangt keiner von mir, einen Roman zu schreiben. Ich würde schon am Titel scheitern.«

Jonas schmunzelte. »Keine Sorge, den legt sowieso der Verlag fest. Aber okay, ich frage dich in drei Monaten noch mal.«

Nachdem wir zu unserem Liegeplatz zurückgekehrt waren und uns abgetrocknet hatten, versuchte ich, Jonas in seiner dunkelblauen Badeshorts nicht allzu offensichtlich anzustarren. Vorhin war alles so schnell gegangen. Da hatten wir uns die Kleider heruntergerissen und waren in den See gesprungen. Im Nachhinein war ich froh, dass ich keine Zeit gehabt hatte, auf die Details zu achten, denn dann hätte ich mich nicht so unbefangen neben Jonas im Wasser bewegen können. Seinen nackten, definierten Bauch hatte ich bereits im Wald gesehen, und der Rest seines Körpers stand ihm in nichts nach. Jonas war schlank und muskulös, aber nicht übertrieben, und seine Haut hatte einen schönen Mandelton. Nur da, wo Sonne hingekommen war, im Gesicht, am Hals und an den Armen, war sie dunkler, beinahe bronzefarben.

»Schau mal kurz weg«, befahl Jonas, und ehe ich wusste, was geschah, drehte er sich mit dem Rücken zu mir und streifte seine Shorts ab. Ich vergaß zu atmen. Sein Po war perfekt. So viel konnte ich sehen, bevor ich mich hastig abwandte, in meine Strandtunika schlüpfte und darunter umständlich den nassen Bikini wechselte.

»Apropos *Ellie und das Geheimnis der Tafelrunde*«, meinte Jonas, als wir wenig später beim Picknick saßen, das wir von zu Hause mitgebracht hatten. Es gab knuspriges Baguette, dazu Käse und Oliven und zum Nachtisch saftig-süße Honigmelone. Für Max hatte ich Trockenfutter mitgebracht, das er in Rekordzeit verspeist hatte, um dann im Schatten eines Baumes ein Mittagsschläfchen zu halten. »Ist dir schon etwas zu Irene eingefallen?«

»Nein, leider nicht. Aber du kennst sie länger als ich«, warf ich ein. »Gibt es irgendetwas, das sie regelmäßig macht? Neben ihren Friedhofsbesuchen, meine ich?«

»Mir fällt auf Anhieb nichts ein. Aber ich werde Hermann danach fragen. Ich wollte die Tage sowieso bei ihm vorbeischauen.«

Ich brach mir ein Stück Baguette ab, belegte es mit Käse und biss hinein. Der Käse war so lecker, dass ich mir den Rest so in den Mund schob. Mit geschlossenen Augen genoss ich den cremigen, feinwürzigen Geschmack auf meiner Zunge. Jetzt ein Glas Rotwein, dachte ich und fühlte mich wie eine Französin.

»Vergiss nicht, ihn auf seine nächste Vogelbeobachtungstour anzusprechen«, mahnte ich, nachdem mein Mund wieder leer war.

Jonas warf mir einen belustigten Blick zu. »Was glaubst du wohl, warum ich zu ihm gehe?«

»Ich habe nicht die geringste Idee, was ihr Männer so tut, wenn ihr unter euch seid«, konterte ich. Ich nahm ein Stück Honigmelone und reichte ihm ebenfalls eines.

Jonas kniff die Augen zusammen. »Deins ist viel größer«, stellte er fest.

Zwar hatte ich den Anstand zu erröten, doch mein Stück überließ ich ihm dennoch nicht. Honigmelone gehörte zu meinem absoluten Lieblingsobst, da war Zurückhaltung fehl am Platz. Also zuckte ich nur mit den

Achseln und biss schnell in das süße Fruchtfleisch, bevor Jonas es mir streitig machen konnte.

Sein Lachen kam tief aus seinem Bauch. »Gott sei Dank!«, rief er mit gespielter Erleichterung und blickte zum Himmel. »Sie ist doch keine Mutter Teresa.«

17

Herzbach war zu klein für ein eigenes Gymnasium. Deshalb fuhr Greta jeden Morgen fünfzehn Kilometer mit dem Bus in die nächstgrößere Stadt. Der Bus nach Sternbeck fuhr um 7:12 Uhr am Ortseingang los, so viel hatte ich herausgefunden. Seit dem Ausflug zum Badesee war eine Woche vergangen, und heute würden Jonas und ich beginnen, unseren Plan für Greta in die Tat umzusetzen.

Ich kam mir albern vor, als ich mit einer großen Sonnenbrille auf der Nase im Auto saß und darauf wartete, dass sie erschien. Eigentlich hatte ich vorgehabt, ihr erst nach der Schule zu folgen. Aber dann hatte ich mich anders entschieden. Ich wusste selbst nicht genau, warum. Vielleicht war es weibliche Intuition, die mich aus dem Bett getrieben hatte. Jetzt beobachtete ich, wie die ersten Kinder an der Bushaltestelle eintrudelten. Vom Parkplatz aus, der ein bisschen abschüssig lag, hatte ich eine gute Sicht, ohne dass meine Anwesenheit direkt ins Auge sprang. Fast alle Schüler trugen große Kopfhörer, mit denen sie wie Marsmenschen aussahen. Zudem tippten sie auf ihren Smartphones herum. Niemand unterhielt sich. Ich musste daran denken, wie ich mich früher mit meinen Freunden am Büdchen getroffen hatte, um von dort aus zur Schule zu radeln. Während der Fahrt hatten wir ununterbrochen gequatscht. Wie anders benahmen sich diese Kinder.

Plötzlich sah ich Greta. Mein Puls beschleunigte sich. Ich richtete mich kerzengerade auf und reckte den Hals. Sie folgte einer Dreiergruppe Mädchen, die fröhlich die Köpfe zusammengesteckt hatte. Vor dem Hintergrund meiner Beobachtung hätte mich der Anblick von kichernden Schülerinnen erfreuen müssen, doch das Gegenteil war der Fall. Der Abstand zwischen den Mädchen und Greta betrug keine zwei Meter, doch er bedeutete die Welt. Gretas hochgezogene Schultern, der gesenkte Blick, die in den Taschen ihrer Jeans vergrabenen Hände … mich überkam ein solches Mitgefühl, dass ich am liebsten ausgestiegen wäre, um sie auf ihrem Weg zum Schulbus zu begleiten, der gerade am Horizont aufgetaucht war. In diesem Moment stieß ein Junge in einem leuchtend blauen Hoodie zu den wartenden Schülern. Er war ungefähr so alt wie Greta und mit seinem hellblonden Haar ein ähnlicher Typ, doch da hörten die Gemeinsamkeiten auch schon auf. Von seiner entspannten Haltung, der lässigen Kleidung bis hin zu seiner modisch verstrubbelten Frisur drückte jedes Quäntchen an ihm Selbstbewusstsein aus. Mit ihm änderte sich die Atmosphäre unter den Kindern. Kopfhörer wurden in den Nacken geschoben, Handys verschwanden in den Taschen. Die Jungs begrüßten ihn mit einer Art Schulterrempler. Die Mädchen lächelten ihn an, wobei sie sich durch das Haar strichen und dann verlegen wegsahen. Nur Greta tat so, als würde sie das alles nichts angehen. Sie stand ein Stück abseits der anderen und sah auf ihre Fußspitzen.

Der Junge blickte in ihre Richtung. Ich war zu weit entfernt, um seinen Gesichtsausdruck deuten zu können, doch irgendetwas an seiner Haltung drückte Frustration aus. Plötzlich trat ein anderer Junge, ein schlaksiger Kerl mit gegelten Haaren und überdimensionaler Brille, an ihn heran und sagte etwas zu ihm. Dabei wies er mit dem Kinn auf Greta und grinste. Es war kein freundliches Grinsen, so viel stand fest. Auch was er gesagt hatte, schien nicht nett zu sein, denn Greta duckte sich, als hätte er sie geschlagen.

Ich spürte, wie heißer Ärger in mir aufstieg. Der Junge in dem blauen Hoodie reagierte nicht, sondern musterte Greta weiterhin. Sein Freund stieß ihm mit der Faust gegen die Schulter. Die Geste hatte etwas Fragendes. Jetzt erst wandte der Junge ihm seine Aufmerksamkeit zu. Für einen Moment blieb er stumm, dann streckte er den Rücken durch, sagte etwas und lachte. Ich blickte von den beiden zu Greta, aus deren Gesicht jede Farbe verschwunden war. Zumindest bildete ich mir das ein. Auch, dass sie gegen die Tränen ankämpfte. Was auch immer der Junge gesagt haben mochte, es hatte sie mitten ins Herz getroffen.

~

Der Bus fuhr durch mehrere Dörfer und sammelte weitere Schüler ein, bis er schließlich in Sternbeck vor einem großen grauen Gebäude aus den Siebzigerjahren anhielt. Die Türen öffneten sich, und die Kinder strömten heraus.

Greta stieg als Letzte aus. Vom Straßenrand aus beobachtete ich, wie sie zum wolkenlosen Himmel blickte, und ich hoffte, dass der Anblick ihr Freude schenkte. Der Junge in dem blauen Hoodie blieb vor dem Schultor stehen. Er sagte etwas zu seinen Freunden, woraufhin diese mit den Schultern zuckten und weiterliefen. Dann bückte er sich, um etwas aus seinem Rucksack zu holen, und sah verstohlen zu Greta. Sein Gesichtsausdruck war von einer Intensität, dass ich das Gefühl hatte, gegen meine Rückenlehne gepresst zu werden. Da waren Wut und Sehnsucht, kombiniert zu einer explosiven Mischung, die mich die Luft anhalten ließ. Im nächsten Moment drehte Greta den Kopf in seine Richtung, und sein Blick änderte sich schlagartig. Die Züge des Jungen waren wieder so glatt und klar wie die Oberfläche eines Gebirgssees an einem sonnigen, windstillen Tag. Er schulterte seinen Rucksack und verschwand durch das Tor.

Greta wartete noch eine halbe Minute, dann folgte sie ihm. So langsam und zögerlich, dass ich das Bild eines Lämmchens vor Augen hatte, das zur Schlachtbank geführt wurde. Eine Weile saß ich tief in Gedanken versunken da. Ich kannte mich nicht mit Teenagern aus, aber ich bildete mir ein, Empathie und Menschenkenntnis zu besitzen, und was ich da in der Miene des Jungen gelesen hatte, sprach Bände. Der Junge *mochte* Greta. Dennoch war er an der Bushaltestelle gemein zu ihr gewesen. Er hatte mit seinem Freund über sie gelacht und ihr damit wehgetan. Doch die Initiative war nicht von ihm ausgegangen. Im Nachhinein kam mir seine Reaktion sogar erzwungen vor. So, als ob er sich über Greta lustig gemacht hätte, weil sein Freund es von ihm erwartete. War der Junge deshalb so zornig? Zornig auf sich selbst, weil er Greta verletzt hatte, obwohl er sie gernhatte?

Über die Freisprechanlage rief ich Jonas an, um mich mit ihm zu beratschlagen. Da er montags keine Vorlesungen hatte, arbeitete er von zu Hause. Nach dem zweiten Klingeln ging er ran. Ich beschrieb ihm, was ich gesehen hatte und zu welcher Schlussfolgerung ich gekommen war. Ich stellte mir vor, wie Jonas daheim am Esstisch vor seinem Laptop saß, die langen Beine ausgestreckt und barfuß, und ich verspürte dabei ein so warmes Gefühl, dass ich heute zum ersten Mal lächeln musste.

»So wie du den Jungen beschreibst, kann es sich nur um Lukas handeln«, meinte Jonas. »Er ist der Sohn von Doro Westkamp und geht in Gretas Klasse.«

Ich kramte in meinem Gedächtnis nach den Dingen, die ich über Doro Westkamp wusste. Mit ihren Eltern und ihren zwei Brüdern bewirtschaftete sie den größten Bauernhof in der Umgebung. Außerdem war sie die Freundin von Henning, dem ehemaligen Sternekoch aus Hamburg und heutigen Besitzer des *Kiepenkerl*.

»Ich treffe Lukas ab und zu beim Laufen«, fuhr Jonas fort. »Manchmal joggen wir ein Stück zusammen. Mit seinen vierzehn Jahren ist er verdammt gut in Form. Es sieht ihm gar nicht ähnlich, Greta so zu behandeln. Lukas ist ein netter Junge. Er versteht sich gut mit seiner Mutter, und ich glaube, auch mit deren Freund.«

»Dann ist Henning gar nicht Lukas' Vater?«

»Nein. Lukas stammt aus Doros erster Ehe. Sein Vater ist ein Kollege von mir. Er lehrt Romanistik. Soweit ich weiß, haben er und Lukas ein gutes Verhältnis. Es gibt keine Spannungen.«

Ich sah aus dem Fenster und bemerkte, wie eine Mitarbeiterin des Ordnungsamtes zielstrebig auf mich zusteuerte. Ihr strenger Gesichtsausdruck unter dem grauen

Pony verhieß nichts Gutes. »Warte mal kurz«, bat ich Jonas und öffnete die Tür. »Ich weiß, ich stehe im Halteverbot«, kam ich ihr zuvor. »Bitte schimpfen Sie nicht mit mir, ich will mich nicht herausreden, aber ich habe den besten Grund, den es geben kann. Ich muss mich um ein Mädchen kümmern. Ich mag das Mädchen sehr, doch es ist unendlich schüchtern, und ich möchte, dass das aufhört.«

Eine Sekunde lang wirkte die Frau verblüfft, dann lächelte sie, was sie um Jahre jünger wirken ließ. »Es ist gut, einen Schutzengel zu haben«, sagte sie. »Gut für das Mädchen. Na los, fahren Sie schon.«

Ich bedankte mich, schloss die Tür und startete den Motor.

»Du bist unglaublich«, klang Jonas Stimme aus der Freisprechanlage.

»Ich habe jedes Wort so gemeint.«

»Ich auch«, antwortete er.

»Zurück zu Greta«, meinte ich, um den Moment zu überspielen.

Wir beide fanden meine Beobachtungen vielversprechend, auch wenn wir noch nicht wussten, was wir damit anfangen sollten. Und so einigten wir uns darauf, dass ich Greta weiterhin beobachten würde. Nachdem Jonas und ich uns verabschiedet hatten, stellte ich meinen Wagen ordnungsgemäß ab und schlenderte zurück zum Gymnasium. Dort studierte ich den Busfahrplan. Die Linie nach Herzbach fuhr selten. Ich fotografierte die Verbindungen mit der Kamera meines iPhones und machte mich auf den Weg in die Innenstadt. Es würde mit Sicherheit Mittag werden, bis sie aus der Schule kam, also blieb jede Menge Zeit, um die Umgebung kennenzulernen. Natürlich hätte ich auch nach Herzbach zurückkehren können, doch wenn ich schon in der Stadt war, wollte ich mich auch umsehen.

An einer roten Fußgängerampel hielt ich an. Wie schnell ich mich an das Dorfleben gewöhnt habe, dachte ich, als ich beim schrillen Klang einer Sirene zusammenzuckte. Sternbeck war keine Großstadt wie Düsseldorf, doch der Geräuschpegel war trotzdem gewaltig. Motoren knatterten, Autofahrer hupten, und von der Baustelle auf der gegenüberliegenden Straßenseite dröhnte der Lärm eines Presslufthammers. Auf einmal hatte ich wie Greta das Bedürfnis, zum Himmel zu schauen. Wie jeden Tag seit meiner Ankunft in Herzbach war er tiefblau.

Ich frühstückte in einem kleinen Café und schlenderte danach durch die Einkaufsstraßen. Viele Geschäfte gab es nicht. Einige Ladenlokale standen leer. Schilder an den Scheiben wiesen darauf hin, dass sie zur Vermietung standen. Nachdem ich ein Landwirtschaftsmuseum und eine Kirche besichtigt hatte und eine Runde durch einen lieblos angelegten Park gelaufen war, erstand ich in einer Buchhandlung den neusten Roman von Petra Hülsmann und kehrte damit zu Gretas Schule zurück. Schräg gegenüber, nicht weit entfernt von meinem Wagen, entdeckte ich eine Pizzeria, die auf der vorderseitigen Terrasse eingedeckt hatte.

Ich bestellte einen Caesar Salad und eine Apfelsaftschorle und schlug mein Buch auf. Wann immer die Schulglocke ertönte, fuhr ich wie elektrisiert auf, doch es sollte noch zwei Stunden dauern, bis Greta durch das Tor auf den Bürgersteig trat.

Wie bereits am Morgen hielt sie Abstand zu den anderen Kindern. Bei dem Anblick wurde mir erneut das Herz schwer. Lukas war ebenfalls da. Er war umringt von einer Traube von Schülern und würdigte Greta keines Blickes. Das Foto in meinem Handy verriet mir, dass der Bus in weniger als fünf Minuten kommen würde. Abrupt stand ich auf und packte meine Sachen zusammen. Bezahlt hatte ich bereits, sodass ich einfach gehen konnte. Ich setzte meine Sonnenbrille auf und eilte mit abgewandtem Gesicht zu meinem Auto. Dabei hoffte ich, dass Greta nicht zu mir herübersah. Selbst wenn, beruhigte ich mich, würde sie niemals vermuten, dass ich ihretwegen hier war. Ich folgte dem Bus zurück nach Herzbach und blieb im Wagen auf dem Parkplatz sitzen, bis alle Kinder ausgestiegen waren. Anschließend stieg ich aus und nahm zu Fuß die Verfolgung auf.

Gretas Familie wohnte in einem schönen Fachwerkhaus, dessen blitzsaubere Fensterscheiben sich in der Sonne spiegelten. Ich beobachtete, wie sie die Tür aufschloss und im Inneren verschwand. Und jetzt?, fragte ich mich und schaute mich ratlos um. Vor dem Haus konnte ich nicht stehen bleiben. Ich befand mich in einer reinen Wohnstraße. Nirgendwo gab es eine Bank, auf die ich mich hätte setzen können.

Plötzlich hörte ich eine Stimme hinter mir. »Ellie?« Ich drehte mich um und sah Maria auf mich zusteuern. Sie ging so zügig, dass Bautz, der Dackel ihrer Mutter, kaum hinterherkam. »Was machst du denn hier?«, begrüßte sie mich, als sie mich erreicht hatte.

»Du kommst wie gerufen!«, rief ich erleichtert aus und gab ihr einen kurzen Abriss der Ereignisse, die mich vor Gretas Haus geführt hatten. Von unseren Plänen hatte ich ihr bereits erzählt, sodass ich mich nun auf den Kern beschränken konnte. »Kannst du bitte hierbleiben und mein Alibi sein? Nur für ein paar Minuten? Ich gehe davon aus, dass Greta gleich zu ihrer Oma fährt.«

Maria nickte. »Na klar. Ich habe schließlich Urlaub. Du kannst dir nicht vorstellen, wie friedlich es in Mutters Haus ist, seit sie in den Seniorenstift gezogen ist. Ich war schon ewig nicht mehr so entspannt.«

Wir lächelten einander in stillem Einvernehmen an. Bautz machte Sitz, gähnte wie ein Nilpferd und sah sich um. Bestimmt fragte er sich, wo Max war. Den hatte ich bei Jonas gelassen, damit er Gesellschaft hatte, während ich fort war.

Ich erkundigte mich bei Maria, wie der Verkauf des Hauses voranschritt, und sie erzählte mir, dass sich ein erster Interessent bei ihrer Maklerin gemeldet habe. Während wir darüber nachsannen, wie schwierig es sein mochte, das renovierungsbedürftige Gebäude zu verkaufen, kam Greta heraus und lief zur Garage. Schnell drehte ich mich mit dem Rücken zu ihr.

»Sag schon«, flüsterte ich. »Was macht sie?«

Maria blickte über meine Schulter. »Sie öffnet das Tor. Jetzt kommt sie mit ihrem Fahrrad heraus. Sie setzt ihren Helm auf und steigt auf.«

»Bestimmt fährt sie in den Stift. Ich muss sofort hinterher.«

»Weißt du was?«, meinte Maria. »Lass mich nur schnell Bautz nach Hause bringen, dann begleite ich dich. Ich wollte eh nach meiner Mutter sehen. Außerdem macht es einen besseren Eindruck, wenn ich dich begleite. So kommt niemand auf die Idee, Fragen zu stellen, wenn wir auf dem Gelände herumlungern.«

Ich nickte begeistert. »Du bist ein Schatz!«

Maria nahm ihre Sonnenbrille aus der Handtasche und setzte sie auf. »Ich weiß.«

~

Anders als bei unserem letzten Besuch war der Seniorenstift diesmal von Leben erfüllt. Alle Tische im Rosengarten waren besetzt. Die Senioren saßen unter Sonnenschirmen beisammen und ließen sich Kaffee und Kuchen schmecken. Von irgendwoher wehte leise Musik herüber. Eine Gruppe von vier Männern und einer Frau hatte ein Stück des geharkten Rundweges kurzerhand in einen Bouleplatz umfunktioniert.

Maria blieb vor Überraschung der Mund offen stehen. »Da ist meine Mutter!«, sagte sie ungläubig und wies auf die Frau, die gerade dabei war, eine silberglänzende Kugel zu werfen. Sie landete so dicht an der schwarzen, dass die Männer begeistert Applaus spendeten. Ich beobachtete, wie Marias Mutter eine kleine Verbeugung andeutete.

Maria und ich gingen zu ihr. Als Frau Mahler uns bemerkte, winkte sie uns fröhlich zu. »Da kommt meine Tochter«, ließ sie ihre Spielpartner wissen.

Wir reichten einander die Hand und stellten uns vor. Nach Marias Erzählungen hatte ich mir Frau Mahler ein bisschen wie die Hexe aus *Rapunzel* vorgestellt, aber in der Realität wirkte sie nicht unsympathisch auf mich. Sie hatte weder Marias schlanke Figur noch ihre Größe, und ihre Haare waren blond statt dunkelbraun, doch die Ähnlichkeit zwischen ihnen war trotzdem unverkennbar. Tatsächlich besaßen Mutter und Tochter die gleichen sanften braunen Augen.

Maria warf mir einen irritierten Seitenblick zu. Ich

begreife nicht, was hier passiert, schien er zu sagen, aber ich mache mich auf alles gefasst. Ich überspielte den Moment, indem ich mich bei Frau Mahler nach Greta erkundigte. Sie wusste direkt, von wem ich sprach. »Das Mädchen ist gerade an uns vorbeigelaufen«, meinte sie. »Ich vermute, es ist in die alte Reithalle gegangen oder durch das Tor daneben in Richtung Blumenwiese. Jetzt entschuldigt mich bitte, ihr zwei. Wir müssen weiterspielen. In nicht mal einer Stunde beginnt die Chorprobe. Du weißt schon, Maria, das Sommerfest im Juli. Da treten wir auf, und bis dahin ist noch einiges zu tun. Vielleicht melde ich mich auch noch zur Akrobatik-AG an. Ich hatte Zweifel wegen meines Sturzes, aber Dr. Müller hat gesagt, ich solle es einfach ausprobieren. Ich würde schon merken, ob es mir guttue.« Mit diesen Worten wandte sie sich wieder ihrem Boulespiel zu.

»Hat sie *Akrobatik-AG* gesagt?«, fragte Maria fassungslos, als wir in Richtung der alten Reithalle gingen.

Im Gehen legte ich einen Arm um sie und drückte sie kurz an mich. »Sei doch froh, dass es deiner Mutter hier so gut gefällt. Sie hat Freunde gefunden und nimmt an den Angeboten teil. Was Besseres kann dir nicht passieren.«

»Ich weiß. Aber wenn ich daran denke, wie viele erbitterte Kämpfe wir ausgetragen haben, was ich mir alles anhören durfte und wie viele Nerven mich das gekostet hat, sie überhaupt hier unterzubringen. Ich habe darüber graue Haare bekommen! Und jetzt spielt sie Boule, singt im Chor und denkt über eine späte Karriere als Zirkusakrobatin nach. Das hätten wir alles leichter haben können.«

Marias Tonfall ließ darauf schließen, dass sie keine

Antwort von mir erwartete. Darum verlagerte ich meine Aufmerksamkeit wieder auf die Umgebung.

Nachdem wir in der alten Reithalle vergeblich nach Greta Ausschau gehalten hatten, liefen wir durch das Tor, das Marias Mutter erwähnt hatte, und überquerten einen weiteren kleinen Hof, der von Wirtschaftsgebäuden umgeben war. Dahinter lag die besagte Blumenwiese. Und dort, keine zehn Meter von uns entfernt, saß Greta im Schneidersitz auf einer Picknickdecke und blätterte in einer Zeitschrift.

Maria und ich wechselten einen schnellen Blick. Ich legte meinen Zeigefinger an die Lippen und wies zu dem großen Aufsitzrasenmäher, den jemand vor einem Unterstand aus Holz abgestellt hatte. Wir schlichen auf Zehenspitzen hinter das Gefährt und reckten die Köpfe. »Wieso ist sie alleine? Wo ist ihre Oma?«, flüsterte ich verwirrt.

In diesem Moment hörten wir fröhliche Stimmen, die schnell lauter wurden. Reflexartig gingen wir in Deckung. Als die Stimmen an uns vorbeigezogen waren, hoben wir erneut die Köpfe und sahen ein Trüppchen von alten Damen in Sommerkleidern. Eine von ihnen saß im Rollstuhl und wurde geschoben. Ich erkannte Gretas Großmutter in ihr. Was mich am meisten erstaunte, abgesehen davon, dass die Frauen sich untergehakt hatten und wie Backfische kicherten, war der Anblick ihrer Füße: Alle Damen waren barfuß. Sie begrüßten das Mädchen mit Umarmungen und Küssen. Zwar stand Greta ein wenig hölzern da, während die Frauen sie herzten, doch auf ihrem Gesicht lag die Andeutung eines Lächelns.

Ich sah Maria an, die mit den Achseln zuckte, und

konzentrierte mich wieder auf Greta. Ich konnte nicht hören, was gesprochen wurde, doch ich beobachtete, wie Greta auf eine Seite in ihrer Illustrierten tippte. Die alten Damen beugten sich darüber und begannen, wild durcheinanderzureden. Greta sagte etwas zu ihnen, woraufhin sechs Hände gleichzeitig in die Höhe schossen. Das Mädchen schüttelte amüsiert den Kopf. Sein glockenhelles Lachen drang bis zu uns. Bei dem Geräusch machte mein Herz einen Satz. Greta lachte! Ich kniff die Augen zusammen, um besser sehen zu können. Offensichtlich ging es darum, eine Reihenfolge zu bilden. Die Damen diskutieren untereinander, bis eine von ihnen vor Greta trat und nacheinander auf ihre Begleiterinnen und zum Schluss auf sich selbst wies. Das Mädchen nickte zustimmend, und die alten Damen nahmen auf der Picknickdecke Platz.

Ich sah, wie Greta ein kleines Köfferchen öffnete und etwas herausnahm. »Sie lackiert ihnen die Fußnägel«, flüsterte Maria. Und tatsächlich … Greta kniete sich vor ihre Großmutter und begann mit schnellen Bewegungen Lack aufzutragen. »Das macht die Kleine nicht zum ersten Mal«, stellte Maria mit anerkennender Miene fest.

Wir beobachten eine Weile, wie sich Greta den Frauen widmete. Sie arbeitete konzentriert, und es war wunderschön und berührend zugleich, wie sie sich in der Gegenwart der alten Damen entspannte. Sie wirkte mit sich im Reinen.

Nach ein paar Minuten gab ich Maria ein Zeichen, und wir traten vorsichtig den Rückzug an. Auf dem Weg zum Parkplatz kam uns die Direktorin Frau Steffen entgegen. Wie bei unserem Kennenlernen trug sie einen knöchellangen weißen Baumwollrock und dazu ein weißes Top, das ihre schlanken, braun gebrannten Arme betonte. »Ihre Mutter hat sich fantastisch bei uns eingelebt«, teilte sie Maria mit, nachdem wir sie begrüßt hatten.

»Das habe ich gesehen«, erwiderte Maria ironisch.

Frau Steffen wirkte irritiert, hatte ihre Gesichtszüge aber schnell wieder im Griff. »Haben Sie sich denn schon überlegt, ob Sie zu unserem Sommerfest kommen?«, erkundigte sie sich.

»Noch nicht. Es ist ein ziemliches Stück von Frankfurt.«

Frau Steffen schenkte uns ein strahlendes Lächeln, das ihre perfekten weißen Zähne enthüllte. »Aber es lohnt sich. Unsere Bewohner haben wieder ein tolles Programm auf die Beine gestellt. Wissen Sie, das Sommerfest findet schon zum zehnten Mal statt. Es ist ein richtiges Ereignis hier in der Umgebung. Letztes Jahr hatten wir knapp fünfhundert Gäste. Sogar Lex kommt aus London angereist.«

»Lex?«, fragte Maria.

»Alexander Hoven. Ihm gehört der Stift. Hatte ich Ihnen nicht von ihm erzählt? Er hat das Gestüt gekauft und umbauen lassen. Alles für seine Großmutter.«

Auf Marias Gesicht ging eine Verwandlung vor. »Ich denke, ich komme«, sagte sie. »Meine Mutter tritt mit ihrem Chor auf … wer könnte bei den Aussichten widerstehen?«

~

Als wir wieder im Auto saßen, drehte ich mich zu Maria um. »Alexander Hoven«, war alles, was ich sagte.

Maria grinste. »Alexander Hoven«, wiederholte sie.

»Wie schon gesagt, solche Männer gibt es eigentlich gar nicht. Ich bin sehr gespannt darauf, ihn kennenzulernen.«

Nachdem wir das geklärt hatten, wandte sich unser Gespräch Greta zu. »Sie wirkte so fröhlich auf mich«, sagte ich. »Wie ein ganz anderer Mensch! Wie schaffen wir es nur, dass sie sich im Umgang mit Gleichaltrigen genauso entspannt verhält? Wenn sie das hinbekommt, dann findet sie auch Freundinnen, davon bin ich überzeugt.«

Maria dachte nach. »Du hast mir doch von diesem Jungen erzählt, Lukas. So wie du ihn geschildert hast, ist er ein Star an seiner Schule. Wenn ihr ihn dazu bekommt, etwas mit Greta zu unternehmen, dann färbt seine Beliebtheit vielleicht auf sie ab.«

Ich sah sie von der Seite an. »Da hat wohl jemand zu viele Teeniekomödien gesehen, hm? Nein, Greta soll um ihrer selbst willen gemocht werden. Sie hat so viele tolle Eigenschaften, doch sie steht sich selbst im Weg. Jonas und ich müssen eine Möglichkeit finden, ihr Selbstbewusstsein zu stärken, damit sie aus sich herausgeht. Dann werden die anderen Schüler von alleine merken, was für ein liebenswerter Mensch sie ist.«

18

Nachdem Maria und ich uns in Herzbach verabschiedet hatten, machte ich mich auf den Weg zu Jonas, um ihn in Sachen Greta auf den neusten Stand zu bringen.

Max führte ein Freudentänzchen auf, als er mich sah, und ich kniete mich hin und schlang meine Arme um ihn. Während ich ihn an mich drückte, durchfuhr mich die Erkenntnis, dass ich einen Hund in meinem Leben wollte. Tatsächlich war mir unbegreiflich, wie ich es fünfunddreißig Jahre ohne ausgehalten hatte. Ich richtete mich auf, begrüßte Jonas mit einer flüchtigen Umarmung, die dennoch ausreichte, um meinen Puls in die Höhe zu treiben, und folgte ihm ins Wohnzimmer. Sein Laptop stand aufgeklappt auf dem Sofatisch, und ich nahm an, dass er an seinem neuen Buch gearbeitet hatte. Wir setzten uns, und ich gab ihm eine Zusammenfassung der Beobachtungen, die ich im Seniorenstift gemacht hatte. »Du siehst, es besteht Hoffnung«, schloss ich. »Wenn sie sich wohlfühlt, ist Greta wie verwandelt. Dann unterhält sie sich und lacht und übernimmt sogar die Führung. Und die anderen respektieren sie und freuen sich über ihre Gesellschaft.«

»Nur, dass diese anderen siebzig Jahre und älter sind«, gab Jonas zu bedenken. »Teenager sind viel schwieriger zu begeistern. Ich befürchte, mit Nägellackieren wird Greta das Eis nicht brechen.« Er stand auf und kehrte eine Minute später mit einer Flasche Mineralwasser und zwei Gläsern zurück.

Während er uns eingoss, dachte ich weiter nach. »Sie kann auch wunderschön Klavier spielen«, erinnerte ich mich. »Vielleicht können wir daraus etwas machen.« Plötzlich kam mir ein weiterer Gedanke, und ich verspürte Aufregung in mir hochsteigen. »Das Sommerfest!«

Jonas hielt mir ein Glas hin, und ich stürzte das Wasser herunter. Es war so kalt, dass es hinter meiner Stirn zu stechen begann. »Autsch«, sagte ich und verzog schmerzhaft das Gesicht.

»Geht's wieder?«, erkundigte sich Jonas mitfühlend. Ich nickte. Dann weihte ich ihn in meine Überlegungen ein.

»Wir haben doch gesagt, dass wir Erfolgserlebnisse für Greta brauchen. Wie in *Zurück in die Zukunft*. Sie muss über sich hinauswachsen. Das *Haus Morgenröte* veranstaltet im Juli ein Sommerfest. Es kommen Hunderte Gäste. Ich vermute, auch viele aus den umliegenden Dörfern und Bauernschaften. Wenn Greta sich überwinden und auf dem Sommerfest Klavier spielen würde, wenn sie dies vor großem Publikum täte und hinterher alle begeistern applaudieren, dann würde das ihr Selbstbewusstsein beflügeln.« Ich brach ab und sah ihn erwartungsvoll an.

Jonas tippte sich nachdenklich gegen die Unterlippe. »Das könnte sein. Allerdings sehe ich ein entscheidendes Problem: Greta ist viel zu schüchtern. Sie wird sich niemals darauf einlassen. Ganz abgesehen davon war ich schon auf dem Sommerfest, und es sind nur die Bewohner des Stifts aufgetreten, keine externen Künstler.«

»Greta ist fast jeden Nachmittag im Stift«, gab ich zu bedenken. »Sie ist so etwas wie eine Ehrenbewohnerin. Und so, wie ich die Direktorin Frau Steffen einschätze, würde sie einen Auftritt von Greta bestimmt unterstützen. Die alten Leute sowieso. Ich meine, sie hat den Damen die Fußnägel lackiert!«

Max, der zu unseren Füßen lag, streckte sich. Dabei pupste er geräuschvoll. Erstaunt drehte er den Kopf in Richtung seines Hinterns. Jonas und ich sahen uns an und lachten. Fast zeitgleich fingen wir an, mit den Händen vor unseren Nasen herumzuwedeln.

»Puh!«, rief Jonas. »Schäm dich, Max.« Der Angesprochene wirkte kein bisschen verlegen. Er gähnte herzhaft, legte den Kopf auf seine Vorderpfoten und schloss die Augen. »Dann bleibt immer noch die Frage, wie wir Greta auf die Bühne bekommen«, nahm Jonas das Thema wieder auf.

Ich strengte meinen Verstand an. »Moment!«, rief ich und hob meinen Zeigefinger. Unwillkürlich musste ich an den Film *Wickie und die starken Männer* denken. Dieselbe Geste machte der kleine Wikingerjunge, wenn er einen seiner Geistesblitze hatte. »Es gibt eine Sache, die stärker ist als Gretas Schüchternheit«, mutmaßte ich. »Und das ist die Liebe zu ihrer Großmutter. Wenn ihre Oma sie bittet aufzutreten, dann wird sie es tun.« Vor Erregung wurde ich ganz kribbelig.

In den nächsten Minuten beleuchteten wir meinen Vorschlag von allen Seiten. Wie Jonas mir berichtete, waren Ava und Gretas Oma Agnes in eine Klasse gegangen und bis heute eng befreundet. Agnes sei es auch gewesen, die ihrer alten Freundin von Gretas Problemen erzählt habe. Daraufhin habe Ava Greta zur Tafelrunde eingeladen. »Die ersten Male war Greta nur dabei, weil sie es ihrer Oma versprochen hatte. Von alleine wäre sie niemals gekommen, geschweige denn geblieben. Doch es dauerte nicht lange, und sie fand Gefallen an unserer Gemeinschaft, und heute ist sie als Mitglied der Tafelrunde nicht mehr wegzudenken.«

»Besser geht es doch gar nicht«, urteilte ich erfreut. »Wenn wir Agnes erklären, was wir mit Gretas Auftritt bezwecken, wird sie uns bestimmt helfen. Es ist genau wie mit der Tafelrunde. Da musste sie Greta auch zu ihrem Glück zwingen.« Ich verdrängte das schlechte Gewissen, das in mir aufstieg. Mir war bewusst, was wir Greta abverlangen würden. Wir würden sie durch ihre ganz persönliche Hölle schicken. Doch am Ende, so sagte ich mir, würde sie davon profitieren. *Nur unter Druck entstehen Diamanten,* war einer der Lieblingssprüche meines Chefs. Bisher hatte ich die Redewendung für ebenso bekloppt wie brachial gehalten, aber jetzt fand ich, dass sie durchaus ein Fünkchen Wahrheit enthielt. Jonas war auch nicht ganz wohl bei der Sache, aber schließlich einigten wir uns darauf, dass er Agnes noch in dieser Woche einen Besuch abstatten würde.

Als ich eine Stunde später nach Hause kam, erwartete mich eine Überraschung. Im Briefkasten fand ich eine Postkarte von Ava. Meine Großtante war nicht länger in der Schweiz, wie das Motiv verriet. Es zeigte die *Arena di Verona*, das bekannteste Bauwerk Veronas. Ava war in Italien! Stirnrunzelnd überflog ich den kurzen Text.

Meine liebste Ellie,
ich schicke dir sonnige Grüße aus der Heimat von Romeo und Julia. Wie du siehst, bin ich gerade in Italien. Es ist ein wenig so, als befände ich mich auf einer Schnitzeljagd. Ein Hinweis führt zum nächsten. Doch ich hoffe, bald mein Ziel zu erreichen, damit ich heimkehren kann.
Du fehlst mir, Kleines.
Es dauert nicht mehr lang, dann findet die nächste Tafelrunde statt. Bestimmt hast du die anderen schon lieb gewonnen. Grüß sie recht herzlich von mir, und gib Max einen dicken Kuss. Ist er nicht ein Schatz?
Alles Liebe
deine Ava

Ach Ava, dachte ich und hängte die Postkarte mit einem Magneten an den Kühlschrank, wo bereits die anderen beiden hingen. Mein Blick glitt darüber. Von der Herzbacher Mühle zum Zürichsee und von dort aus nach Verona. Meine Großtante hatte ihre Reise mit einer Schnitzeljagd verglichen. *Ein Hinweis führt zum nächsten*, hatte sie geschrieben. Doch wonach suchte sie? Was war das Ziel, das sie bald zu erreichen hoffte? Ein Ort oder ein Gegenstand vielleicht? Ich unterdrückte einen Seufzer. Du fehlst mir auch, dachte ich betrübt. Wie gerne hätte ich sie um Rat gefragt. Was würde Ava von dem Plan halten, den wir uns für Greta überlegt hatten?

19

Es war der Samstag vor der nächsten Tafelrunde, und Jonas und ich saßen auf dem Steg in Jonas' Garten und ließen die Beine im Wasser baumeln. Direkt hinter uns auf dem warmen Holz lag Max und ließ sich die Nachmittagssonne auf den Pelz scheinen.

Ich war nun schon seit drei Wochen in Herzbach. Mit den meisten Nachbarn war ich inzwischen per Du. Man traf sich, wenn ich morgens die Zeitung hereinholte, beim Spazierengehen, im Supermarkt oder auf dem Dorfplatz. So konnte es vorkommen, dass ich losging, um Brötchen für das Frühstück zu besorgen, und erst zwei Stunden später heimkehrte, weil ich unterwegs ins Plaudern geraten war. Mit Claudia zum Beispiel, die mich heute Morgen auf einen spontanen Kaffee zu sich eingeladen hatte. »Die Zwillinge schlafen gerade«, hatte sie mir durch das offene Küchenfenster zugerufen, als ich an ihrem Haus vorbeilief. »Das müssen wir ausnutzen!« Und am Tag zuvor war ich im Hofladen Biene in die Arme gelaufen, die mich mit dem neusten Dorftratsch versorgt hatte. Dass Frau Mahler, Marias Mutter, sich tatsächlich zur Akrobatik-AG angemeldet hatte, wusste ich allerdings schon.

Auch wenn Maria wieder in Frankfurt war, schrieben wir uns fleißig WhatsApp-Nachrichten.

Jonas stieß mich unter Wasser an, um meine Aufmerksamkeit auf sich zu lenken. »Ich wollte dich kurz auf den neusten Stand bringen. Also: Am Montag verbringen Hermann und ich unseren Männertag in der Natur. Bei der Gelegenheit werde ich versuchen, mehr über sein Heimweh in Erfahrung zu bringen.«

Als Nächstes berichtete er von seinem Gespräch mit Gretas Oma. Wie wir uns schon gedacht hatten, war sie nicht begeistert, Greta zu einem Auftritt in aller Öffentlichkeit zu überreden, doch am Ende hatte sie zugestimmt. »Agnes sieht, wie sehr Greta unter ihrer Schüchternheit leidet, und es macht sie unendlich traurig.« Jonas schwieg einen Moment. Dann wandte er den Kopf und schaute mich ernst an. »Ich bin mir nicht sicher, ob wir das Richtige tun, Ellie. Unser Plan birgt Risiken. Ich sehe die Gefahr, dass wir alles noch schlimmer machen. Was, wenn es Greta vor Schüchternheit gar nicht bis an das Klavier schafft? Oder wenn sie bei ihrem Auftritt einen Blackout hat und in Panik von der Bühne flieht? In dem Fall sind es weder du noch ich, die die Scherben aufsammeln. Und davon würde es reichlich geben. Vielleicht *zu* viele.«

Ich konnte seine Bedenken nachvollziehen. Dennoch war ich der Überzeugung, dass unser Plan gut war. Er würde funktionieren. Erst recht, wenn Gretas Oma uns unterstützte. Also verdrängte ich das schlechte Gewissen, das sich in meinem Bauch regte, und rang mir ein Lächeln ab. »Du fängst schon an, wie Irene zu denken. Vertrau mir, es wird alles gut gehen.« Ich bemerkte den Zweifel in seinen Augen und drückte kurz seine Schulter. »Wir tun das für Greta, Jonas«, erinnerte ich ihn.

Er hielt meinem Blick ein paar Sekunden stand, dann nickte er vage und schaute zum Fluss.

Um ihn auf andere Gedanken zu bringen, begann ich von meiner Verabredung mit Sara zu berichten. Wir hatten uns am Dienstagabend im *Kiepenkerl* getroffen. Bei Pasta und Weißwein hatte ich sie nach einem Vierer-Date gefragt. »Sara war sofort Feuer und Flamme und hat Noah noch aus dem Restaurant eine WhatsApp-Nachricht geschickt. Er war wohl weniger enthusiastisch, hat aber schließlich zugestimmt. Sara meinte, er habe begriffen, dass er nach seiner *Ich muss nur mal kurz die Welt retten*-Nummer etwas gutzumachen habe.«

Jonas' Schmunzeln nach zu urteilen, war meine Ablenkung erfolgreich gewesen. »Dann bleibt jetzt nur noch Irene«, meinte er. »Ich befürchte, sie ist der härteste Brocken. Hermann meinte, die meiste Zeit verbringe sie tatsächlich auf dem Friedhof.«

Eine Weile zerbrachen wir uns den Kopf. Welche positiven Situationen ließen sich herbeiführen, während Irene am Grab ihres Bruders saß? Was für Erlebnisse brauchte es, um der alten Frau zu beweisen, dass nicht alles schlecht war auf dieser Welt? Wir kamen zu keiner Lösung, beschlossen aber, uns dazu noch mal in Ruhe Gedanken zu machen. Ich sah Jonas von der Seite an, wie er nachdenklich die Stirn runzelte, und mein Herz floss über vor Zärtlichkeit. Nicht zum ersten Mal fragte ich mich, wie ein Mensch, der gerade erst in mein Leben getreten war, solche Gefühle in mir auslösen konnte.

~

»Was soll das heißen, Greta kommt nicht?« Mit vor der Brust verschränkten Armen blickte ich Hermann an.

»Ich weiß leider auch nichts Genaues«, erwiderte er bedauernd. »Sie sei krank, hat sie mir geschrieben. Greta hat deine Handynummer nicht, Ellie, darum hat sie mir die Nachricht geschickt. Ich soll sie für die Tafelrunde entschuldigen.«

Während ich Hermann weiter anstarrte, erinnerte ich mich an meine Manieren und gab die Haustür frei, damit er eintreten konnte. Statt Blumen hatte er mir dieses Mal Schokoladenpralinen mitgebracht. Ich bedankte mich mechanisch, wobei meine Gedanken weiter um Greta kreisten. Ob ihre Großmutter schon mit ihr gesprochen hatte? Fühlte sie sich deshalb elend? In meinem Magen begann es zu rumoren.

»Alles in Ordnung mit dir?«, erkundigte sich Hermann. »Du siehst so blass aus.«

»Es geht schon«, log ich. »Ich bin nur traurig, dass Greta nicht kommt. Das Essen tut ihr so gut.«

Hermanns Gesichtszüge hellten sich auf. »Weißt du was? Warum füllst du Greta nicht eine Portion ab und bringst sie ihr nach der Tafelrunde vorbei? Dann kannst du ihr gleichzeitig *Gute Besserung* von uns allen ausrichten.«

Meine Laune hob sich ein wenig. »Das ist eine ausgezeichnete Idee«, fand ich. So konnte ich herausfinden, was wirklich hinter ihrer Absage steckte.

Zwanzig Minuten später saßen alle um die lange Tafel versammelt. Während wir uns den Gemüseeintopf schmecken ließen, den ich für heute gekocht hatte, richtete ich Avas Grüße aus. Die Information, dass sie in Verona weilte, stieß auf Überraschung.

»Wir wissen alle, wie die Sache mit Romeo und Julia

ausgegangen ist«, unkte Irene, ohne den Blick von ihrem Teller abzuwenden.

»Jedenfalls scheint es Ava gut zu gehen, und das ist doch die Hauptsache«, sagte Sara, nachdem sie einen Löffel Eintopf verspeist hatte.

Wir nickten im Chor, und das Gespräch wandte sich einer Tanzveranstaltung zu, die heute in zwei Wochen im Hotel am Dorfplatz stattfinden sollte. Ich erinnerte mich, dass ich in der Bäckerei einen Flyer dazu gesehen hatte.

»Was haltet ihr davon, wenn wir nach der nächsten Tafelrunde gemeinsam hingehen?«, erkundigte sich Hermann und sah erwartungsvoll in die Runde. »Nicht alle auf einmal«, schmunzelte er, als er unsere verhaltenen Mienen bemerkte.

»Was passiert denn da genau?«, fragte ich vorsichtig.

»Es gibt Livemusik, Tanz und ein Büfett. Das wird sicher nett. Und wenn es uns nicht gefällt, gehen wir wieder. Also, wie sieht es aus?«, verlangte er zu wissen. Nachdem alle bis auf Irene genickt hatten, wandte er sich direkt an sie. »Was ist mit dir, meine Liebe?«

Irene verzog die Stirn. »Wozu soll ich mitkommen?«, fragte sie mit leidender Stimme. »Ich würde euch nur die Stimmung verderben.«

Hermann versuchte, ein Lächeln zu unterdrücken, was ihm jedoch nur halb gelang. »Dann lass das doch.«

»Was soll ich lassen?«, fragte sie perplex.

»Na, uns die Stimmung zu verderben.«

Amüsiert beobachtete ich, wie Irene den Mund öffnete und wieder schloss. Offensichtlich fiel ihr keine passende Antwort ein. »Gut«, murmelte sie schließlich, und ich war bass vor Erstaunen. Hatte ich richtig gehört? Irene wollte uns begleiten? Zu einer Veranstaltung mit

Musik und Tanz? Ich wechselte einen schnellen Blick mit Sara und Jonas. Sie wirkten nicht minder verblüfft.

»Gut«, wiederholte Hermann und klang dabei sehr mit sich zufrieden.

Nach dem Essen begannen die Mitglieder der Tafelrunde wieder reihum zu erzählen. Diesmal machte Hermann den Anfang. Seine letzten zwei Wochen seien gut gewesen, sagte er. Einmal habe er kurz davorgestanden, die alten Fotoalben herauszuholen, doch dann sei er stattdessen spazieren gegangen.

Irene berichtete von einer ausgelaufenen Waschmaschine, die ihre Küche unter Wasser gesetzt habe. »Sonst bleibe ich immer daheim, wenn die Waschmaschine läuft. Aber diesmal hatte ich vergessen, Brot zu kaufen. Ich war nur zwanzig Minuten weg, doch als ich wiederkam, stand der ganze Raum unter Wasser.« Sie zuckte resigniert mit den Achseln.

»Erzähl den anderen, was danach passiert ist«, ermahnte Hermann sie sanft. Als sie keine Anstalten machte, übernahm er kurzerhand ihren Part. »Das halbe Dorf ist erschienen, um Irene zu helfen und den Raum trockenzulegen.«

»Eine neue Waschmaschine muss ich trotzdem kaufen«, wandte Irene ein.

Hermann tätschelte ihre Hand. »Nach dreißig Jahren ist es wohl mal an der Zeit.«

Ich betupfte meinen Mund mit der Serviette, um mein Grinsen zu verbergen. Nachdem ich mich vergewissert hatte, dass Irene fertig erzählt hatte, zählte ich die Erkenntnisse auf, die ich in den letzten Wochen über mich gewonnen hatte. Dabei wiederholte ich mehr oder weniger die Worte, die ich zu Jonas gesagt hatte. Dass mir an

Freundschaften lag und dass ich es genoss, Teil einer Gemeinschaft zu sein. »Außerdem scheint mir die Ehe nicht ganz unwichtig zu sein«, meinte ich lapidar und beschrieb die Gefühle, die mich beim Anblick des Brautpaares an der alten Mühle überkommen hatten. Dabei vermied ich es, in Jonas' Richtung zu blicken. »Wie ihr seht«, beendete ich meine Ausführungen, »lerne ich gerade viel über mich selbst. Ich bin gespannt, was ich noch so alles herausfinden werde.«

Bei Sara hatte sich in den letzten zwei Wochen nicht viel ereignet. Noah backe kleine Brötchen, bemerkte sie. Er melde sich regelmäßig und überschütte sie mit Zuneigung. Das Thema Trennung habe sie allerdings nicht mehr angesprochen. Sie müsse erst neue Kraft schöpfen. »Aber es gibt noch etwas Positives zu berichten!«, fiel ihr plötzlich ein, und sie zwinkerte mir zu. »Noah und ich werden uns mit Ellie und Jonas treffen. Es wird eine Verabredung zu viert – das fühlt sich fast so an, als wären wir ein richtiges Paar. Vielleicht besteht ja doch noch Hoffnung.« Ein sehnsüchtiger Ausdruck legte sich auf ihre Züge, und ich betete im Stillen, dass sich ihre Hoffnung erfüllte.

Schließlich war Jonas an der Reihe, und so fasste auch er seine letzten vierzehn Tage zusammen. »Wenn das so weitergeht, werde ich noch eine richtige Plaudertasche«, scherzte er zum Schluss.

»Und ein Partyhengst«, fügte Irene hinzu. Es wurde so still am Tisch, dass man die berühmte Stecknadel hätte fallen hören können. Alle Blicke richteten sich auf sie. »Wegen der Tanzveranstaltung im Hotel, zu der wir gemeinsam gehen«, erklärte sie so geduldig, als hätte sie es mit einer Ansammlung begriffsstutziger Kinder zu tun.

»Ich glaube, das war das erste Mal, dass Irene einen Witz gemacht hat«, lachte Jonas, als wir am Nachmittag zusammen die Küche aufräumten. Ich schloss die Kühlschranktür und blickte ihn an. »Mich erstaunt noch viel mehr, dass sie mitkommen will.«

Er nickte. »Dass Irene tanzt, glaube ich auch erst, wenn ich es sehe.«

Ich nahm die Tupperbox, in die ich den Eintopf für Greta gefüllt hatte, und wandte mich zur Tür. »Kommst du mit?«

Jonas verneinte. »Es ist besser, wenn du alleine gehst. Sonst fühlt sie sich überfallen.«

20

Gretas Mutter war eine hübsche Frau Anfang vierzig mit hellblondem Pferdeschwanz und blauen Augen. »Ja?«, fragte sie zurückhaltend, nachdem sie die Tür geöffnet hatte, und musterte mich von oben bis unten. Schnell erklärte ich ihr, wer ich war und was mich zu ihrer Tochter führte.

Ihr Gesichtsausdruck wurde herzlich. »Das ist aber nett, dass Sie extra vorbeikommen. Warten Sie, ich nehmen Ihnen das ab.«

Ich übergab ihr die Tupperdose und betrat den hellen, einladend wirkenden Flur. Der Parkettboden glänzte in einem warmen Honigton, auf der Anrichte standen frische Blumen, und an einer Wand hingen bis zur Decke und dicht beieinander Dutzende Familienfotos in unterschiedlichen Rahmengrößen. *Petersburger Hängung* nannte man diese Art der Anordnung, hatte ich neulich irgendwo gelesen.

Auf der Treppe erklärte mir Gretas Mutter, dass ihre Tochter an Kopfschmerzen leide. »Sie ist schon den ganzen Tag in ihrem Zimmer.« Es schien, als wollte sie noch etwas hinzufügen, unterließ es dann aber.

Vor einer weißen Tür, auf der in bunten Holzbuchstaben Gretas Name aufgeklebt war, blieben wir stehen. In diesem Moment schellte das Telefon im Erdgeschoss. Gretas Mutter nickte mir aufmunternd zu und wandte sich zur Treppe. Ich verharrte eine Sekunde, um mich zu sammeln, dann hob ich die Hand und klopfte.

»Ja?«, kam es zaghaft von drinnen.

Greta, die aufrecht in ihrem Bett saß, schaute von ihrer Zeitschrift auf, als ich die Tür öffnete und in das Zimmer trat. Offensichtlich hatte sie jemand anderen erwartet, denn ihre Augen weiteten sich in einer Mischung aus Erschrecken und Überraschung. Reflexartig huschte ihr Blick zur Tür, als wollte sie ihre Fluchtmöglichkeiten abwägen.

»Hallo, Greta«, begrüßte ich sie mit einem Lächeln. »Ich wollte sehen, wie es dir geht. Außerdem habe ich dir Eintopf von heute Mittag mitgebracht. Deine Mutter kann ihn für dich aufwärmen, wenn du magst.«

»Danke«, kam es kleinlaut zurück.

Weil ich nicht wusste, was ich tun sollte, blieb ich in der Mitte des Raumes stehen. Das Zimmer war geräumig und mit hübschen Möbeln eingerichtet, doch es sagte wenig über seine Bewohnerin aus. Vielleicht lag es daran, dass es so ordentlich war. Nirgendwo lag etwas herum. Wenn nicht das Regal mit den Jugendbüchern gewesen wäre, hätte es sich genauso gut um das Zimmer eines Erwachsenen handeln können.

»Du hast uns gefehlt beim Mittagessen«, versuchte ich ein Gespräch in Gang zu bringen.

Greta biss sich auf die Lippe. »Mir geht es nicht so gut«, murmelte sie, ohne mich anzuschauen. »Mein Kopf tut weh.«

Ihre Hände umklammerten die Zeitschrift auf ihrem Schoß. Beim genauen Hinsehen fiel mir auf, dass es sich um ein Notenheft handelte. Greta hatte eine Partitur studiert!

»Spielst du ein Instrument?«, fragte ich und kam mir wie eine Hochstaplerin vor.

Greta nickte unglücklich. »Klavier«, flüsterte sie so leise, dass ich sie kaum verstehen konnte. Ihr Gesicht war weiß wie die Wand, und sie schluckte mühsam, als versuchte sie, die Tränen zurückhalten. Jetzt hatte ich keinen Zweifel mehr daran, warum es ihr schlecht ging, und mich überkam heftiges Mitleid. Ich rollte den Schreibtischstuhl zu ihr ans Bett und setzte mich.

»Was ist denn los?«, fragte ich mit einfühlsamer Stimme und hoffte, dass sie mir von der Bitte ihrer Großmutter erzählen würde, damit ich ihr Mut zusprechen konnte. Ich hatte mir bereits überlegt, dass ich ihr von meiner ersten Präsentation vor großem Publikum erzählen wollte. Damals war ich vierundzwanzig Jahre alt und hatte gerade bei *Aufhäuser & Stark* angefangen, als ich einen erkrankten Kollegen auf einer Konferenz in Hamburg vertreten sollte, der dort als Referent gebucht war. Die letzte Stunde bis zu meinem Vortrag verbrachte ich in der Damentoilette über die Toilettenschüssel gebeugt. Meine Präsentation war sicher nicht die beste, die die Teilnehmer jemals gehört hatten, doch als sie mir danach wohlwollend Beifall spendeten, war ich wie beflügelt. Mit jedem Vortrag, den ich danach hielt, ging mir das Präsentieren leichter von der Hand, und heute genoss ich es, vor Leuten zu sprechen.

Doch Greta tat mir den Gefallen nicht. »Es ist nichts. Ich habe nur Kopfschmerzen«, sagte sie stattdessen. »Und ich bin schrecklich müde«, fügte sie hinzu, um mir zu signalisieren, dass es ihr lieber sei, wenn ich jetzt ginge.

Ich versuchte, mir meine Enttäuschung nicht anmerken zu lassen, und erhob mich. »Dann werde ich dich jetzt mal schlafen lassen.« Ich schob den Schreibtischstuhl zurück an seinen Platz und wandte mich ihr wieder zu. »Kann ich dir noch etwas Gutes tun, bevor ich gehe?«

Greta schüttelte den Kopf, dann fiel ihr Blick auf die Partitur, und sie holte gequält Luft und nickte. »Kannst du meine Mutter vielleicht fragen, ob sie mir den Eintopf bringt?«

»Natürlich«, antwortete ich fröhlicher, als ich mich in Wirklichkeit fühlte.

~

Auf dem Weg nach Hause ging mir mein Gespräch mit Greta nicht aus dem Kopf. Sie hatte nicht nach dem Eintopf verlangt, weil sie Hunger hatte, sondern aus der verzweifelten Hoffnung heraus, die Kräuter mögen ihr helfen. Wie es aussah, würde Greta also auf dem Sommerfest Klavier spielen. Die Bitte ihrer Großmutter hatte Wirkung gezeigt. Doch ich fühlte weder Freude noch Genugtuung. Wie auch, wenn es Greta schlecht ging? Ich hob ein Bonbonpapier auf, das jemand achtlos auf den Bürgersteig geworfen hatte, und schob es in meine Hosentasche, um es später zu entsorgen. Was mich allerdings tröstete und bestärkte, war der Gedanke, dass Greta sich ihrem Problem stellte. Sie würde lernen, dass sie in der Lage war, schwierige Situationen aus eigener Kraft zu lösen.

21

»Wie sehe ich aus?« Sara betrachtete sich kritisch und drehte sich vor dem Spiegel in ihrem Schlafzimmer hin und her.

»Bezaubernd und wunderschön«, antwortete ich von der Kante des Bettes aus. Es war Mittwochabend, und heute würden wir Noah kennenlernen und mit ihm zu Abend essen.

Ich konnte Saras Aufregung gut nachvollziehen. Auch ich war nervös, den Mann zu treffen, der für ihren Liebeskummer verantwortlich war.

Der Raum glich einem Schlachtfeld. Überall lagen Kleidungsstücke verstreut, die Sara kurz angezogen und wieder verworfen hatte.

»Und du findest nicht, dass ich in diesem Kleid dick wirke?« Sie strich sich mit den Händen über die Hüften. Ihre Miene war kritisch.

»Überhaupt nicht«, beruhigte ich sie. »Wie ich schon gesagt habe: Du siehst einfach wunderschön aus.« Und es stimmte. Das Kleid war ärmellos und knielang und schmiegte sich an ihren Körper, als wäre es für sie genäht worden. Der Nude-Ton sah edel und gleichzeitig feminin aus und bildete einen hinreißenden Kontrast zu ihrem rotblonden Haar, das in weichen Wellen über ihre Schultern fiel. Ich wühlte in meiner Handtasche, die neben mir auf dem Bett lag. »Versuch den dazu«, meinte ich und reichte ihr meinen knallroten Lippenstift.

Sara zögerte einen Moment, dann zuckte sie mit den Schultern und trug ihn mit geschickten Bewegungen auf.

»Perfekt«, sagte ich zufrieden. Unsere Blicke begegneten sich im Spiegel.

»Ich bin so aufgeregt«, gestand Sara leise.

Ich erhob mich und nahm sie vorsichtig in die Arme. Sie duftete nach einem dezenten Parfum. »Es wird alles gut gehen. Jonas und ich sind die ganze Zeit bei dir.«

Sara nickte und erwiderte meine Umarmung. »Es ist so schön, dass es dich gibt«, flüsterte sie.

Als wir wenig später in Saras Wohnzimmer kamen, saß Jonas noch immer auf dem Sofa, auf dem wir ihn vor einer Stunde zurückgelassen hatten, um uns für den Abend zurechtzumachen, und blätterte in einer Zeitschrift. Zu seinen Füßen lag Max und kaute auf etwas herum, das wie ein alter Pantoffel aussah. Jonas stieß einen anerkennenden Pfiff aus, als er uns sah. »Ihr seht fantastisch aus.«

Sara und ich sahen einander an und kicherten wie kleine Mädchen. Jonas hatte sich ebenfalls in Schale geworfen. Statt seiner Jeans trug er dunkelgraue Chinos und dazu ein eng anliegendes schwarzes Shirt mit V-Ausschnitt, das den Blick auf seinen gebräunten Hals lenkte.

Sara setzte sich zu Jonas auf die Couch und sprang sofort wieder auf. »Ich muss den Backofen anstellen, damit das Hühnchen rechtzeitig fertig wird.«

»Das kann ich doch machen«, bot ich an, doch sie winkte ab.

»Du bist Gast, Ellie«, erinnerte sie mich mit gespielter Strenge und eilte davon.

»Ich glaube, sie braucht mal einen Augenblick für sich«, meinte Jonas und klopfte mit einer Hand auf das Polster neben sich.

Gehorsam sank ich in die Kissen. Wir hatten uns seit der Tafelrunde nicht mehr gesprochen, und wie jedes Mal, wenn ich ihn sah, dachte ich, wie attraktiv er doch war. Umso mehr, weil er sich dessen überhaupt nicht bewusst war.

»Erzähl mir, wie es mit Hermann am Montag gelaufen ist«, bat ich ihn. »Hattet ihr einen schönen Tag?«

Jonas nickte. »Hermann wollte bei Sonnenaufgang am See sein. Der See sah aus, als wäre er in Gold und Orange getaucht. Dazu die kühle, frische Luft und das Gezwitscher der Vögel. Wir haben minutenlang dagestanden, die Natur bewundert und nur zugehört, und dabei hat Hermann ganz tief geatmet, ungefähr so.« Jonas holte so intensiv Luft durch die Nase, dass sich seine Brust hob und sein Bauch nach innen wölbte, und stieß sie dann zwischen seinen geöffneten Lippen wieder aus. »Und dann hat er mich angelächelt und gesagt: *Hier kann ich atmen. Wenn ich im Morgengrauen auf den See schaue und den Vögeln zuhöre, habe ich nicht wie sonst das Gefühl, dass ein Gewicht auf meinem Brustkorb liegt.*«

Ich sah Jonas ernst an. »Das erinnert mich an das, was er während meiner ersten Tafelrunde gesagt hat. Er hat darüber gesprochen, was er am meisten vermisse, und es waren weder sein Schiff noch die Mannschaft und auch nicht der Wind oder die Wellen. Es war die Luft. Er sagte, an Land gebe es nicht genügend Luft, um seine Lunge zu füllen. Doch offensichtlich ist da diese eine Stelle, an der es anders ist.« Ich brach abrupt ab. Eine neue Erinnerung tauchte in meinem Kopf auf. Ein Bild von Sara und mir, wie wir auf unserer Fahrradtour im Strandkorb gesessen und auf den Stausee geschaut hatten.

»Du hast wieder dieses Mutter-Teresa-Leuchten in den Augen«, meinte Jonas. »Willst du den See für Hermann kaufen?«, scherzte er. »Soweit ich weiß, gehört das Land Alexander Hoven. Aber vielleicht lässt er ja mit sich reden …«

Ich lachte. »Schöne Idee, aber für den Anfang dachte ich eher an einen Strandkorb, den wir für Hermann aufstellen. Damit er es gemütlich und warm hat, wenn er dasitzt und aufs Wasser schaut. So kann er mehr Zeit am See verbringen. Schließlich ist er nicht mehr der Jüngste. Alexander Hoven, sagst du? Interessant. Frau Steffen, die Direktorin vom Seniorenstift, hat seinen Namen erwähnt. Er kommt auch zum Sommerfest. Aber so lange will ich nicht warten. Ich werde Frau Steffen bitten, mir seine E-Mail-Adresse zu geben.« Zufrieden löste ich meinen Pferdeschwanz und band ihn neu. »Hat Hermann sonst noch etwas gesagt?«, fragte ich mit dem Haarband im Mund.

Jonas musterte mich mit einer Mischung aus Belustigung und Zuneigung. Meine Idee gefiel ihm, das konnte ich sehen. »Er hat von Ava gesprochen. Ich glaube, er vermisst sie mehr, als er zugibt.«

Ich ließ von meiner Frisur ab und setzte mich aufrechter hin. »Glaubst du, dass er weiß, wo sie ist?«

Jonas wiegte den Kopf. »Ich bin mir nicht sicher. Einmal hatte ich kurz das Gefühl. Hermann hat nichts in der Richtung gesagt. Trotzdem – für den Bruchteil einer Sekunde dachte ich: Er weiß, wo Ava ist, und ihm gefällt nicht, was sie tut. Aber ich kann dir nicht erklären, wie ich darauf komme.«

Ich schluckte meine Enttäuschung herunter. »Schon gut, mach dir keine Gedanken«, sagte ich und rang mir ein Lächeln ab.

Es klingelte an der Haustür. Sara, die in diesem Moment zurück in das Wohnzimmer kam, wurde blass. »O Gott, da ist er. Was mach ich jetzt bloß?«

»Aufmachen?«, schlug Jonas mit ruhiger Stimme vor.

Sara nickte, als hätte sie soeben eine bahnbrechende Erkenntnis gewonnen, und hastete los.

Im Vorfeld hatte ich gerätselt, wie Noah sich uns gegenüber verhalten würde. Für ihn musste die Situation genauso merkwürdig sein. Er hatte eine Affäre mit Sara. Und nun traf er sich mit den Freunden seiner Affäre zu einem Pärchenabend. Ihm musste klar sein, dass wir ihn unter die Lupe nehmen würden. Doch von Befangenheit war nichts zu spüren, als Sara eine Minute später mit Noah an ihrer Seite zurückkehrte. Sie stellte uns vor, wobei ihre Stimme atemlos und ein wenig heller klang als sonst, und Noah schüttelte uns mit einem breiten, offenen Lächeln die Hand. Er war etwas über 1,80 Meter groß, sportlich, schlank und sah auf eine männliche Weise gut aus mit seinem markanten Profil, dem kurzen schwarzen Haar, in das sich reichlich Grau mischte, und den silbergrauen Augen. Wie Jonas trug er Chinos, nur dass seine blau waren, und dazu ein helles Hemd und Sneakers. Mit seinen einundvierzig Jahren war Noah ein paar Jahre älter als Sara, und das sah man ihm auch an. Während sie mit ihrem makellosen Teint und dem offenen Haar zart und frisch wie eine Blume wirkte, hatten sich auf seiner Stirn Falten eingegraben, die von zu viel Arbeit und zu wenig Schlaf zeugten. Sara hatte schon häufiger erwähnt, dass Noah für seine Arbeit lebte, was ihr Zusammensein zusätzlich erschwerte, denn so beschränkte es sich auf wenige Stunden im Monat.

Sara entschuldigte sich, um den Aperitif vorzubereiten. Als Unternehmensberaterin war ich es gewohnt, Gespräche in Gang zu bringen und Small Talk zu führen, doch Noah erwies sich als noch geübter. Er stellte Jonas und mir Fragen, hörte interessiert zu, machte kleine Komplimente und versprühte dabei eine charmante Liebeswürdigkeit, der man sich nur schwer entziehen konnte. Als Sara mit einem Tablett mit Aperol Spritz, Nachos und Guacamole zurückkehrte, waren wir bereits beim Du. Noah nahm ihr das Tablett aus den Händen, stellte es auf der Anrichte ab, zog sie an sich und hauchte ihr einen Kuss auf das linke Ohr. Dabei legte sich ein Lächeln auf Saras Gesicht, das ich so an ihr noch nicht gesehen hatte. Und auch Noah lächelte, als ob alles, was er zu seinem Glück bräuchte, direkt neben ihm stünde.

Ich warf Jonas einen unauffälligen Seitenblick zu, doch seine Miene gab keine Regung preis. Während wir an unserem Aperol Spritz nippten und dazu Nachos knabberten, erzählte Noah, dass er ein waschechter Münsteraner sei. Geboren im Sankt-Franziskus-Hospital und aufgewachsen im Schatten von Sankt Lamberti, an dessen Turm noch immer die drei Eisenkäfige hingen, in denen einst die geschundenen Leichname der Täufer Jan van Leiden, Bernd Krechting und Bernd Knipperdolling öffentlich zur Schau gestellt worden waren, hatte es ihn nach mehrjährigen Aufenthalten in Nürnberg, Dresden und Berlin vor zwei Jahren zurück in die alte Heimat geführt.

»Ich genieße es so sehr, wieder in Münster zu sein. Es gibt nichts Besseres, als samstagmorgens auf dem Markt ein Fischbrötchen zu essen«, sagte er lächelnd.

Ich registrierte, wie Sara in seinem Arm zusammenzuckte, und mich überkam tiefes Mitleid. Es war offensichtlich, was sie dachte. *Mit wem auch immer du das gemeinsam erlebst – ich bin es nicht.* Wie auch, wenn sie aus Angst davor, dass ihre Affäre öffentlich wurde, nicht vor die Tür treten konnten? Noah schien Saras Kummer ebenfalls zu spüren, denn er zog sie an sich und gab ihr einen Kuss auf die Wange.

Mir fiel auf, dass er keinen Ehering trug. Hatte er ihn Saras wegen abgelegt? Was für eine verquere Situation.

Als wir am Tisch saßen und das köstliche Hähnchen in Weißweinsoße verspeisten, das Sara gezaubert hatte, beobachtete ich, wie die beiden miteinander umgingen. Noah war sehr aufmerksam. Er tat Sara etwas zu essen auf, bevor er sich selbst bediente, füllte ihr Wasserglas, sobald es leer wurde, und fragte sie, ob sie mehr Wein wolle. Außerdem lächelte er über das, was sie sagte, legte seine Hand auf ihre, strich ihr eine Strähne aus dem Gesicht oder gab ihr einen schnellen Kuss. Das alles geschah ganz beiläufig und unbewusst. Nicht, weil Jonas und ich dabei waren, sondern weil Noah Saras Nähe aus vollen Zügen genoss.

Umgekehrt war es genauso. Sara strahlte, lachte und scherzte in seiner Anwesenheit, dass ich sie gar nicht wiedererkannte. Nein, korrigierte ich mich im selben

Augenblick. Ich erkannte sie wieder. Es war immer noch Sara. Nur in einer glücklichen Version.

Der Abend zeigte ihr und uns, was sein könnte. Es war ein bisschen so wie im Märchen von Cinderella. Ein paar verzauberte Stunden lang tanzte sie in den Armen ihres Prinzen, doch um Mitternacht war der Traum vorbei, ihre Kutsche verwandelte sich in einen Kürbis und ihr Kleid in einen zerlumpten Kittel. Am Ende allerdings erfüllte sich Cinderellas Traum, und sie bekam ihren Prinzen. Ob Sara dasselbe passieren würde, konnte ich nicht voraussagen. Es hing von Noah ab. Sie konnte nur dasitzen und hoffen, dass er sich für sie entschied.

Bei dem Gedanken an die Machtlosigkeit meiner Freundin fühlte ich Ärger in mir aufsteigen. Ich straffte die Schultern, hob mein Weinglas und trank es in einem Zug leer.

Plötzlich fühlte ich Jonas' Hand, die sich unter dem Tisch in einer beruhigenden Geste auf meine legte, und mein Zorn löste sich in Luft auf. Stattdessen begann es in meinem Bauch zu flattern. Ich war so damit beschäftigt gewesen, auf Noah und Sara zu achten, dass ich Jonas für einen Moment vergessen hatte, doch nun war ich mir seiner Nähe wieder sehr bewusst.

Meine Gedanken wirbelten durcheinander. Anstatt seine Hand wegzuschieben, wie ich es hätte tun sollen, verschränkte ich meine Finger mit seinen, und ich bildete mir ein, die Hitze seiner Haut durch mein Kleid zu spüren. Auf der gegenüberliegenden Seite des Tisches küssten sich Sara und Noah, und ich musste mich beherrschen, um es ihnen nicht gleichzutun.

Jonas' Augen verengten sich. An seinem Blick konnte ich ablesen, dass es ihm genauso ging. Mit Mühe wandte ich meine Konzentration wieder unserer Gastgeberin zu, die nun mit erhitzten und geröteten Wangen dasaß und etwas von »Nachtisch« und »Eis« murmelte.

~

Da alle außer mir am nächsten Tag arbeiten mussten, verabschiedeten Jonas und ich uns um kurz vor elf. Sara und Noah brachten uns noch zur Tür. Er hatte seinen Arm um Saras Taille geschlungen, sie ihren Kopf an seine Schulter gelegt. So winkten sie uns noch einmal zu, dann gingen sie zurück ins Haus und schlossen die Tür.

Auch wenn ich mich zwischendurch über Noah geärgert hatte, war es ein toller Abend gewesen. Ich mochte ihn, und ich mochte die Art, wie er Sara ansah. Als hätte er in seinem Leben noch nie etwas Wertvolleres erblickt. Umso schwerer war es für mich, zu akzeptieren, dass er ihr so viel Leid bereitete.

»Und? Was hältst du von Noah?«, fragte Jonas, als hätte er meine Gedanken gelesen. Wir blieben voreinander stehen, während der Mond die Häuser und Vorgärten um uns herum in silbernes Licht tauchte. Max machte geduldig Sitz und gähnte. Ich erzählte Jonas, was mir durch den Kopf ging.

»Die beiden gehen so liebevoll miteinander um. Die Blicke, die Noah Sara zugeworfen hat … So etwas kann man nicht spielen. Er liebt sie, davon bin ich überzeugt.« Ich stieß einen tiefen Seufzer aus. »Und jetzt?«, fragte ich und schaute auf Jonas' Mund. Diese Lippen … Schnell ließ ich meinen Blick hochwandern, was sich als noch größerer Fehler herausstellte. Denn nun hatte ich das Gefühl, in seinen Augen zu ertrinken.

»Es liegt nicht in unserer Hand, Ellie«, entgegnete

Jonas sanft. Seine Worte holten mich in die Wirklichkeit zurück.

»Wie meinst du das?«, fragte ich. »Ein neuer Mann macht keinen Sinn, das sehe ich ein. Deshalb müssen wir uns auf Noah konzentrieren. Was wäre, wenn ich mal mit seiner Frau reden würde? Wir könnten es so arrangieren, dass ich …«

»Wow, Ellie, stopp!«, unterbrach Jonas mich. Er hob eine Hand. »Es ehrt dich, dass du dich so für Sara einsetzt. Sie ist deine Freundin, und ich verstehe, dass du sie glücklich sehen willst. Das will ich auch. Doch Noah und Sara sind erwachsen. Sie müssen ihre Angelegenheiten selber regeln.«

Ich verschränkte die Arme vor meinem Oberkörper. »Wieso sagst du das? Ich dachte, wir seien Partner, die zusammen einen Plan verfolgen?« Selbst in meinen Ohren klang meine Stimme wie die einer trotzigen Dreijährigen. Es fehlte nicht viel, und ich hätte mit dem Fuß auf den Boden aufgestampft.

Ein Lächeln erhellte Jonas' Miene, und seine Züge wurden weich. »Das sind wir auch, Ellie. Und mit Freuden hätte ich mit dir nach einem netten Mann für Sara Ausschau gehalten. Doch wie es aussieht, will sie Noah, und der ist nun einmal verheiratet. Du hast ihn gerade kennengelernt. Es ist eine Frage des Wollens, nichts anderes. Wenn Noah will, wird er eine Lösung finden, um mit Sara zusammen zu sein. Wenn nicht, wird er diese Affäre fortführen, bis sie ihn vor die Tür setzt. Und daran wird nichts, was wir sagen oder tun, etwas ändern.«

Ich atmete geräuschvoll durch die Nase ein und wieder aus. Jonas Worte entbehrten nicht einer gewissen Logik, das sah ich ein, doch so schnell wollte ich mein

Vorhaben, Sara zu helfen, nicht aufgeben. Die letzten Meter bis zu Avas Haus gingen wir schweigend nebeneinanderher, während sich die Gedanken in meinem Kopf überschlugen. Wie nur konnte ich meiner Freundin helfen?

Vor der Tür verabschiedeten wir uns. »Gute Nacht, Ellie«, sagte Jonas und strich mir übers Haar. Dann ging er, und ich stand da, seltsam leer, und sah ihm nach.

22

Von: Ellie Lindemann
An: Alexander Hoven
Datum: 31. Mai 2018, 16:48 Uhr
Betreff: Ein Platz zum Atmen

Lieber Herr Hoven,
mein Name ist Ellie Lindemann, und ich wohne derzeit in Herzbach im Haus meiner Großtante Ava. Vielleicht haben Sie von ihr gehört. Ich schreibe Ihnen heute mit einer dringenden Bitte. Ava hat einen sehr guten Freund: Hermann. Er war früher Kapitän eines Containerschiffes. Seit er im Ruhestand ist, hat er das Gefühl, nicht mehr frei atmen zu können. Anders ist es nur an dem kleinen See im Wald. Deshalb möchte ich ihm diesen Ort schenken. Nicht den See natürlich, aber einen Strandkorb am Ufer. So kann er bei Sonnenaufgang dort sitzen, auf das Wasser blicken und so viel Luft in seine Lungen atmen, dass es für den restlichen Tag reicht. Ich weiß, dass der See Ihnen gehört. Erlauben Sie mir, den Strandkorb dort aufzustellen? Bitte sagen Sie Ja.
Herzliche Grüße
Ihre Ellie Lindemann

Von: Alexander Hoven
An: Ellie Lindemann
Datum: 02. Juni 2018, 06:48 Uhr
Betreff: Re: Ein Platz zum Atmen

Liebe Ellie Lindemann,
ja, Sie dürfen einen Strandkorb am Ufer aufstellen. Nicht nur, weil Sie keine andere Antwort akzeptieren, wie ich ahne (»Bitte sagen Sie Ja«), sondern auch, weil mir die Idee gefällt. Jeder sollte einen Platz haben, an dem er frei atmen kann, und wenn Hermanns Platz dieser See ist, dann soll er ihn bekommen. Und ja, ich kenne Ihre Großtante, ich bin schließlich in Herzbach aufgewachsen. Hat Sie Ihnen jemals die Geschichte von den Eiern erzählt?
Herzliche Grüße
Ihr Alexander Hoven

Von: Ellie Lindemann
An: Alexander Hoven
Datum: 02. Juni 2018, 08:01 Uhr
Betreff: Re: Re: Ein Platz zum Atmen

Lieber Herr Hoven,
haben Sie vielen Dank, ich freue mich riesig! Natürlich hätten Sie auch Nein sagen können, nur hätte ich Sie dann auf dem Sommerfest des Seniorenstifts belagern müssen, und das wäre mir sehr unangenehm gewesen. Ich muss zugeben, dass Sie mich neugierig gemacht haben. Seit ich denken kann, erzählt sich meine Familie die Geschichte, wie meine Großtante Eier an die Haustür

des Direktors der Grundschule geworfen hat. Sagen Sie bloß, Sie waren dabei?
Herzliche Grüße
Ihre Ellie Lindemann

Von: Alexander Hoven
An: Ellie Lindemann
Datum: 02. Juni 2018, 14:19 Uhr
Betreff: Re: Re: Re: Ein Platz zum Atmen

Liebe Ellie Lindemann,
fragen Sie Ihre Großtante.
Herzliche Grüße
Ihr Alexander Hoven

Von: Ellie Lindemann
An: Alexander Hoven
Datum: 04. Juni 2018, 9:56 Uhr
Betreff: Re: Re: Re: Re: Ein Platz zum Atmen

Lieber Herr Hoven,
im Anhang schicke ich Ihnen die Fotos meiner Strandkorb-Favoriten.
Welcher gefällt Ihnen am besten?
Herzliche Grüße
Ihre Ellie Lindemann

Von: Ellie Lindemann
An: Alexander Hoven
Datum: 08. Juni 2018, 17:03 Uhr
Betreff: Re: Re: Re: Re: Fdw: Ein Platz zum Atmen

Lieber Herr Hoven,
Sie erleben mich sprachlos! Sie sollten nur sagen, welcher Ihnen am besten gefällt. Damit meinte ich nicht, dass Sie ihn kaufen sollen! Stellen Sie sich meine Überraschung vor, als die Speditionsfirma heute Mittag bei mir klingelte. Wie haben Sie das überhaupt so schnell geschafft? Jedenfalls steht der Strandkorb nun am Ufer des kleinen Sees und macht sich hervorragend dort. Ich hänge ein Bild an, damit Sie sich überzeugen können. Morgen früh locke ich Hermann unter einem Vorwand hin. Ich kann es nicht erwarten, sein Gesicht zu sehen.
Herzliche Grüße und noch einmal besten Dank
Ihre Ellie Lindemann

23

»Könnt ihr mir das Gefieder des seltenen Vogels beschreiben?«, fragte Hermann, nachdem Jonas und ich in Joggingkleidung bei ihm geklingelt und ihm von unserer »Entdeckung« während des Laufens berichtet hatten. Es war erst sieben Uhr an diesem Samstagmorgen, und auch wenn in den Häusern ringsherum schon vereinzelt Licht brannte, war noch niemand unterwegs. Doch Hermann war Frühaufsteher, wie Jonas mir gestern Abend versichert hatte, als ich ihn in meine Pläne einweihte.

Jetzt lehnte der alte Mann in seiner Haustür und sah uns mit einer Mischung aus Erstaunen und Neugier an.

»Es war … bunt«, versuchte ich mich an das Bild zu erinnern, das ich gestern Abend unter dem Stichwort *Seltene Vogelarten in Deutschland* im Internet gefunden hatte. »Der Bauch war türkis, der Rücken rötlich braun, und unter dem Kinn war der Vogel gelb. Und die Augen sahen aus, als hätte er zu viel Kajal aufgetragen.«

Hermann runzelte die Stirn. »Das hört sich nach einem Bienenfresser an. Sie galten in Deutschland lange Zeit als ausgestorben, doch seit ein paar Jahren gibt es sie wieder. Allerdings nicht hier in der Gegend.«

Ich zuckte mit den Schultern. »Komm, Hermann, wir zeigen dir die Stelle. Wenn wir uns beeilen, ist er vielleicht noch da.«

Hermann warf einen Blick über seine Schulter. In seiner Miene spiegelten sich widerstreitende Gefühle. Er brannte darauf, mit uns zum See zu kommen, so viel war deutlich, doch irgendetwas hielt ihn zurück. Schließlich siegte das Verlangen, sich mit eigenen Augen zu überzeugen, ob es diesen Vogel tatsächlich in Herzbach gab. »Also gut, ich ziehe mir schnell einen Pullover über und hole meine Jacke. So früh am Morgen ist es doch noch ziemlich frisch.«

Wie auf Kommando fröstelte ich. »Hast du etwas dagegen, wenn wir drinnen auf dich warten?«

Hermann zögerte. Wieder warf er einen Blick über seine Schulter. Ob er Besuch hatte? Aber um diese Uhrzeit? Oder hatte er vergessen aufzuräumen? Ich wollte ihm gerade versichern, dass mich Unordnung nicht störte, als er uns hereinbat.

Der Flur war schmal und bis auf eine Garderobe, an der mehrere Jacken hingen, unmöbliert. »Ich bin gleich wieder da«, teilte Hermann uns mit und verschwand Richtung Treppe.

Jonas und ich sahen uns an. »Ich habe Durst«, meinte ich.

»Hermann?«, rief Jonas laut. »Ist es in Ordnung, wenn ich Ellie ein Glas Wasser einschenke?«

Als keine Antwort kam, zuckte Jonas mit den Schultern und öffnete eine Tür, hinter der ich die Küche vermutete. Plötzlich blieb er so abrupt stehen, dass ich beinahe in ihn hineingelaufen wäre.

»Was ist denn?« Ich drückte mich an ihm vorbei in den

Raum und verstummte, als mein Blick auf den Küchentisch fiel.

»Mein Gott«, murmelte Jonas und fuhr sich mit der Hand über den Mund.

Von der Tischplatte war nichts zu sehen, denn sie war bedeckt mit einer Vielzahl von Fotos. Sie lagen überall, einzeln oder in kleinen Stößen, kreuz und quer übereinander. Als hätte sie jemand körbeweise ausgeschüttet. Die Motive waren immer die gleichen. Ich sah Meer und Himmel, die miteinander verschmolzen, schaumgekrönte Wellen, atemberaubende Sonnenaufgänge, ein stürmisches Grau und Möwen mit aufgerissenen Schnäbeln.

Auf den Stühlen und dem Boden lagerten dicke Alben. Teilweise waren sie aufgeschlagen. Klebereste auf den Seiten verrieten, dass die Fotos herausgerissen worden waren. Mit Mühe wandte ich meinen Blick ab und ließ ihn durch den Raum wandern, zu den Regalen mit den Buddelschiffen. Es waren perfekte Miniaturmodelle, eingeschlossen hinter Glas. Es mussten Dutzende sein.

Ich schluckte schwer. Jonas nahm meine Hand und hielt sie fest. Ein paar Sekunden verharrten wir so. Dann gingen wir schweigend aus dem Zimmer und schlossen leise die Tür hinter uns. So fand Hermann uns, als er die Treppe herunterkam. Er trug Wanderschuhe, dunkelblaue Cordhosen und dazu einen grauen Wollpulli mit Reißverschluss am Kragen. »Wir können los«, sagte er und griff im Gehen nach seiner Jacke, die an der Garderobe hing.

Jonas und ich wechselten einen schnellen Blick, bevor wir uns ihm zuwandten. Jonas' Lächeln wirkte bemüht, als er »Auf geht's!« rief, und ich vermutete, dass es um meines nicht besser bestellt war.

An der alten Mühle überquerten wir die Stever und betraten den Wald. Bald wurde der Weg so eng, dass Hermann und Jonas vorneweg gingen. Mir war es recht, denn so fiel es mir leichter, Ordnung in das Chaos meiner Gedanken bringen. Die herausgerissenen Fotos in Hermanns Küche hatten mich schockiert. Offensichtlich hatte er sie sich angesehen, als Jonas und ich unerwartet bei ihm aufgetaucht waren. Das erklärte auch sein Zögern, uns hineinzubitten. Er war »rückfällig« geworden und schämte sich dafür. Ob er die ganze Nacht dort verbracht hatte? Zwischen all den Erinnerungen?

Ich betrachtete ihn von hinten. Seinen Rücken, seinen aufrechten Gang, das schlohweiße Haar. Auf einmal kam es mir lächerlich vor, seinem Heimweh mit einem Strandkorb begegnen zu wollen. Als würden wir versuchen, eine Feuersbrunst mit einer Wasserpistole zu löschen. Doch nun waren wir schon fast da.

Vor uns erschien die bewachsene Anhöhe, hinter der sich der See auftat. Anders als beim letzten Mal zeigten sich Schleierwolken am Himmel, und es wehte eine leichte Brise. In dem Moment, in dem wir den Strand betraten, brach die Sonne durch die Wolken und badete den See in pures Gold. Wellen plätscherten an das Ufer und malten Muster in den Sand. Ein paar Meter davor stand der Strandkorb und fügte sich harmonisch in das Bild ein. Er war aus dunkelgrauem Geflecht und Lärchenholz gearbeitet und besaß dicke graue Polster, die so gemütlich wirkten, dass man sich am liebsten auf der Stelle hineinsetzen und nicht mehr aufstehen wollte.

»Was, um alles in der Welt …?« Hermann sprach seinen Satz nicht zu Ende. Langsam, beinahe zögerlich, ging er auf den Strandkorb zu. Jonas und ich folgten ihm. Am oberen Rahmen war eine silberne Plakette angebracht, auf der *Hermanns Höhe* stand. Das liebevolle Detail hatte sich Alexander Hoven ausgedacht.

Hermanns Gesicht spiegelte Fassungslosigkeit. Mit den Fingern fuhr er über die eingravierte Inschrift. Er sah von Jonas zu mir, öffnete den Mund und schloss ihn wieder. Dann setzte er sich in den Strandkorb. Ganz vorsichtig, als könnte er ihn durch sein Gewicht zerstören.

Ich fühlte Gänsehaut am ganzen Körper. Vielleicht war unsere Idee doch nicht lächerlich. Jonas stand neben mir, sein Kiefer war angespannt. Er ließ Hermann nicht aus den Augen.

Der alte Mann ließ sich in die Polster sinken und legte die Füße hoch. Sein Blick war auf den See gerichtet. Ein paar Sekunden lang war nur das Geräusch der Wellen zu hören. Selbst die Vögel waren verstummt. Dann hob sich Hermanns Brust. Er sog Luft in seine Lungen, hielt sie an und ließ sie durch den Mund wieder entweichen. Das wiederholte er ein paarmal, und mit jedem Zug wurde seine Miene ruhiger. Schließlich lächelte er. Es war ein stilles Lächeln, das keine Worte brauchte, und ich spürte, wie mir die Tränen kamen.

Hermann hatte noch bleiben wollen, und so machten sich Jonas und ich eine halbe Stunde später alleine auf den Rückweg. Wir hatten ihm erzählt, woher der Strandkorb stammte, und Hermann hatte die Information mit Staunen zur Kenntnis genommen. Er freute sich über das Geschenk, wie man sich über einen unverhofften Lottogewinn freuen mochte, und nahm es mit Dankbarkeit entgegen, ohne es zu hinterfragen. Erst da war mir in den Sinn gekommen, dass er es auch hätte ablehnen können. Schließlich war es ein sehr teures Geschenk.

In stillem Einverständnis verloren Jonas und ich kein Wort über die Entdeckung, die wir in Hermanns Küche gemacht hatten. Morgen fand die nächste Tafelrunde statt. Wenn er davon erzählen wollte, dann würde er es dort tun.

»Und?«, fragte Jonas mich, als wir die Mühle erreicht hatten, »was machen wir jetzt mit dem angebrochenen Tag?«

Mir kam eine Idee. »Was hältst du davon, wenn wir nach Münster fahren? Ich habe Lust zu bummeln. Außerdem war ich ewig nicht mehr dort. Und danach machen wir einen Abstecher in den Supermarkt. Den Einkaufszettel für die Tafelrunde habe ich schon geschrieben.«

24

Meine Großmutter hat mich gebeten, auf dem Sommerfest des Seniorenstifts Klavier zu spielen. Sie sagte, es würde ihr unendlich viel bedeuten. Also tue ich es ihr zuliebe. Doch seitdem bekomme ich keinen Bissen mehr herunter.« Unglücklich blickte Greta auf ihren Teller. Die Quiche, die ich zur Tafelrunde serviert hatte, war längst kalt geworden. Sie nahm ihre Gabel und stocherte darin herum. Schließlich zwang sie sich, einen Bissen zu essen, legte die Gabel beiseite und ließ die Schultern hängen. »Ich habe solche Angst, vor all diesen Menschen zu spielen. Das schaffe ich niemals.«

Zu meiner Verwunderung war es Irene, die als Erste das Wort ergriff. »Wovor hast du am meisten Angst?«, erkundigte sie sich mit ehrlichem Interesse.

Greta ließ sich Zeit mit ihrer Antwort. Ich konnte sehen, wie es hinter ihrer Stirn arbeitete. Das arme Mädchen schien so viele Ängste zu haben, dass sie sich kaum sortieren ließen. Ich stellte mir ihre Befürchtungen wie Comicfiguren vor, jede mit einem großen Namensschild in der Hand, die einander zu überholen versuchten und sich dabei gegenseitig auf die Füße traten.

Irene legte ihre Hände in den Schoß. »Ich frage anders«, sagte sie. »Was ist das Schlimmste, was passieren könnte?«

Greta fixierte einen Punkt an der Wand. »Dass mir auf der Bühne schlecht wird und ich ohnmächtig werde.«

Irene runzelte ungläubig die Stirn. »*Das* ist das Schlimmste?«, fragte sie. »Hast du denn gar keine Fantasie, mein liebes Kind?«

Hermann stieß sie leicht in die Seite. »Du bist nicht gerade hilfreich«, raunte er ihr zu.

Irene zuckte ertappt zusammen und nickte traurig. »Das bin ich nie.« Die Situation war so absurd, dass ich mir ein Lächeln verkneifen musste. Irene war die unangefochtene Meisterin im Schwarzsehen und drauf und dran gewesen, mit einem Dutzend Szenarien aufzuwarten, gegen die sich Gretas Sorgen wie Albernheiten ausgenommen hätten. Doch ich gab Hermann recht. Dem Mädchen aufzuzeigen, was alles noch Schlimmeres passieren konnte, kam auch mir nicht zielführend vor. Dennoch fand ich den Ansatz hinter Irenes Fragen richtig. Wenn Greta es schaffte, ihre Ängste zu artikulieren, dann konnte sie dagegen angehen.

»Warum glaubst du, dass dir schlecht werden könnte?«, hakte ich nach.

Gretas schluckte mehrmals. »Da ist dieses Bild in meinem Kopf. Ich sitze am Klavier, und die Noten vor meinen Augen verschwimmen. Mein Gedächtnis ist wie leer gefegt. Ich erinnere mich an keinen Ton. Dann fällt mein Blick auf die vielen Menschen vor mir, und nackte Panik steigt in mir auf. Mir wird schwindelig, alles dreht sich. Mein Blickfeld verengt sich, und vor meinen Augen beginnen schwarze Punkte zu tanzen. Plötzlich wird mir so schlecht, dass ich glaube, mich übergeben zu müssen. Stattdessen werde ich ohnmächtig. Ich kippe von meinem Stuhl und falle auf den Boden.« Die Pein auf ihren Zügen verriet, dass sie die beschriebenen Reaktionen ihres Körpers nur zu gut kannte. Sie begann wieder in ihrem Essen zu stochern, und ich betrachtete sie nachdenklich.

Nach meiner Einschätzung gab es nur einen Weg. Sie musste üben, üben und nochmals üben. Das Stück musste ihr so in Fleisch und Blut übergehen, dass ihre Finger auch dann die richtigen Tasten fanden, wenn ihr Gehirn zu keinem klaren Gedanken mehr fähig war. Klavier spielen im Autopiloten. So hatte ich auch meinen ersten Pitch vorbereitet. Ich hatte mich in meinem Schlafzimmer vor den Spiegel gestellt und meinen Text immer und immer wieder aufgesagt, bis ich ihn auswendig konnte. Wäre ich nachts um drei Uhr geweckt worden, hätte ich, ohne zu zögern, alles aufsagen können. Heute musste ich das nicht mehr. Natürlich bereitete ich mich immer noch gewissenhaft vor, doch mittlerweile besaß ich so viel Erfahrung und Routine, dass ich entspannt war und Raum für Improvisation lassen konnte. Doch an diesem Punkt war Greta noch lange nicht. Sie musste spielen, bis ihr das Stück aus den Ohren wieder herauskam. Erst für sich alleine, und wenn das Lied saß, vor uns, der Tafelrunde, damit sie sich daran gewöhnen konnte, vor anderen Menschen zu spielen. Bis zum Sommerfest war es noch ein Monat. Das würden wir schaffen.

»Greta«, sagte ich und wandte mich ihr zu. »Ich verspreche dir, du wirst deinen Auftritt meistern. Wir helfen dir.« Ich erklärte ihr, was ich mir überlegt hatte.

Schließlich hob sie den Kopf und sah mich an. Ihr

Blick flackerte, und ihr Atem ging schnell und flach. Für eine Sekunde überkam mich die Angst, sie könnte hier und jetzt ohnmächtig werden.

Stattdessen hob sie das Kinn und flüsterte: »Okay.«

Eine Welle der Erleichterung durchspülte mich, und ich spürte, wie sich ein Lächeln auf meinem Gesicht ausbreitete. »Okay«, wiederholte ich und erhob mich. »Zeit für den Nachtisch.«

Bei Schokoladentörtchen mit Vanilleeis setzten wir unsere Gesprächsrunde fort. Irenes neue Waschmaschine war mit einem Defekt angeliefert worden und musste umgetauscht werden, solange wusch sie nun bei Hermann. Ich hatte mich schon gefragt, ob es am Licht lag oder ob sein weißes Hemd einen Rosastich hatte, und wie Irene nun eingestand, war Letzteres tatsächlich der Fall. Sie hatte weiße Wäsche gewaschen und dabei zwei seiner Hemden dazugetan, weil die Trommel noch nicht voll war. »Ich weiß nicht, wie das passieren konnte«, sagte sie bekümmert, »doch irgendwie ist ein rosa Söckchen dazwischengeraten.«

Hermann strich sich über sein Hemd. »Also, mir gefällt es. Ich kann Farbe tragen«, sagte er und brachte uns damit zum Lachen. Als Hermann von seinen letzten vierzehn Tagen erzählte, wurde die Stimmung wieder ernst. Er berichtete, dass ein Kapitänskollege von früher angerufen habe, um ihm mitzuteilen, dass Hermanns altes Schiff, auf dem er jahrelang gefahren war, zum Abwracken nach Indien verkauft worden sei. »Danach hat etwas in mir ausgesetzt. Es fühlte sich wie Verrat an. Das Schiff hatte all die Zeit gute Dienste geleistet, und nun wurde es ausrangiert und durch ein neues ersetzt. Genau wie ich.

Noch in derselben Nacht habe ich meine Alben genommen und vor Kummer und Wut sämtliche Fotos herausgerissen. Nur um sie mir dann stundenlang anzusehen. Das habe ich getan, bis diese beiden da in aller Frühe geklingelt haben.« Er wies auf Jonas und mich und schüttelte den Kopf, als könne er immer noch nicht glauben, was sich danach ereignet hatte. »Sie haben mir etwas von einem Bienenfresser erzählt und mich damit an den See gelockt. Doch was ich stattdessen fand, war …« Er rang um Worte, und in seinen Augen glitzerte es verdächtig. »Ich habe jetzt meinen Platz, an dem ich atmen kann. *Hermanns Höhe* heißt er. Ein Strandkorb am See. Es fühlt sich nach Heimat an.« Hermann streckte seine Hände über den Tisch nach uns Jonas und meiner aus, und wir ergriffen sie. Sie war warm und schwielig. Einen Moment lang saßen wir so da.

Du hast recht, dachte ich, es fühlt sich nach Heimat an. Hier mit den beiden Männern am Tisch zu sitzen, ihre Hände zu halten und dabei gemeinsam Hermanns Freude zu genießen. Und dann grinste ich wie ein Honigkuchenpferd und konnte gar nicht mehr aufhören.

»Dann mach ich mal weiter«, meinte Sara nach einer kurzen Weile. Sie erzählte den anderen von unserem Treffen mit Noah. »Dieser Abend hat etwas in mir verändert«, bekannte sie. »Noah und ich haben mit Freunden zusammengegessen, als wären wir ein richtiges Paar. Es war wunderschön. Für ein paar Stunden hatten wir so etwas wie ein gemeinsames Leben. Als er sich später von mir verabschiedet hat, um nach Hause zu seiner Frau zu fahren, hatte ich plötzlich diesen Gedanken in meinem Kopf: *Ich kann so nicht weitermachen. Ich will ihn ganz oder gar nicht*. Er verfolgte mich die ganze Nacht und den darauffolgenden Tag, und er tut es bis heute. *Ich kann so nicht weitermachen.* Einen Abend lang durfte ich spüren, wie es sich anfühlt, mit Noah zu leben. Und das ist es, was ich will. Für eine Affäre stehe ich nicht mehr zur Verfügung, und das habe ich ihm auch am nächsten Tag gesagt.« Saras Blick war fest, ihre Stimme klar. Sie hatte sich entschieden, und ich war unglaublich stolz auf sie.

»Wie hat Noah reagiert?«, erkundigte sich Jonas. Sara verschränkte die Arme vor ihrem Oberkörper. »Er leidet. Er will mich nicht aufgeben, doch er hat nicht den Mut, den nächsten Schritt zu gehen. Also sehen wir uns nicht mehr.« Ihr Kiefer wurde hart. »Offensichtlich reichte ihm das, was wir hatten. Nur habe auch ich Bedürfnisse, und die habe ich viel zu lange unterdrückt. All die Monate bin ich wie ein Kaninchen hinter der Möhre hergehoppelt, die mir Noah vor die Nase gehalten hat.« Sie machte eine Handbewegung, die alle, die am Tisch saßen, einschloss. »Ab sofort umgebe ich mich nur noch mit Menschen, denen ich *wirklich* wichtig bin.« Ihre grünen Augen blitzten, und mir kam in den Sinn, dass sie nie schöner ausgesehen hatte als in diesem Moment.

»Das ist unser Mädchen«, sagte Hermann zufrieden und klopfte ihr bekräftigend auf die Schulter, und wir anderen nickten voller Zustimmung.

Jonas schlug vor, Kaffee zu servieren, bevor wir mit den letzten Berichten starteten. Ich fragte in die Runde, wer einen trinken wolle, und zu zweit begaben wir uns die Küche.

»Seit du dabei bist, ist Bewegung in die Runde gekommen«, stellte Jonas fest, als er den Tank der Kaffeemaschine unter den Wasserhahn hielt. »Hermann hat ein Stück Heimat gefunden, Sara befreit sich aus dem Korsett, das Noah ihr angelegt hat, und Greta hat zugestimmt, ihrer Schüchternheit die Stirn zu bieten und sich auf das Sommerfest vorzubereiten, anstatt passiv abzuwarten, dass die Katastrophe über sie hereinbricht.« Er hakte den Tank zurück in die Maschine und sah mich an. »Und ganz nebenbei hast du dafür gesorgt, dass ich mich wieder gerne unterhalte. Du bist ganz schön toll, weißt du das?«

Ich freute mich so sehr über seine Worte, dass ich rot wurde. »Du bist auch toll«, erwiderte ich verlegen. Ich nahm Tassen aus dem Schrank und stellte sie auf die Arbeitsplatte.

Jonas lehnte sich mit dem Rücken dagegen und legte mir eine Hand auf den Arm. Sofort jagte ein vertrauter Schauer meine Wirbelsäule entlang. »Ich meine das ernst, Ellie«, sagte er. »Du hast eine Gabe. Du besitzt Empathie, aber es ist weit mehr als das, du hast ein Gespür für das, was die Menschen um dich herum bewegt, und du weißt genau, welche Knöpfe du drücken musst, damit sie sich ihren Ängsten stellen.« Er legte den Kopf schief. »Du bist hier in Herzbach, um herauszufinden, was dich glücklich macht und wie du leben möchtest. Ich glaube, eine Antwort darauf liegt bereits auf der Hand. Mach deine Gabe zum Beruf.«

»Du meinst, als eine Art Coach?«, fragte ich erstaunt.

»Zum Beispiel.« Jonas zog einen Filter aus der Packung, die neben der Kaffeemaschine stand, und legte ihn ein. »Oder auch in deiner alten Firma. Viele Unternehmensberatungen bieten Pro-Bono-Beratung an. Das heißt, sie unterstützen gemeinnützige Organisationen oder soziale Projekte, die sich keine professionelle Hilfe leisten können. Denk drüber nach«, meinte er, während er das schwarze Pulver hineinlöffelte. »Vielleicht kannst du was daraus machen.«

»Das werde ich«, versicherte ich ihm. Die Idee gefiel mir. Vom Beruf zur Berufung … das gelang den wenigsten. Mir kam ein Spruch in den Sinn, den ich irgendwo aufgeschnappt hatte: *Wähle einen Beruf, der dir Spaß macht, und du musst keinen Tag in deinem Leben mehr arbeiten.* Mein Job als Unternehmensberaterin machte mir Spaß – wenn man von den wenigen Wochen, die meiner Auszeit vorangegangen waren, absah. Doch meine Kunden waren große Industrieunternehmen und Banken. Gemeinsam mit meinem Team hatte ich Prozesse neu strukturiert, um die Abläufe schlanker und kostengünstiger zu gestalten. Wie viel befriedigender musste es sein, seine Arbeitszeit darauf zu verwenden, das Leben von Menschen zu bereichern? Aber würden die Partner bei *Aufhäuser & Stark* das genauso sehen? Darüber musste ich nachdenken. Wie gut, dass Jonas mich darauf gebracht hatte. Tatsächlich fiel es mir leicht, Lösungen für andere zu entwickeln, doch sobald es um mich selbst ging, verließ mich meine Fantasie.

Nachdem der Kaffee durchgelaufen war und ich noch schnell einen Kakao für Greta angerührt hatte, stellten wir die Getränke auf ein Tablett und kehrten zu den anderen zurück.

Jonas fasste sich kurz mit seinem Bericht. Er erzählte, dass er wieder Freude daran hatte, vor die Tür zu gehen. »Ellie hat mich überredet, mit ihr zum Shoppen nach Münster zu fahren, und am Ende habe ich mehr gekauft als sie.«

»Das stimmt«, grinste ich. »Du warst gar nicht mehr zu bremsen.« Wir lachten einander an. Aus den Augenwinkeln bemerkte ich, wie Hermann und Sara einen vielsagenden Blick tauschten, doch das störte mich nicht.

Schließlich war ich mit meinem Bericht an der Reihe. »Ich kann es nicht fassen, dass ich schon über einen Monat in Herzbach bin«, begann ich. »Und gleichzeitig fühlt es sich so an, als hätte ich schon immer zu euch dazugehört. Ich bin glücklich hier, das merke ich jeden Tag aufs Neue. Und dabei wird mir immer mehr bewusst, dass ich nicht mehr in mein altes Leben zurückmöchte. Ich weiß also schon mal, was ich *nicht* will, und das ist ein Anfang. Jetzt muss ich mir nur noch darüber klar werden, was mich beruflich erfüllt. Was das angeht, hat Jonas mich auf einen interessanten Gedanken gebracht.« Ich zwinkerte ihm zu. »Aber davon erzähle ich euch das nächste Mal. Ich muss meine Gedanken erst sortieren.«

Sara musterte mich neugierig. »Du sprichst nicht von einer zweiten Karriere als Yogalehrerin, oder? Herzbach ist so klein, da kann ich keine Konkurrenz gebrauchen.«

»Nicht direkt.« Lächelnd warf ich einen Blick auf meine Armbanduhr. »Wann geht heute eigentlich unsere Tanzveranstaltung los?«

Irene unterdrückte ein Stöhnen. »Und ich hatte gehofft, ihr hättet es vergessen.«

Hermann wirkte amüsiert. »Niemals. Und nur damit du es weißt, meine Liebe: Der erste Tanz mit dir gebührt mir.«

25

Das Hotel am Dorfplatz zu betreten war wie eine Reise in die Vergangenheit. Von der bemalten Holzbalkendecke über den Dielenboden, auf dem verblasste Perserteppiche lagen, bis zum gemauerten Kamin mit den zwei cognacfarbenen Ledersesseln davor verströmte die Lobby den Charme vergangener Jahrhunderte. Trotz des warmen Sommerwetters prasselte ein Feuer im Kamin, und es roch angenehm nach Tannennadeln.

»Sie geben Tannenzweige in die Flammen, damit es nach Wald duftet«, wusste Hermann zu berichten, nachdem wir uns alle pünktlich um achtzehn Uhr in der Lobby eingefunden hatten, um gemeinsam den Tanzabend zu besuchen.

Selbst Greta war mitgekommen, und sie sah bezaubernd aus. Sie trug ein leichtes Sommerkleid, über das pfirsichfarbene Schmetterlinge tanzten, und dazu glitzernde Sandalen. Irene wiederum wirkte in ihrem dunkelblauen Rock und der hochgeschlossenen Bluse wie eine Gouvernante. Ich selbst hatte mich für enge Jeans und ein ärmelloses Top aus schwarzer Seide entschieden. Dazu trug ich Pumps. Es war das erste Mal, seit ich in

Herzbach war, dass ich Schuhe mit hohen Absätzen trug, und schon jetzt trauerte ich meinen Ballerinas hinterher, die ich in meinem Zimmer unter dem Bett versteckt hatte, damit Max sie nicht aus Langeweile anknabberte.

Mit einem Blick vergewisserte sich Hermann, dass er unsere Aufmerksamkeit besaß, dann wies er uns an, ihm zum Veranstaltungsraum zu folgen.

Das Hotel war reichlich verwinkelt. Wir liefen einen Flur entlang, in dem zu beiden Seiten Landschaftsbilder an den Wänden hingen, stiegen ein paar Stufen hinauf und wieder hinab und erreichten einen weiteren Gang. Jetzt konnte es nicht mehr weit sein, denn es war bereits Musik zu hören. Der Flur machte einen Linksknick. Am Ende tat sich eine geöffnete Flügeltür auf.

»Wow!«, war alles, was mir einfiel, als wir den Veranstaltungsraum betreten hatten. Ich weiß nicht, was ich erwartet hatte. Nachdem ich die Lobby gesehen hatte, vielleicht eine Art überdimensionales Jagdzimmer mit Holzvertäfelungen und offener Feuerstelle. Stattdessen befanden wir uns in einem richtigen Ballsaal.

An der Decke funkelten Kronleuchter, und die bodenlangen Vorhänge vor den Fenstern waren aus einem schweren goldenen Stoff. Doch das Allerschönste war der prächtige Fußboden. Er bestand aus Intarsienparkett, wie man es in einem Schloss vermuten würde, nicht in einem münsterländischen Dorfhotel. Ich bewunderte die verschiedenfarbigen Einlegearbeiten, die fantasievollen, an Blätter und Ranken erinnernden Ornamente, und zog mein Handy hervor, um ein Foto davon zu machen.

»Wenn ich irgendwann heiraten sollte«, sagte Sara, »dann findet der Empfang auf jeden Fall hier statt. Das habe ich schon als Kind gedacht.«

Ein Schatten legte sich auf Irenes Gesicht, und ihre Lippen begannen zu zittern. »Hans und ich wollten unsere Hochzeit auch hier feiern.« Sie zog ein Taschentuch aus dem Bündchen ihrer Bluse und wandte sich ab, um sich zu schnäuzen.

Sara und ich tauschten einen erschrockenen Blick. *Hans* … das musste der Verlobte sein, der vor vierzig Jahren auf und davon war und sie ohne ein Wort hatte sitzen lassen.

Wenn ich Hermann richtig verstanden hatte, dann hatte sich Irene erst nach diesem Erlebnis in den Menschen verwandelt, der sie heute war. Ich fragte mich, was damals vorgefallen war. Ob Hans eine andere Frau kennengelernt hatte und mit ihr durchgebrannt war? Ich musterte Irene von der Seite. Hatte sie jemals versucht, ihn ausfindig zu machen?

»Was möchtest du trinken?«, holte mich Jonas aus meinen Gedanken. Er wies mit dem Kinn zur Bar, an der sich bereits eine Schlange gebildet hatte.

»Ich komme mit«, erwiderte ich und begleitete ihn.

Während wir anstanden, ließ ich meine Blicke durch den Saal schweifen, der von Gelächter und fröhlichem Stimmengewirr erfüllt war. Immer mehr Menschen strömten durch die Flügeltüren herein und fanden sich an den weiß eingedeckten Stehtischen zu Grüppchen zusammen. Für die älteren Semester gab es gepolsterte Stühle. An einem Ende des Raums war ein Podest aufgebaut, auf dem verschiedene Instrumente standen. Im Moment kam die Musik noch vom Band, doch später würde eine Band spielen.

»Irgendwie hatte ich mir den Herzbacher Tanzabend anders vorgestellt«, gestand ich.

Jonas schmunzelte. »Du meinst Bierbänke anstatt goldener Vorhänge und Intarsienparkett?«

Ich sah in Richtung des Büfetts, das schon aufgebaut war und nicht nur köstlich aussah, sondern auch himmlisch duftete. »Genau. Schau dir das an. Ich hatte ja keine Ahnung, wie westfälische Spezialitäten aussehen können, wenn ein ehemaliger Sternekoch sich ihrer annimmt.« Henning, der Eigentümer vom *Kiepenkerl*, war gerade dabei, den von Kopf bis Fuß in Schwarz gekleideten Servicekräften letzte Anweisungen zu erteilen. Ich war verwundert, ihn hier zu sehen. Hatte das Hotel keine eigene Küche? Ich fragte Jonas danach.

»Doch«, erwiderte er, »und die ist auch gar nicht schlecht, wenn man deftige Hausmannskost mag. Aber Hennings Name zieht. Schau nur, wie voll es bereits ist. Ich würde wetten, dass viele nur seinetwegen herkommen.«

Endlich waren wir an der Reihe, unsere Getränke zu bestellen. Jonas orderte einen frisch gepressten Orangensaft für Greta und vier Gin Tonics.

»Fünf bitte!«, rief ich dem Barkeeper zu. Er nickte und begann mit eleganten Bewegungen unsere Drinks zu mixen.

»Machen Sie sechs draus!«, ertönte eine Frauenstimme hinter uns. Ich drehte mich um und begann zu strahlen.

»Das gibt es doch nicht! Maria! Was machst du denn hier?« Wir fielen uns in die Arme.

»Ich treffe morgen früh einen Interessenten für Mamas Haus. Und da dachte ich mir, ich reise am Vorabend an, damit ich mich noch mit Sara und dir ins Nachtleben stürzen kann.«

Ich grinste über beide Ohren. Maria und ich schrieben

uns nach wie vor beinahe täglich, und so hatte ich ihr auch von unserem Tanzabend erzählt. Doch nie im Leben wäre ich darauf gekommen, sie hier anzutreffen.

»Die Überraschung ist dir gelungen. Ich freu mich riesig! Komm her.« Wir umarmten uns erneut.

»Und du bist bestimmt Jonas«, meinte Maria, nachdem wir uns voneinander gelöst hatten. »Im Moment gehört es zu meinen Lieblingsbeschäftigungen, Paaren von deiner Aktion mit der Flaschenpost zu erzählen. Die Reaktionen sind immer dieselben. Die Frauen seufzen schmachtend, und ihre Männer bedeuten mir mit hektischen Handbewegungen, ich solle bloß still sein.« Maria lachte, und wir stimmten mit ein. Es tat gut, sie wiederzusehen. Sie hatte mir gefehlt. »Komm mit uns«, sagte ich und hakte sie unter. »Unsere Gruppe steht dort drüben.«

Gemeinsam kehrten wir zu den anderen Tafelmitgliedern zurück, die in der Zwischenzeit einen Stehtisch in Beschlag genommen hatten, und verteilten die Getränke. Wie sich herausstellte, hatte unsere Gruppe Zuwachs bekommen – von Biene und Siggi, beide mit einem Bier in der Hand. Während Biene versuchte, Sara zu einem neuen Haarschnitt zu überreden, waren Hermann und Siggi in ein Gespräch über heimische Vogelarten vertieft.

Greta stand ein wenig abseits und fühlte sich sichtlich unwohl. Sie strich unablässig über ihr Kleid, als wüsste sie nicht, was sie sonst mit ihren Händen anstellen sollte. Irene schwieg ebenfalls. Ihr Blick glitt unruhig durch den Raum, und ich vermutete, dass sie mit ihren Gedanken immer noch in der Vergangenheit weilte. Nachdem Maria und Sara einander umarmt hatten, klopfte Maria auf den Stehtisch. »Ich mach das jetzt mal ganz formlos. Ich bin Maria.« Sie hob ihr Glas und prostete in die Runde.

Plötzlich entstand Unruhe am Ende des Saales, und wir reckten die Köpfe, um besser sehen zu können. Die Band betrat die Bühne. Sie bestand aus fünf jungen Männern, der jüngste nicht älter als vierzehn. Erstaunt kniff ich die Augen zusammen und beugte mich zu Jonas.

»Ist das nicht Lukas, der Sohn von Doro Westkamp?«, flüsterte ich ihm ins Ohr. Dabei stieg mir der Duft seines Shampoos in die Nase und machte mich für einen Moment benommen.

»Ja«, flüsterte Jonas zurück.

Der Junge mit dem verwuschelten hellblonden Haar setzte sich ans Klavier und stellte das Mikrofon auf seine Höhe ein. Aus den Augenwinkeln nahm ich eine Bewegung wahr. Greta hatte ihren Platz abseits der Gruppe aufgegeben und war ein Stück nach vorne getreten. Ihre Augen waren auf die Bühne gerichtet. In diesem Moment hob Lukas den Kopf. Sein Blick wanderte durch das Publikum, bis er Greta entdeckt hatte. Ein Lächeln blitzte in seinem Gesicht auf, das so schnell wieder verschwand, dass ich mich fragte, ob ich es mir nur eingebildet hatte.

»Ich habe es auch gesehen«, sagte Jonas leise.

»Kannst du Gedanken lesen?«, neckte ich ihn.

»Ich habe es dir angesehen.« Er tippte mir auf die Nasenspitze. »Und zwar genau hier.«

Schmunzelnd griff ich nach seiner Hand, um sie wegzuziehen, doch als sich unsere Finger berührten, machte mein Herz einen Satz, und plötzlich wollte ich nur noch eines: seine Hand festhalten und nie mehr loslassen.

Jonas schien es ebenso zu gehen. Er nahm unsere ineinander verschränkten Finger, führte sie an seine Lippen und drückte einen hauchzarten Kuss auf meinen Handrücken.

Wilde Zärtlichkeit für diesen Mann durchströmte mich, und in diesem Moment gestand ich mir ein, was ich die ganze Zeit versucht hatte zu verdrängen: Ich liebte Jonas. Er weckte Gefühle in mir, die ich vorher nicht gekannt hatte. Herzklopfen, Atemnot, Erröten, Bauchflattern, Schwindel … das ganze Programm. Er brachte mich zum Lachen, und ich liebte es, mit ihm zu reden, ihm zuzuhören, mit ihm zu essen oder ihm beim Essen zuzuschauen. Selbst wenn er sich eine Handvoll Erdnussflips in den Mund steckte. Ich liebte es, mit ihm spazieren zu gehen und Pläne für die Tafelrunde zu schmieden. Ich liebte seine Klugheit, seine Art zu diskutieren und seine Besonnenheit. Ich wollte mit ihm zusammen sein. Ihn neben mir spüren, egal wo ich war, und meine Arme um ihn schlingen, sobald ich morgens erwachte. Er füllte meine Gedanken, wo immer ich war.

Wir sahen uns in die Augen, und kleine Schauer jagten meinen Rücken hinunter. Dieses Gefühl in meinem Bauch … nie wieder wollte ich darauf verzichten. Mein Leben war vollständig mit Jonas darin, das begriff ich nun endlich, und ein seliges Lächeln breitete sich auf meinem Gesicht aus.

Von der Bühne erklang Musik. Die Band spielte eine langsame Version von *Far Away* von Nickelback. Ich legte wie selbstverständlich meinen Kopf an Jonas Schulter, seine Arme schlossen sich um mich, und wir begannen langsam zu tanzen. Sein Herz raste, und mir erging es genauso. Ich hob den Kopf und schaute ihm in die Augen. Behutsam nahm Jonas mein Gesicht in seine Hände. Seine Lippen strichen über meine. Und so standen wir da, in der Mitte der Tanzfläche, und küssten uns mit einer Intensität, die mich alles um mich herum vergessen ließ.

Ich kam erst wieder zu mir, als die Band ein schnelles, lautes Stück anspielte, das von den Jüngeren mit Begeisterungsrufen aufgenommen wurde. Sie stürmten auf die Tanzfläche und begannen, in einer wilden Choreografie hin und her zu springen.

»Lass uns gehen«, flüsterte Jonas in mein Ohr. Wir verabschiedeten uns bei niemandem, doch ich war mir sicher, dass unsere Freunde Nachsicht mit uns haben würden. Hand in Hand verließen wir das Hotel und traten auf den Dorfplatz. Im silbernen Mondschein wirkte er noch romantischer als bei Tag. In mir sprudelte eine Freude und Leichtigkeit, und ich konnte nicht aufhören zu lächeln. Unter dem Maibaum blieben wir erneut stehen, um uns zu küssen.

»Ich möchte mit dir zum See«, sagte Jonas. Sein Mund war nur Millimeter von meinem entfernt. Als ich nickte, zog er seine Jacke aus und legte sie mir um die Schultern.

Mein Blick fiel auf meine Pumps. »Ich fürchte, wir müssen vorher einen kurzen Abstecher machen.«

~

Bei Mondlicht im Wald spazieren zu gehen war ein ganz besonderes Erlebnis. Ich war den Weg schon Dutzende Male gelaufen, doch um diese Uhrzeit wirkte die Umgebung fremd und geheimnisvoll. Schwarze Schatten huschten über Baumstämme, Sträucher und Wurzeln und ließen die Konturen verschwimmen. Im Unterholz raschelte es, und ganz in der Nähe schrie ein Käuzchen. Meine Hand lag warm und fest in Jonas' Hand, und ich fühlte mich geborgen. Ich konnte gut auf mich selbst aufpassen, und das war es auch, was ich meinem Umfeld signalisierte. Doch jetzt, in diesem Moment, genoss ich das Gefühl, mich fallen lassen zu können. Während wir gingen, ließen wir unsere gemeinsamen Momente Revue passieren, wie nur Verliebte es zustande brachten.

»Damals im Garten war mein erster Gedanke, dass du mich an Ryan Reynolds erinnerst«, kicherte ich.

»Wer ist Ryan Reynolds?«, wollte Jonas wissen, nur um dann schmunzelnd zuzugeben, dass er den Vergleich schon öfter gehört hatte. »Ich war von der ersten Sekunde an hin und weg von dir«, gestand er mir etwas verschämt. »Ava hat mir von deinem Sabbatical erzählt, und wenn ich dabei überhaupt etwas gedacht habe, dann, dass du eine gestresste Großstädterin kurz vor dem Burn-out bist.« Er strich zärtlich mit dem Daumen über meine Hand. »Und dann habe ich dich das erste Mal gesehen. Du hast dich zu mir umgedreht und mich angefunkelt, und alles, was mir durch den Kopf ging, war *Hoppla.*«

»Hoppla?«, grinste ich. Das Wort hatte ich ewig nicht mehr gehört.

»Das war symbolisch gemeint. In Wahrheit war mein Gehirn wie leer gefegt. Ich habe einfach nur dagestanden und dich angeschaut. Mit einem ganz merkwürdigen Gefühl in der Brust, so als ahnte ich, dass gerade etwas Bedeutsames passierte.« Er stockte und schüttelte den Kopf. »Ich habe dich gefragt, ob du Erfahrung mit Hunden hättest, und du hast *Nicht die geringste* geantwortet. Trotzdem hast du keine Sekunde gezögert, Max bei dir aufzunehmen. Und das, obwohl ich dich überfallen hatte. Ich glaube, das war der Moment, in dem ich mich in dich verliebt habe.« Er zog mich an sich und küsste mich sanft auf die Lippen. »Als du meintest, von Kindern hättest du genauso wenig Ahnung, dachte ich: Wenn ich Glück habe, ist sie ungebunden. Der Gedanke kam so unerwartet und löste so heftige Gefühle in mir aus, dass ich mir nicht mehr anders zu helfen wusste, als schleunigst den Rückzug anzutreten.« Sein Gesicht verzog sich zu einer Grimasse. »Zu Hause habe ich mit der Stirn gegen den Kühlschrank geschlagen und mich dabei laut als Idiot beschimpft.«

»Hast du nicht«, entgegnete ich lachend.

»Doch. Wäre ich mutiger gewesen, hätte ich vielleicht den Tag mit dir verbringen können. Ich hätte dir alles Mögliche über Hunde erzählt, dir die besten Spazierwege gezeigt und dir die Mitglieder der Tafelrunde vorgestellt. Stattdessen habe ich den restlichen Tag am Schreibtisch gesessen und versucht, mich auf die Arbeit an meinem Buch zu konzentrieren, was natürlich nicht funktioniert hat. Da habe ich begriffen, dass Reden hilft …«

Reden hilft … Wie recht Jonas damit doch hatte. Ich blieb unvermittelt stehen. »Ich muss dir noch etwas sagen.« Ich hatte es lange hinausgeschoben, doch nun ging es nicht mehr. Jonas musste von Martin erfahren. Er hatte ein Recht darauf. Schnell begann ich zu sprechen, bevor ich es mir wieder anders überlegen konnte. »Du hast gerade gesagt: *Wenn ich Glück habe, ist sie ungebunden.*« Ich schluckte, weil meine Kehle plötzlich eng war. »Ich habe einen Freund, Jonas. Martin und ich wohnen nicht zusammen, und ich bin schon lange nicht mehr glücklich mit ihm. Vielleicht war ich das auch nie. Bevor ich nach Herzbach kam, habe ich ihm gesagt, dass ich eine Beziehungspause will. Und dann habe ich dich getroffen. Unser Kuss im Wald hat mich vollkommen durcheinandergebracht. So etwas hatte ich noch nie erlebt. Ich musste ständig an dich denken. Aber ich wollte meine Gefühle nicht wahrhaben. Ich hatte einen Freund. Und ich war nach Herzbach gekommen, um mir bewusst zu machen, was ich von meinem Leben erwartete. Wie sollte ich zu einem Ergebnis kommen, wenn meine Gefühle verrücktspielten? Ich habe mich dagegen gewehrt, doch es hat nichts genützt. Und dann haben wir uns auf Avas Terrasse ein zweites Mal geküsst, und wieder hat es mir den Boden unter den Füßen weggezogen.« Ich hielt inne und sah ihn an.

In Jonas Gesicht arbeitete es. Widerstreitende Gefühle spiegelten sich darin. »Mir auch«, sagte er schließlich leise. »Du warst ständig in meinem Kopf. Ich bin fast verrückt geworden. Als du mir erklärt hast, dass du dich zu mir hingezogen fühlst, hätte ich vor Glück sterben können. Deshalb fand ich es auch nicht schlimm, dass du dich zunächst auf dein Vorhaben konzentrieren wolltest. Ich dachte: Was sind schon ein paar Wochen, in denen ich dich nicht küssen darf, wenn ich danach ein ganzes Leben dafür Zeit habe?«

Ein paar Sekunden lang war ich sprachlos. »Das hast du gedacht?«, brachte ich schließlich hervor.

Er schwieg und schien nach Worten zu suchen. Dann sagte er schlicht: »Ja.« Er schluckte. »Was ist mit deinem Freund?«

Ich berührte seine Wange. »Es ist vorbei. Gleich morgen werde ich ihn anrufen. Du bist es, mit dem ich zusammen sein will. Für jetzt und immer.«

Jonas sah mir ernst in die Augen. »Ich dachte immer, ich hätte Grace geliebt. Doch erst als ich dich kennengelernt habe, wurde mir bewusst, was Liebe wirklich bedeutet. Das, was ich für dich empfinde, ist so …«, er überlegte, »allumfassend. Etwas, das sich so anfühlt, *muss* früher oder später zu einem *Wir* führen. Alles andere wäre absurd.« Er legte den Kopf schief und lächelte. »Von daher werde ich vermutlich darüber hinwegkommen, dass du mir nichts von Martin erzählt hast.«

Ich konnte nichts sagen, ich stellte mich auf die Zehenspitzen und küsste sein Lächeln. Die ganze Zeit über hatte ich Angst gehabt, mein Ziel aus den Augen zu verlieren. Ich hatte mir eingeredet, wenn ich mich auf Jonas einließe, wäre ich nicht mehr in der Lage zu erkennen, wer ich war und was mich glücklich machte. Wie blind ich doch gewesen war. Ich liebte Jonas. *Er* war es, der mich glücklich machte, und solange wir uns hatten, würde sich alles Weitere fügen. Ich schlang meine Hände um seinen Nacken. »Du hast recht«, flüsterte ich zwischen zwei Küssen. »Alles andere wäre absurd.«

~

Eine Viertelstunde später kuschelten wir uns in Hermanns Strandkorb in die Decke, die unter dem Sitz verstaut lag. Der Mond spiegelte sich im Wasser und verwandelte es in schimmerndes Silber. Dazu hielt mich der Mann, den ich liebte, in seinen Armen. Ich prägte mir den Moment ein. Hieran würde ich mich mein Leben lang erinnern.

Während die Nacht über uns hereinbrach, flüsterten wir miteinander. Wir erzählten uns von unserer Kindheit und von Begebenheiten, die uns geprägt hatten, im Guten wie im Schlechten. Wir redeten und redeten, und die Stunden verflogen nur so.

Als der Morgen graute, hielten wir inne und genossen den Anblick, wie sich der Himmel in leuchtendes Rot färbte. Plötzlich hörte ich ein Rascheln und Gekicher hinter uns. Jonas und ich wechselten einen verblüfften Blick. Vorsichtig lugten wir aus dem Strandkorb. Es waren Hermann, Irene, Sara und Maria, die über den Sand liefen. Sie wirkten reichlich beschwipst, wie sie auf den See zusteuerten.

»Was haben die vor?«, flüsterte ich Jonas zu und riss die Augen auf.

»Ich denke, sie gehen schwimmen«, erwiderte er trocken.

Fassungslos sah ich zu, wie Hosen, Röcke und Blusen durch die Luft wirbelten. Hermann war der Erste, der sich mit einem lauten Johlen ins Wasser stürzte, dicht gefolgt von Sara und Maria, die mindestens genauso laut kreischten. Das Schlusslicht bildete Irene. Die Morgensonne schien auf ihren weißen, rundlichen Körper und ließ ihre blonden Locken wie einen Heiligenschein erstrahlen.

»Das Wasser ist viel zu kalt!«, rief sie den anderen zu. »Wir werden uns den Tod holen.«

Sara lächelte sie an. »Irgendwann müssen wir alle sterben, Irene.«

»Genau«, jauchzte Maria und schlug mit den Händen auf die Wasseroberfläche, dass es nur so spritzte. »Und vorher sollten wir ganz viel Spaß haben!«

»Ich weiß nicht, was das bedeutet«, erwiderte Irene. Versuchsweise tauchte sie einen Zeh ins Wasser und sprang erschrocken zurück.

»I-re-ne. I-re-ne«, begann Maria zu skandieren. Hermann und Sara stimmten mit ein. »I-re-ne! I-re-ne!«

Ich stand auf. »Komm«, sagte ich zu Jonas und reichte ihm meine Hand. »Unser Typ ist gefragt.«

Er sah zu mir hoch, und ein Lächeln erhellte seine Züge. »Ich liebe dich«, flüsterte er.

»Ich liebe dich«, antwortete ich, während pures Glück durch mich hindurchströmte. Danach hatte ich mich all die Zeit gesehnt. Einen Moment zu erleben und zu denken: Genau so fühlt es sich richtig an. Wir tauschten einen zärtlichen Kuss. Dann zogen wir uns bis auf die Unterwäsche aus und liefen zu Irene.

Sie staunte nicht schlecht, als plötzlich Jonas und ich an ihrer Seite auftauchten und sie in die Mitte nahmen. Ich griff nach ihrer linken Hand, Jonas nahm die rechte. »Bist du bereit?«, fragte ich Irene.

Sie blinzelte. »Nein. Aber das interessiert ja niemanden.«

»Das stimmt nicht«, widersprach ich fröhlich, »aber schwimmen gehen wir drei jetzt trotzdem.«

»Na dann«, stöhnte sie. »Bringen wir es hinter uns.«

Ich nickte Jonas zu, und angefeuert von Hermann, Sara und Maria liefen wir los und tauchten kopfüber in den See. Als wir prustend und keuchend wieder hochkamen, wurden wir von den anderen stürmisch in Empfang genommen.

»Wie viel habt ihr getrunken?«, wollte Jonas wissen, und ich hörte das Lachen in seiner Stimme.

»Genug. Aber man ist ja nur einmal jung«, scherzte Hermann.

Irene schlang die Arme um ihren Oberkörper und bibberte. »Wir werden alle sterben«, sagte sie.

Hermann zog sie an sich an und gab ihr einen dicken Kuss auf die Wange. »Ja, aber heute noch nicht.«

26

»Kommst du noch mit rein?«, fragte ich Jonas, als wir die anderen zwei Stunden später verabschiedet hatten und mit handtuchfeuchten Haaren vor Avas Tür standen. Mein Herz klopfte wie wild gegen meinen Brustkorb, und meine Stimme klang mit einem Mal belegt. Statt einer Antwort küsste mich Jonas so intensiv, dass meine Beine zu zittern begannen. Blind tastete ich nach dem Hausschlüssel in meiner Hosentasche. Als ich mich umwandte, um die Tür zu öffnen, spürte ich Jonas' Lippen an meinem Hals. Seine Hände strichen über meine Hüften. Endlich – die Haustür war offen.

Küssend stolperten wir in den Flur. Jonas bog meine Arme nach oben, streifte mein Top ab und zog sich dann mit einer fließenden Bewegung sein T-Shirt über den Kopf. Wie gebannt starrte ich auf seinen flachen, muskulösen Bauch. Im nächsten Moment spürte ich seinen nackten Oberkörper an meinem. Seine Haut strahlte eine Hitze aus, die sich auf mich übertrug. Als er den Verschluss meines BHs löste, stöhnte ich leise auf. Auf einmal konnte es mir nicht schnell genug gehen.

Ich öffnete die Knöpfe meiner Jeans und streifte sie ab.

Nun trug ich nur noch meinen Slip. Jonas Augen wanderten über meinen Körper. »Du bist so schön«, flüsterte er rau.

Ein köstlicher Schauer rieselte über meinen Rücken, und er zog mich erneut an sich. Seine Lippen senkten sich auf meine. Dann hob er mich auf seine Arme und trug mich die Treppe hinauf ins Schlafzimmer. Behutsam legte er mich auf dem Bett ab, blieb davor stehen und betrachtete mich. »So schön«, wiederholte er.

Erregt setzte ich mich auf und legte meine Hände auf den Bund seiner Jeans. Als er bis auf seine schwarze Shorts nackt war, fasste er mich an den Schultern und drückte mich sanft zurück auf das Bett.

Unsere Zungen fanden sich in einem leidenschaftlichen Kuss. Ich spürte, wie mein Slip heruntergeschoben wurde und sich Jonas' Erektion hart gegen meine Hüfte presste.

»Kondom?«, fragte ich heiser.

Jonas lächelte ein wenig verlegen. Er öffnete seine Hand und zeigte mir, was sich darin befand.

Als er in mich eindrang, keuchte ich auf. Sofort hielt Jonas inne. »Habe ich dir wehgetan?«

»Nein. Es ist nur … ich wusste nicht, dass es sich *so* anfühlen kann.«

Er sah mir in die Augen. Seine Miene war plötzlich ernst. »Ich liebe dich, Ellie«, sagte er.

~

Wir blieben bis zum nächsten Morgen im Bett, standen nur auf, um uns etwas zu essen zu machen, Max in den Garten zu lassen oder ins Badezimmer zu gehen. Ich lag in Jonas Armen, und wenn wir nicht schliefen, küssten wir uns und redeten. Manchmal schwiegen wir auch, denn das ging mit ihm ebenso gut. Zwischendurch liebten wir uns. Mal stürmisch und voller Leidenschaft, mal unendlich zärtlich. Wir erkundeten jeden Zentimeter unserer Körper, jedes Muttermal, jede Hautvertiefung. Jonas liebkoste mein Schlüsselbein, meine Brüste, meinen Bauch und die Innenseite meiner Schenkel, als ob er in seinem Leben noch nie etwas Schöneres gesehen hätte.

»So ist es auch«, antwortete er, als ich ihn darauf ansprach. »Du bist schön wie eine Göttin.«

Ich küsste ihn zärtlich. »Und du bist verrückt.«

»Ja«, sagte er. »Verrückt nach dir.«

27

»Ich befürchte, das war der Rest.« Bedauernd drehte Jonas das Döschen seiner Kräutermischung auf den Kopf. Ein einsamer Krümel fiel heraus und landete auf Avas Arbeitsplatte. »Wenigstens hat es für heute noch gereicht.« Er sah zu den vorbereiteten Tellern, die darauf warteten, an den Esstisch getragen zu werden.

Es war der 24. Juni. Seit unserer Nacht am See waren zwei Wochen vergangen, und es waren die glücklichsten vierzehn Tage meines Lebens. Ich hatte mein Versprechen wahr gemacht und mich von Martin getrennt. Er hatte es mit Fassung getragen, und wir waren wie Erwachsene auseinandergegangen. Seitdem fühlte ich mich leicht wie eine Feder.

Jonas und ich bekamen nicht genug voneinander. Wenn er von der Arbeit nach Hause kam, erwartete ich ihn bereits und schlang meine Arme um ihn. Wir küssten uns so lange, bis wir beide vor Erregung keuchten. Manchmal schafften wir es nicht bis ins Schlafzimmer, dann liebten wir uns an Ort und Stelle. Wir unternahmen lange Spaziergänge mit Max, kochten zusammen und unterhielten uns bis spät in die Nacht über Gott und die

Welt. Endlich verstand ich, was eine Partnerschaft ausmachte, und ich fragte mich, wieso ich so lange dafür gebraucht hatte. Doch ich fühlte kein Bedauern, nur überschäumende Freude. Denn nun hatte ich Jonas und war wild entschlossen, all das nachzuholen, was ich verpasst hatte. Ich wandte meinen Blick von der leeren Dose ab und musterte ihn. »Was meinst du, wie sie es aufnehmen werden?«

Jonas hob die Schultern. »Ich denke, sie werden Verständnis haben. Du und ich haben in den letzten zwei Wochen alles versucht, um die Kräutermischungen zu bekommen: Wir haben im Internet recherchiert, ich habe die Unibibliothek auf den Kopf gestellt, und du hast tausend Geschäfte und Apotheken abgeklappert – vergeblich. Die Namen mancher Kräuter, die Muriel in ihrem Kochbuch verwendet, kennt heute niemand mehr. Vielleicht hat auch nur sie die Pflanzen so bezeichnet.«

Ich seufzte und sah zum Kühlschrank, an dem mittlerweile vier Postkarten hingen. »Und die Einzige, die uns helfen könnte, weilt auf Sizilien.«

Avas letzte Karte war vor ein paar Tagen im Briefkasten gewesen. Darin schrieb sie, dass sie auf ihrer Reise ein weiteres Stück vorangekommen sei. Wann sie nach Hause kam, ließ sie noch immer offen.

Jonas legte mir einen Arm um die Schultern. »Kopf hoch, meine Ellie«, meinte er. »Wir werden gar nicht merken, dass die Kräuter fehlen.«

»Es ist Greta, um die ich mir Sorgen mache«, erwiderte ich. Ich lehnte mich mit dem Rücken gegen die Tischkannte. »Sie hat so gute Fortschritte erzielt.«

Seit der letzten Tafelrunde hatte Greta das Stück, das sie auf dem Sommerfest spielen wollte, zunächst für sich alleine geübt und anschließend vor mir. Ich hatte sie jeden Tag in ihrem Elternhaus besucht, um ihr zuzuhören. Inzwischen ließ sie sich von mir kaum noch aus der Ruhe bringen. »Nur an den zusammengebissenen Zähnen müssen wir noch arbeiten«, hatte ich gestern Nachmittag gescherzt, nachdem sie das Stück fehlerfrei durchgespielt hatte. Nun lief Phase zwei unseres Plans an. Nach dem Essen würde Greta das Stück vor der kompletten Tafelrunde aufführen. Es war nicht mehr lange bis zum Sommerfest – das Mädchen musste sich daran gewöhnen, vor Publikum zu spielen. »Ich finde, wir sollten es ihnen nicht sagen, besonders Greta nicht«, überlegte ich.

»Das Sommerfest findet direkt nach der nächsten Tafelrunde statt. Was, wenn sie sich durch die fehlenden Kräuter verunsichern lässt?« Jonas war skeptisch, das konnte ich ihm ansehen. »Wenn wir es ihr heute sagen, hat sie noch zwei Wochen, um sich an den Gedanken zu gewöhnen.«

»Bitte, Jonas. Das Risiko ist zu groß. Glaub mir, es ist besser so. Greta muss sich jetzt voll und ganz auf ihren Auftritt konzentrieren. Wir dürfen sie nicht aus der Bahn werfen. Und wenn wir es den anderen sagen, verquasselt sich nachher jemand.«

»Hoffen wir, dass du recht hast«, gab er nach.

Die Suppe war schon ein wenig abgekühlt, als wir die Teller vor die Mitglieder der Tafelrunde abstellten. Dennoch sparten sie nicht mit Lob und aßen alles auf. Die anschließende Gesprächsrunde war kurz. Gretas Nervosität war im ganzen Raum zu spüren, sodass niemand Interesse hatte, ihr Leiden unnötig in die Länge zu ziehen. Nachdem Sara berichtet hatte, dass sie Noah weiterhin widerstand, solange er nichts an seinen Lebensumständen änderte, brachen wir zu Gretas Elternhaus auf, wo ihr Klavier stand.

Draußen war es sommerlich heiß. Bis auf ein paar Schäfchenwolken war der Himmel von einem strahlenden Blau. In den Vorgärten blühte und grünte es, dass es eine Freude war. Hermann hatte sich bei Irene eingehakt und redete auf sie ein. Wenn ich die Worte, die zu mir drangen, richtig deutete, versuchte er, sie zu einem erneuten Ausflug zum Badesee zu überreden.

»Ich glaube, wir können Irene von unserer Mutter-Teresa-Liste streichen. Es gibt schon jemand anders, der sich um sie kümmert«, raunte Jonas mir zu und hob meine Hand, um einen Kuss darauf zu drücken. Ich nickte ihm lächelnd zu.

Nach ein paar Minuten erreichten wir das schmucke Fachwerkhaus, in dem Greta wohnte. Sie führte uns in das Wohnzimmer, und wir nahmen in der Sitzecke Platz.

Gretas Mutter kam herein und gab ihrer Tochter einen Kuss auf den Scheitel. »Du schaffst das, Gretchen.«

Das Mädchen nickte unglücklich. Ihr Gesicht war blass, und ich konnte sehen, wie sich ihr schmaler Brustkorb hob und senkte. Ich lächelte ihr aufmunternd zu und streckte beide Daumen in die Luft. Greta versuchte, ebenfalls zu lächeln, was ihr gründlich misslang. Mit dem Rücken zu uns setzte sie sich ans Klavier. Für ein paar Sekunden verharrten ihre Hände über den Tasten. Sie versuchte, sich auf ihre Atmung zu konzentrieren, wie ich es ihr gezeigt hatte.

Mein Puls beschleunigte sich ebenfalls, und meine Finger wurden feucht. Ich wünschte mir so sehr, dass sie es schaffte, vor uns zu spielen. Als Greta die ersten Töne anschlug, atmete ich erleichtert aus. Mir war gar nicht bewusst gewesen, dass ich die Luft angehalten hatte.

Mit jeder Sekunde, die verstrich, wurde Greta mutiger, und schließlich flogen ihre Finger nur so über die Tasten. Sie hatte das Stück *Mariage d'Amour* von Paul de Senneville ausgesucht.

Ich schloss die Augen und ließ mich von den zarten, sehnsuchtsvollen Tönen davontragen. Vor meinem inneren Auge blitzten lauter schöne Momente auf, die ich in Herzbach erlebt hatte. Ich sah Jonas, wie er mir Max vorbeibrachte. Hermann, der vom Hochsitz zu mir herunterlugte. Sara, die neben mir herradelte. Die Erinnerungen reihten sich aneinander wie Perlen an einer Schnur. Meine erste Tafelrunde. Die Nacht am See. Unser morgendliches Bad. Und immer wieder Jonas: unser Kuss im Wald. Seine Arme, die mich hielten, während er »Ich liebe dich« flüsterte. Seinen friedlichen Gesichtsausdruck, wenn er neben mir schlief.

Es dauerte ein paar Sekunden, bis ich bemerkte, dass Greta aufgehört hatte zu spielen. Ein weiterer Augenblick verging, dann fingen alle gleichzeitig an zu klatschen.

Hermann sprang auf. »Bravo, meine Kleine!«, rief er. »Bravo!«

Nun hielt uns andere auch nichts mehr auf unseren Plätzen. Wir umringten Greta.

»Das war wunderbar«, sagte ich und drückte sie fest an mich. »*Du* bist wunderbar.«

Als ich mich von ihr gelöst hatte, fiel mein Blick auf Gretas Mutter. Sie lehnte gegen die Vitrine, ihre Hand lag auf ihrem Mund. Ich fühlte Gänsehaut am ganzen Körper und trat zu Jonas, damit er mich in die Arme nehmen konnte.

»Bist du glücklich?«, fragte er.

»Ja«, erwiderte ich und küsste ihn. »Es gibt nur eine Person in diesem Raum, die glücklicher ist«, meinte ich und wies auf Gretas Mutter, der Tränen in den Augen standen.

Jonas nickte. »Oder zwei«, entgegnete er, und wir sahen zu Greta, die über das ganze Gesicht strahlte.

~

In den kommenden Tagen setzte Greta ihre Hauskonzerte fort. Abend für Abend kam die Tafelrunde in ihrem Wohnzimmer zusammen, um ihr zuzuhören. Und jedes Mal brachten wir jemand Neues mit, um das Publikum zu vergrößern. Am Samstag vor dem Sommerfest war der Raum schließlich so voll, dass die Leute teilweise stehen mussten. Da waren Gretas Eltern, ihre Großmutter und deren Freundinnen aus dem Stift, Biene und Siggi, Claudia und Hendrik mit ihren Zwillingen und Stefan und seine bildhübsche Ehefrau Jenni. Als Letztes schlüpften Henning und Doro herein.

Greta war nervös und angespannt. Das verrieten ihr steifer Rücken und ihre Hände, die rastlos über ihre Jeans strichen, doch es war kein Vergleich zu früher. Das Gemurmel im Wohnzimmer verstummte, und es setzte erwartungsvolle Stille ein. Gretas Blick schweifte über all die Menschen, die ihretwegen gekommen waren, und blieb an mir hängen. Ich hatte ihr gesagt, sie solle mich anschauen, wenn sie die Situation überfordere. »Ich werde dich die ganze Zeit anlächeln. Es tut gut, auf der Bühne zu stehen und in ein freundliches Gesicht zu blicken. Früher habe ich immer eine Kollegin gebeten, diese Rolle für mich zu übernehmen, wenn ich eine Präsentation halten musste. Wenn meine Aufregung zu groß wurde, habe ich sie angesehen und fühlte mich sogleich besser.« Der Trick war einfach, aber er hatte bei mir hervorragend funktioniert. Und an der Art, wie Greta mein Lächeln erwiderte, konnte ich sehen, dass sie ebenfalls Kraft daraus schöpfte.

Sie wollte sich gerade abwenden und auf dem Klavierhocker Platz nehmen, als es erneut an der Haustür klingelte. Gretas Eltern wechselten einen überraschten Blick. Dann ging ihre Mutter los, um zu öffnen, und kehrte eine halbe Minute später mit einem weiteren Gast zurück. Der Junge war groß und schlank und hatte blonde Haare, die beinahe so hell waren wie Gretas. »Hallo zusammen. Entschuldigt die Verspätung«, sagte Lukas und gesellte sich zu seiner Mutter Doro und seinem Stiefvater Henning, die vor der Vitrine Position bezogen hatten. Ich schluckte nervös. Wie würde Greta auf seine Anwesenheit reagieren?

Das Mädchen war aschfahl geworden. Es starrte Lukas an, der so tat, als hätte er gerade etwas sehr Interessantes auf dem Fußboden entdeckt. *Schau mich an, Greta*, schickte ich ihr in Gedanken eine Botschaft. *Lass dich von ihm nicht aus der Ruhe bringen.*

Warum war er überhaupt gekommen? Wollte er das Mädchen verunsichern?

Die Szenen an der Bushaltestelle und vor der Schule kamen mir in den Sinn. Damals hatte ich den Eindruck gewonnen, dass Lukas Greta mochte und nur deswegen gemein zu ihr war, weil er die Tatsache vor seinen Freunden verbergen wollte. Er war der beliebte Junge, sie das schüchterne Ding, das gehänselt wurde. Doch auf dem Tanzabend, als er mit seiner Band gespielt hatte, war es ihr Gesicht, nach dem er in der Menge gesucht hatte.

Im Wohnzimmer kam Unruhe auf. Schließlich erhob sich Gretas Mutter von ihrem Platz auf dem Sofa und trat zu ihrer Tochter. Sie flüsterte ihr etwas ins Ohr und strich ihr mit der Hand über das Haar. Greta nickte und setzte sich ans Klavier. Erneut kehrte Ruhe ein.

Greta atmete geräuschvoll ein und wieder aus. Dann senkten sich ihre Hände, und sie begann zu spielen. Verhaltener als an den Tagen zuvor, doch fehlerfrei und fließend. Ich spürte, wie sich meine eigene Anspannung legte. Ich war so stolz auf Greta. Sie hatte sich von Lukas nicht beirren lassen und die Situation mit Bravour gemeistert. Jetzt konnte das Sommerfest kommen.

28

Ich bin so aufregt, ich kann nicht ruhig am Tisch sitzen. Ich helfe euch. Wo sind die Kräutermischungen? Dann kann ich sie schon mal einrühren.«

Jonas und ich starrten entgeistert auf Greta, die wie aus dem Nichts in der Küche aufgetaucht war. Endlich war der Tag des Sommerfestes gekommen, und die Tafelrunde hatte sich vorab zu ihrem zweiwöchentlichen Mittagessen in Avas Haus versammelt. Mein Gehirn war wie leer gefegt, und ich wusste nicht, was ich erwidern sollte. Es gab keine Kräutermischungen. Die Döschen waren leer.

»Also?«, fragte Greta und blickte sich suchend um. »Wo habt ihr sie versteckt?«

Ich biss mir auf die Unterlippe. So hilflos hatte ich mich noch nie gefühlt. Schließlich war es Jonas, der das Wort ergriff. Er legte dem Mädchen eine Hand auf die Schulter. »Die Kräuter sind nicht wichtig, Greta. Es steckt alles in dir. Du hast so viel geübt in den letzten Wochen. Du wirst einen tollen Auftritt hinlegen.«

»Es würde mir trotzdem helfen, wenn ich zusehen könnte, wie ihr meine Portion zubereitet«, sagte sie und blickte von Jonas zu mir.

»Hör mal, Greta«, begann ich stockend. Ich brach ab und holte tief Luft. »Wir haben Avas Vorrat verbraucht und konnten keinen neuen herstellen. Muriel hat in ihrem Kochbuch Begriffe verwendet, die heute nicht mehr geläufig sind. Aber du musst dir keine Sorgen machen. Es ist, wie Jonas gesagt hat: Alles, was du brauchst, ist in dir. Die Kräuter sind nicht wichtig.«

Gretas Lippen begannen zu zittern. »Wie lange schon?«

»Du meinst, seit wann die Mixturen verbraucht sind? Seit zwei Wochen. Für die letzte Tafelrunde haben sie noch gereicht.«

»Und ihr habt mir nichts gesagt?«, fragte sie ungläubig. »Ihr habt nicht darüber nachgedacht, dass die Information wichtig für mich und uns alle sein könnte?« In ihren Augen stand eine solche Enttäuschung, dass sich mein Magen zu einem harten Knoten zusammenzog.

»Ich dachte, es wäre besser so«, sagte ich schuldbewusst.

»Das war gemein von euch«, flüsterte Greta. Unter ihrem Blick fühlte ich mich, als hätte ich einen Hundewelpen getreten. »Ich gehe jetzt«, stieß sie hervor. »Ich will nicht mehr Mitglied der Tafelrunde sein.« Sie wandte sich um und lief aus der Küche.

Nach einem Moment der Schockstarre stürzten Jonas und ich hinter ihr her. »Greta! Warte.«

»Lasst mich!«, rief sie. »Ihr sollt weggehen.« Mit diesen Worten warf sie die Haustür hinter sich zu.

Jonas und ich blieben im Flur zurück. »Sie wird sich schon wieder beruhigen«, sagte er und zog mich an sich.

»Und wenn nicht?«, murmelte ich an seinem Hals. »Was, wenn sie nicht zu ihrem Auftritt kommt?«

»Was ist passiert?«, fragte Hermann. »Ich habe eine Tür

schlagen gehört.« Hinter ihm erschienen Sara und Irene und blickten uns ebenfalls fragend an.

»Erzähl du es ihnen«, bat ich Jonas, und er skizzierte kurz, was geschehen war. Als er geendet hatte, herrschte Schweigen.

Schließlich ergriff Sara das Wort. »Ich kann verstehen, warum du dachtest, so handeln zu müssen«, sagte sie zu mir, doch ihr Tonfall ließ vermuten, dass noch etwas Unangenehmes hinterherkam. Und so war es auch. »Aber die Tafelrunde ist eine Gemeinschaft. Wir vertrauen einander und sagen uns die Wahrheit, auch wenn sie schmerzt. Du willst Gretas Problem für sie lösen, und das ist ein gut gemeinter Ansatz. Doch wenn du die Entscheidungen im Alleingang triffst, sprichst du ihr jede Selbstständigkeit und Eigenverantwortung ab. Und das ist anmaßend, Ellie. Und respektlos. Tut mir leid, dass ich das so deutlich sagen muss.« Sie schulterte ihre Tasche, die sie im Flur abgestellt hatte, verabschiedete sich und ging.

In mir breitete sich eine dumpfe Schwere aus. Vor einer Viertelstunde war noch alles gut. Ich war voller Vorfreude auf die Tafelrunde, das anschließende Sommerfest und Gretas Auftritt. Jetzt hatte ich nicht nur alle enttäuscht, es war auch unklar, ob Greta überhaupt spielen würde. Und was das für Auswirkungen auf sie hatte, wollte ich mir gar nicht ausmalen.

Meine Schultern sackten herab. »Ihr müsst nicht bleiben«, sagte ich in Richtung von Hermann und Irene. »Geht lieber Greta hinterher und seht, ob ihr etwas für sie tun könnt.«

»Ach, Ellie«, seufzte Hermann. Er kam zu mir und strich mir mit seiner warmen, schwieligen Hand über die Wange. »Greta braucht jetzt einen Moment für sich. Wir schauen nachher nach ihr. Du brauchst uns jetzt dringender. Wie Sara gesagt hat, wir sind eine Gemeinschaft. In guten wie in schlechten Zeiten. Außerdem gehörte mein Einfall, dich nach Muriels Rezepten kochen zu lassen, auch nicht gerade zu meinen Sternstunden.« Trotz meines Kummers musste ich schmunzeln.

Irene zog die Augenbrauen zusammen. »Du hast *was* gemacht?«

Hermann grinste. »Das erzähle ich dir ein anderes Mal, meine Liebe. Nur so viel: Ich dachte auch, ich hätte die Weisheit mit Löffeln gefressen, und wurde eines Besseren belehrt.«

Irene strich sich ihren Rock glatt. »Dann hätten wir das ja geklärt. Wollen wir jetzt essen? Es wäre doch schade drum.«

»Von euren Kräutermischungen ist auch nichts mehr da«, warf Jonas ein.

Irene musterte ihn mit aufrichtiger Verwirrung. »Mir ist doch sowieso nicht zu helfen. Ich dachte, das wäre euch klar.«

Jonas sparte sich eine Antwort, doch ich sah, wie es um seine Mundwinkel zuckte.

Während wir aßen, grübelte ich weiter über Saras Worte nach. Sie war meine erste Freundin hier in Herzbach, und mit den Wochen war das Band zwischen uns immer stärker geworden. Ich fand die Vorstellung schrecklich, sie enttäuscht zu haben, und bei dem Gedanken, dass sie böse auf mich war, verging mir auch das letzte bisschen Appetit. Lustlos stocherte ich in meinem Essen herum.

»Warum habt ihr Avas Vorrat eigentlich nicht aufgefüllt?«, fragte Irene beiläufig.

»Die Rezepte sind kompliziert. Wir haben viele Zutaten nicht bekommen«, sagte Jonas und trank einen Schluck Wasser.

»Und weshalb seid ihr nicht einfach in die Apotheke am Dorfplatz gegangen?«, hakte die alte Frau nach.

Ich sah von meinem Teller auf. »Ich war in jeder Apotheke im Umkreis, aber vergeblich.«

Irritiert legte Irene ihre Stirn in Falten. »Auch in Herzbach?«

Ich schüttelte den Kopf. »Nein, die hatte schon zu, als ich fragen wollte. Aber die Apotheke am Dorfplatz ist winzig – warum sollte ausgerechnet sie die Kräuter führen, die wir suchen?« Noch während ich sprach, traf mich die Erkenntnis mit der Wucht eines Vorschlaghammers. In Gedanken schlug ich mit der Stirn auf den Tisch.

»Na, weil es die Apothcke von Muriels Vater war«, erklärte nun Irene das Offensichtliche. »Er hat die Rezepte an seinen Nachfolger weitergegeben, der wiederum an seinen, und dann immer so weiter. Die Apotheke hat die Kräuter auf Lager. Ava bestellt immer dort, und holt dann nur noch die fertigen Mixturen ab. Wusstet ihr das denn nicht?«

Meine Gedanken überstürzten sich. Es war Sonntag, von daher hatte es keinen Zweck, zum Dorfplatz zu laufen. »Wo wohnt der Apotheker?«, fragte ich atemlos.

»Es ist eine *sie*. Frau Kersting wohnt im Rubinweg, genau wie ich. Sie ist meine Nachbarin. Aber da werdet ihr sie jetzt nicht antreffen.«

Die Hoffnung, die jäh in mir aufgestiegen war, fiel in sich zusammen. »Warum nicht?«, fragte ich matt. »Ist sie im Urlaub?«

»Nein, aber die Apotheke hat heute Notdienst«, sagte Irene, und zum ersten Mal, seit ich sie kannte, lächelte sie.

Ich sprang von meinem Stuhl auf, fiel ihr um den Hals und drückte ihr einen Kuss auf die Schläfe. »Danke! Komm schnell, Jonas, wir müssen los.« Im Gehen wandte ich mich noch einmal an Hermann und Irene. »Könnt ihr es bitte Greta sagen? Wir holen die Kräuter, und wenn wir nichts mehr von euch hören, kommen wir direkt zum Sommerfest.«

~

Jonas und ich gingen nicht zum Dorfplatz, wir rannten. Max war begeistert von dem unerwarteten Sprint und sprang bellend vor uns her. Schließlich hatten wir die Apotheke erreicht.

Im Inneren war es angenehm kühl. Vom schwarz-weißen Mosaikfußboden über die dunkelbraunen Holzmöbel mit den geschnitzten Verzierungen bis zur altmodischen Registrierkasse wirkte der Raum, als hätte sich seit den Tagen von Muriels Vater nicht das Geringste verändert. Die Apothekerin war eine große schlanke Frau Ende fünfzig. Der haselnussbraune, nach außen geföhnte Bob ließ darauf schließen, dass sie zu Bienes Kundinnen gehörte. In ihrem weißen Kittel wirkte sie sehr geschäftsmäßig. »Was kann ich für Sie tun?«, begrüßte sie uns freundlich.

Ich hob die Hand, um zu signalisieren, dass ich noch einen Moment brauchte, um wieder zu Atem zu kommen.

»Sind Sie etwa gerannt?«, erkundigte sie sich mit einem Anflug von Sorge. »Ist etwas Schlimmes passiert?«

Ich winkte ab und erklärte ihr, worum es ging. »Irene hat gesagt, dass Sie Avas Kräuter auf Lager haben«, schloss ich meine Ausführungen, »und jetzt bräuchten wir unbedingt die Mixtur gegen Schüchternheit, damit wir es noch rechtzeitig zum Sommerfest schaffen.«

Eine schreckliche Sekunde lang fürchtete ich, sie könne den Kopf schütteln und etwas von Lieferzeiten murmeln, doch stattdessen nickte sie eifrig. »Ich habe schon alles fertig gemacht, ich hatte schon früher damit gerechnet, dass jemand kommt, um die Kräuter abzuholen.« Sie verschwand im Hinterzimmer und kehrte nur Augenblicke später mit einem kleinen Pappkarton zurück, den sie vor Jonas und mich auf den Tresen stellte. »Hier haben wir alles. Sorgfältig in kleine Beutel verpackt. Melancholie, Wortkargheit, Liebeskummer, Heimweh, Zukunftsirritationen und Schüchternheit. Das macht dann genau zweiundvierzig Euro.«

Erschrocken sah ich zu Jonas. »Hast du Geld dabei?« In der Eile war ich ohne meine Handtasche losgelaufen.

Er kramte in den Hosentaschen seiner Jeans und beförderte einen verknitterten Zwanzigeuroschein und ein paar Münzen hervor. »Mehr habe ich leider nicht«, sagte er zerknirscht.

Das durfte doch nicht wahr sein, ärgerte ich mich über mich selbst. Wie blöd waren wir eigentlich, ohne Geld loszurennen? Es klang wie der Beginn eines schlechten Witzes: *Gingen ein Professor und eine Unternehmensberaterin in die Apotheke …*

Frau Kersting lächelte begütigend. »Aber das macht doch nichts, Herr Graf. Bringen Sie mir das Geld einfach nächste Woche vorbei.« Sie händigte uns den Karton aus und wünschte uns einen schönen Restsonntag. »Und toi, toi, toi für Greta!«

Beschwingt traten wir den Heimweg an. »Das mag ich so am Dorfleben«, sagte ich erleichtert zu Jonas. »In Düsseldorf wären wir knallhart rausgeflogen. Ohne die Mixturen, versteht sich.«

»Ja, es hat auch gute Seiten, wenn jeder jeden kennt.« Er zog an meinem Pferdeschwanz und grinste frech. »Aber so richtig gehörst du erst dazu, wenn du dir von Biene die Haare schneiden lässt.«

Ich kicherte. »Eher friert die Hölle zu.«

~

Auf dem Bürgersteig kamen uns Hermann und Irene entgegen. »Zu Hause bei Greta ist niemand!«, rief Hermann schon von Weitem. Ich sah auf meine Armbanduhr. Es war fünfzehn Uhr. Das Sommerfest im *Haus Morgenröte* begann in einer Stunde. Gretas Auftritt war für achtzehn Uhr geplant.

»Bestimmt ist sie schon zum Stift gefahren«, überlegte Jonas.

»Worauf warten wir dann noch?«, erwiderte ich.

Zehn Minuten später saßen wir zu viert in meinem Auto. Ich fuhr, Jonas saß neben mir und Hermann und Irene hinten auf der Rückbank. Ich war kribbelig vor Nervosität. *Bitte lass Greta da sein*, ging es in einer Endlosschleife durch meinen Kopf.

»Ich mach mal das Radio an«, meinte Jonas an niemand Bestimmten gewandt. Seine Stimme klang ebenfalls angespannt. Er drückte auf den Knöpfen herum, bis die Klänge von *Sweet but Psycho* durch das Innere des Wagens schallten.

»Was heißt das übersetzt?«, wollte Irene wissen.

Hermann räusperte sich. »Es geht um eine Frau, die zwar süß aussieht, aber ein wenig … äh … verrückt ist.« Im Rückspiegel beobachtete ich, wie Hermann sich um einen unbeteiligten Gesichtsausdruck bemühte und dann schnell aus dem Fenster blickte.

Irene sah ihn seltsam von der Seite an. »Ich weiß, was du denkst, Hermann.«

»Hm?« Hermann tat so, als hätte sie ihn gerade aus der Betrachtung der Landschaft herausgerissen, die vor seinen Augen vorüberzog.

Irene legte den Kopf schief. »Du hast mich schon verstanden. Ich habe gesagt: Ich weiß, was du denkst. Bei dem Text des Liedes musst du an mich denken.«

Hermann schaute so ertappt, dass ich mir ein Lächeln verkneifen musste. »Gar nicht wahr«, behauptete er und wirkte dabei wie ein Sechsjähriger, der von seiner Mutter beim Flunkern erwischt worden war.

Ein unerwartetes Lächeln breitete sich auf Irenes Gesicht aus. Es war das zweite Mal an diesem Tag, dass Irene lächelte, und es verwandelte sie komplett und ließ erahnen, wie attraktiv sie als junge Frau gewesen sein musste.

»Mich hat seit vierzig Jahren niemand mehr als *süß* bezeichnet«, sagte Irene und strahlte.

Einen Moment lang war Hermann verblüfft, dann brach er in schallendes Gelächter aus. Er lachte so heftig, dass er sich den Bauch halten musste.

»Was hast du denn?«, erkundigte sie sich irritiert. Als er nicht antwortete, beugte sie sich zu uns vor. »Wisst ihr, was er hat?« Inzwischen liefen Hermann die Tränen über die Wangen, und er japste nach Luft.

»Keine Ahnung«, antwortete Jonas tapfer. »Ich habe nicht zugehört.«

»Ich auch nicht«, piepste ich und wedelte mir mit einer Hand Luft zu.

Irene lehnte sich zurück in ihren Sitz. »Manchmal«, sagte sie mehr zu sich selbst, »habe ich das Gefühl, ihr habt sie nicht alle.«

29

In dem weitläufigen Innenhof des Seniorenstifts ging es zu wie in einem Bienenstock. Überall wuselten Angestellte und Bewohner herum, zupften hier an einer Tischdecke und richteten dort ein Blumengesteck zurecht oder standen in aufgeregt schnatternden Grüppchen zusammen.

Vor der ehemaligen Reithalle war eine große Bühne aufgebaut, auf der später die Darbietungen stattfinden würden. Davor standen lange Stuhlreihen, getrennt durch einen Mittelgang, die mit weißen Hussen überzogen waren und mich an eine Hollywood-Gartenhochzeit erinnerten. Auf den Sitzen lagen gedruckte Programmhefte. Zum Essen und geselligen Beisammensein gab es im hinteren Bereich des Hofs zahlreiche Tische. Dort waren auch die Kaffeebar und das Kuchenbüfett zu finden, auf der fruchtige Himbeer- und Erdbeertorten, Bleche mit Apfel- und Kirschkuchen, kunstvolle Cupcakes und in allen Farben leuchtenden Macarons lockten.

Auch das Wetter zeigte sich von seiner besten Seite. Nach den brüllend heißen Tagen der letzten Wochen waren es heute »nur« angenehme siebenundzwanzig Grad, dazu wehte ein milder Wind.

Ich sah mich nach allen Seiten um, doch ich konnte weder Greta noch ihre Eltern oder Großmutter entdecken. Wir teilten uns auf. Hermann und Irene sollten drinnen nach Greta suchen, Jonas und ich übernahmen das Außengelände. Inzwischen waren die ersten Gäste gekommen, und der Hof füllte sich zunehmend.

»Wir hatten leider kein Glück«, sagte Hermann, als wir uns zwanzig Minuten später wieder vor der Bühne trafen.

»Die Direktorin hat Greta auch nicht gesehen«, ergänzte Irene. »Niemand hat sie gesehen. Bestimmt ist sie gar nicht hier.«

»Mist«, entfuhr es mir. Jonas und ich hatten jeden Quadratmeter bis zu der Wiese abgesucht, auf der Greta den alten Damen die Fußnägel lackiert hatte. Ebenfalls erfolglos. »Wo kann sie nur stecken?«

»Redet ihr von mir?«, erkundigte sich Maria und winkte ihrer Mutter hinterher, die gerade Richtung Haupthaus verschwand. Ich umarmte sie und schüttelte den Kopf. »Nein, wir suchen Greta. Sie hat doch nachher ihren Auftritt.« Ich erzählte ihr, was sich in Avas Küche zugetragen hatte, und Maria verzog das Gesicht. »Autsch«, sagte sie mitfühlend. Sie blickte sich um. »Und wo ist Sara? Ist die auch verschwunden?«

Ich schwieg kurz. In meiner Sorge um Greta war die unschöne Szene zwischen ihr und mir kurz in den Hintergrund getreten, doch nun hatte ich wieder Saras enttäuschte Miene vor Augen. »Sagen wir so: Sie war nicht begeistert, dass ich Greta die Wahrheit verschwiegen habe.«

»Sie hat Ellie eine Standpauke gehalten und sie anschließend stehen lassen«, präzisierte Irene.

»So kann es man es auch ausdrücken«, sagte ich bedrückt.

»Die kriegt sich wieder ein«, urteilte Maria mit Gewissheit in der Stimme. »Sara ist nicht nachtragend. Wäre es anders, hätte sie Noah schon vor Monaten den Laufpass gegeben. Mach dir keine Sorgen. Noch ehe der Tag um ist, liegt ihr euch wieder in den Armen.«

»Dein Wort in Gottes Ohr«, erwiderte ich inbrünstig. »Schau mal, da kommt Frau Steffen«, fügte ich hinzu und wies mit der Hand auf die junge Direktorin, die mit einem Mann an ihrer Seite direkt auf uns zusteuerte.

Maria reckte das Kinn. »Schau dir den Typen an«, raunte sie mir zu. »Der ist ja der Hammer. Er sieht aus wie Mr Big aus *Sex and the City*.«

»Tatsächlich«, sagte ich. Der Mann war groß gewachsen und breitschultrig, sein Gang entspannt und selbstsicher. Die Leute, an denen er vorbeiging, drehten sich nach ihm um und blickten ihm hinterher. Selbst aus der Entfernung war seine Präsenz spürbar. Schließlich blieb er vor mir stehen und sah mich offen an. Ich schätzte ihn auf ungefähr vierzig. Er war nicht schön im herkömmlichen Sinn, das Gesicht mit den Bartstoppeln war ein wenig zu breit, die Nase zu kräftig, die schwarzen Augenbrauen zu buschig. Doch das Funkeln in den grauen Augen und der verschmitzte Zug um den Mund verliehen ihm etwas sehr Männliches und Anziehendes.

»Liebe Ellie Lindemann«, sagte er mit tiefer, charismatischer Stimme.

Ich grinste, als mir klar wurde, wer da vor mir stand.

»Lieber Herr Hoven«, begrüßte ich ihn, und wir reichten uns die Hand.

Er grinste zurück. »Wie schön, dass wir uns jetzt persönlich kennenlernen. Ich habe Lisa, ich meine Frau Steffen, gebeten, Sie mir zu zeigen. Was macht der Strandkorb? Sie haben mir gar nicht berichtet, ob Hermann sich gefreut hat.«

»Das hat er«, dröhnte Hermann und gesellte sich zu uns. »Sogar sehr. Ich bin beinahe jeden Morgen dort. Vielen Dank für das Geschenk. Das war sehr großzügig von Ihnen, junger Mann.«

Alexander Hoven winkte lässig ab. »Danken Sie nicht mir. Es war Ellies Idee.«

Aus den Augenwinkeln sah ich, wie Jonas die Stirn runzelte. Schnell fasste ich nach seinem Arm und zog ihn neben mich. »Darf ich vorstellen, Herr Hoven: Das ist Jonas Graf, mein Freund.«

Alexander Hoven streckte seine Hand aus. »Freut mich.« Das Interesse, das ich mir eingebildet hatte, in seinen Zügen zu entdecken, wich einem Ausdruck gutmütiger Kapitulation.

»Und ich bin Maria«, ergriff nun meine Freundin das Wort, die ungeduldig neben mir ausgeharrt hatte. Sie wollte noch etwas hinzufügen, doch Irene kam ihr zuvor.

Die alte Frau wirkte winzig, als sie zu dem großen, schweren Mann aufschaute. »Hallo, Alexander.«

»Irene!«, rief er ehrlich erfreut. »Wie geht's dir?«

Im ersten Moment war ich erstaunt, dass die beiden sich kannten, doch dann fiel mir ein, dass Alexander Hoven in Herzbach aufgewachsen war. Frau Steffen entschuldigte sich mit dem Hinweis »Die Pflicht ruft« und stürzte sich wieder ins Getümmel.

»Wir müssen leider auch los«, sagte ich bedauernd und warf Irene, Jonas, Hermann und Maria beredte Blicke zu. Wir hatten Greta immer noch nicht gefunden, und die Zeit drängte. Um siebzehn Uhr würde das Programm starten, und von da an war es nur noch eine Stunde bis zu ihrem Auftritt.

»Vielleicht ist sie ja jetzt in der Reithalle«, meinte ich zu den anderen, als wir uns von Alexander Hoven verabschiedet hatten und im Zickzackkurs durch die Menge liefen. »Dort habe ich sie zum ersten Mal Klavier spielen hören.«

Zu fünft umrundeten wir die Bühne und betraten den großen Saal, der für heute als Café diente. An den runden Tischen saßen Gäste, die draußen keinen Sitzplatz mehr bekommen hatten oder denen es schlichtweg zu warm war. Mein Blick glitt zum Klavier. Der Hocker davor war leer.

Voller Enttäuschung ließ ich mich auf einen Stuhl fallen. »Sie kommt nicht«, sagte ich düster. »Es war alles für die Katz. Greta wird nicht auftreten, ich habe es vermasselt.« Ich stützte meine Ellenbogen auf die Tischplatte und vergrub mein Gesicht in den Händen.

Irene setzte sich neben mich. »Draußen waren lauter Kinder aus Gretas Schule«, hörte ich sie sagen. »Es wird sich wie ein Lauffeuer verbreiten, dass sie nicht aufgetreten ist. Und dann wird sie sich fürchterlich schämen und sich noch mehr in ihr Schneckenhaus zurückziehen. Bestimmt wird sie nie wieder ein Wort sprechen. Mir dir sowieso nicht, Ellie, weil sie ihr Leben lang sauer auf dich sein wird, aber mit uns anderen auch nicht. Irgendwann ist sie dann alt und wird einsam und unglücklich sterben. Und alles nur, weil du ihr nicht die Wahrheit gesagt hast. Was für eine Tragödie.«

Langsam hob ich den Kopf und starrte sie an. »Jetzt veräppelst du mich aber, oder? Damit ich aufhöre, mich im Selbstmitleid zu baden.«

Irene wirkte verwirrt. »Nein«, sagte sie. »Ich meinte das genau so, wie ich es gesagt habe.«

Ich vergrub mein Gesicht wieder in den Händen. Am liebsten hätte ich angefangen zu weinen. Jemand berührte meine Schulter. Ich drehte mich um und presste mein Gesicht in Jonas' T-Shirt.

»Es ist doch nur ein Auftritt«, versuchte er mich zu trösten und streichelte durch mein Haar. »Ich rede mit Frau Steffen, damit die Moderation Bescheid weiß. Du wirst sehen, es wird niemandem auffallen, dass Greta nicht spielt.«

»Wer sagt denn, dass ich nicht spiele?«, ertönte plötzlich eine helle Stimme vom Eingang. Hermann, Irene, Jonas, Maria und ich drehten ruckartig die Köpfe. Im Sonnenlicht, das durch die Tür strömte, stand Greta. Um ihre Lippen spielte ein kleines Lächeln. Seite an Seite mit Sara kam sie auf uns zu.

Noch nie im Leben hatte ich mich so über den Anblick von zwei Menschen gefreut. Mit zitternden Fingern begann ich, in meiner Umhängetasche zu kramen.

»Hier sind deine Kräuter, Greta. Wir haben sie doch noch bekommen. Du musst sie nur noch in ein Glas Saft einrühren.« Ich sprang von meinem Stuhl auf und hielt Greta den kleinen Beutel hin. »Es tut mir so leid«, fügte ich hinzu. »Ich wollte dich nicht verletzen, wirklich nicht. Ich habe einfach nicht nachgedacht. Verzeihst du mir?«

Greta schluckte und nickte. »Natürlich, Ellie. Du hast mit mir geübt. Tag für Tag. Du hast all die Leute in unser Wohnzimmer gebracht und mich gezwungen, vor ihnen zu spielen. Ich habe es getan, und ich habe es überlebt.« Sie grinste zaghaft.

Ich riss die Augen auf. Greta grinste? Vor Rührung wurde mir flau. »Nicht nur überlebt«, sagte ich und musste schlucken. »Du warst großartig.«

Sie senkte verlegen den Kopf. Hermann nahm ihr Gesicht in seine Hände und sah sie zärtlich an. »Wo warst du nur, Kleines? Wir haben überall nach dir gesucht.«

Diesmal war es Sara, die antwortete. »Am See. Sie saß im Strandkorb und hat auf das Wasser geblickt.« Und dort hatte Sara sie gefunden, eingesammelt und hergebracht.

Danke, formte ich mit den Lippen, und Sara lächelte mich im stillen Einverständnis an.

Ich holte tief Luft und klatschte in die Hände. »Gut, dann kann es ja jetzt losgehen. Warte, Greta, ich hole dir schnell ein Glas Saft für die Kräuter, und dann ab mit dir hinter die Bühne.« Greta fasste mich am Arm. »Ich möchte es so versuchen«, sagte sie.

Überrascht hielt ich inne. »Wirklich?«

Sie nickte. »Ja. Wenn mein Auftritt gut wird, rede ich mir sonst ein, dass es nur an der Wirkung der Kräuter lag.«

Ich betrachtete sie. War dieses Kind wirklich erst dreizehn? Ich war so stolz auf Greta, dass ich keine Worte für sie fand. Stattdessen umarmte ich sie und drückte sie an mich. »Du schaffst es auch so. Das weiß ich.«

Nachdem wir uns voneinander gelöst hatten, strich sie sich über das geflochtene weißblonde Haar und sagte: »Ich muss jetzt los. Wo werdet ihr sitzen?«

»Ganz vorne«, versprach ich ihr. »Frau Steffen hat uns Plätze in der ersten Reihe reserviert. Und du weißt ja:

Wenn die Aufregung zu groß wird, schaust du mich an. Ich werde dich die ganze Zeit anlächeln.«

Sie nickte ernst. Dann wandte sie sich zum Ausgang. Kurz, bevor sie ihn erreicht hatte, warf sie einen Blick über ihre Schulter. »Ich weiß übrigens auch, dass du hinter meinem Auftritt hier steckst, Ellie. Meine Oma hat es mir verraten.«

Mein Herz geriet für einen Moment ins Stocken. »Ach ja?«, stotterte ich.

»Ja. Und, Ellie …«

»Hm?«

»Danke.«

Während ich ihr voller Erleichterung hinterhersah, gesellten sich Sara und Jonas links und rechts an meine Seite. »Ellie, Ellie, Ellie«, murmelte Sara, ohne mich anzuschauen. Dann lachte sie glockenhell auf und drückte mir einen Kuss auf die Wange.

Jonas küsste mich auf die andere Wange und legte mir seinen Arm um die Taille. Ein Gefühl inniger Verbundenheit strömte durch mich hindurch. So intensiv und bewegend, dass ich dachte, mein Herz müsste zerspringen.

Hermann, Irene und Maria traten hinter uns. »Kommt«, sagte Hermann. »Da ist ein Mädchen, das für uns Klavier spielt.«

Gretas Eltern saßen ebenfalls in der ersten Reihe. Sie nickten uns zu, als wir an ihnen vorbei zu unseren Plätzen gingen. Ihre Gesichter waren angespannt. Bestimmt hatten sie kein Auge zugetan.

Wir kamen gerade noch rechtzeitig. Frau Steffen trat auf die Bühne und wurde von den Gästen mit einem freundlichen Applaus in Empfang genommen. Sie hielt eine kleine Ansprache und bat dann Alexander Hoven auf die Bühne. Sara richtete sich neben mir abrupt auf. »Alex«, sagte sie in einem Ton, der mich aufhorchen ließ. Doch ich hatte keine Zeit, mir darüber Gedanken zu machen, denn nun lief Alexander Hoven voller Energie und mit einem verschmitzten Ausdruck auf dem Gesicht die Stufen hinauf. Er winkte und versprühte dabei so viel Charme und Weltgewandtheit, dass ich das Bild eines amerikanischen Präsidentschaftskandidaten vor Augen hatte, der zu seinen Anhängern sprach. »Er war auf meiner Schule«, flüsterte Sara mir zu. »Als er Herzbach verließ, um zu studieren, war ich zwölf.«

Das passte, rechnete ich im Stillen nach. Dann musste er tatsächlich um die vierzig sein. »Psst«, zischte ein halbes Dutzend Stimmen hinter uns, und Sara und ich zogen ertappt die Schultern hoch.

Alexander Hovens Rede war kurz und erfrischend. Nachdem er sich bei den Gästen für deren Kommen bedankt hatte, berichtete er von der zehnjährigen Tradition des Sommerfestes und erinnerte dabei an die Highlights der vergangenen Male. Das tat er auf so amüsante Art, dass die Anwesenden immer wieder in lautes Lachen ausbrachen. Mir fiel auf, dass sein Blick häufiger auf Sara ruhte, während er sprach. Ob er sich von früher an sie erinnerte? Oder schaute er sie deshalb an, weil sie mit ihrem schimmernden rotblonden Haar und den strahlend grünen Augen einfach nur wunderschön aussah? Seine Miene gab nichts preis. Er schloss mit einem Überblick über das heutige Programm und kündigte dann den ersten Auftritt an. Unter begeistertem Applaus verließ er die Bühne und kam zu meiner Überraschung direkt auf uns zugesteuert. Er schenkte mir ein Lächeln und wandte seine Aufmerksamkeit dann Sara zu.

»Sie sind Sara Elling, oder?«, fragte er mit seiner sexy Stimme.

»Wissmann«, antwortete sie spröde. »Elling war mein Mädchenname.«

Belustigt musterte er ihr Gesicht. »Na dann«, sagte er und kehrte zu seinem Platz zurück.

Ich stieß Sara mit dem Ellbogen an und kicherte. »Jetzt glaubt er, du bist liiert.«

Sie gab einen schnaubenden Ton von sich. »Das war auch meine Absicht.«

»Warum?«, fragte ich überrascht.

»Ich habe für ihn geschwärmt. Als er wegzog, hat es mir mein zwölfjähriges Herz gebrochen. Schau ihn dir doch an. Ich brauche keinen neuen Noah in meinem Leben. Nicht noch einmal.«

Auf der Bühne hatte der Chor des Stifts Aufstellung genommen. Den Gewändern nach zu urteilen, handelte es sich um einen Gospelchor. Marias Mutter lächelte vergnügt. Wie schön, dass sie hier ein Hobby gefunden hatte, das ihr offensichtlich Spaß machte. Nun wurde mir auch klar, warum wir Gretas Großmutter nicht gesehen hatten. Sie gehörte ebenfalls zu den Sängern. Ihr Rollstuhl stand mittig in der ersten Reihe, die anderen Chormitglieder hatten sich um sie herumgruppiert.

Die Dirigentin, eine vornehm wirkende alte Dame mit welligem weißem Haar und goldener Brille, hob die Hand. Augenblicklich kehrte Ruhe ein.

Die ersten Klänge eines Kirchenliedes ertönten. Laut Programmheft war es *Oh Maria*. Während ich noch überlegte, woher ich das Lied kannte, wechselte der Chor plötzlich in einen schnellen Rhythmus. *Sister Act!*, schoss es mir durch den Kopf. Das Stück war aus dem Soundtrack des Kinofilms. Es waren keine großen Stimmen unter den Sängern, aber sie brachten ihre Lieder mit so viel Begeisterung und Lebensfreude herüber, dass die Zuschauer am Ende ihrer zwanzigminütigen Darbietung vor Begeisterung mit den Füßen stampften.

Nach dem Chor war die Akrobatik-AG an der Reihe. Ich musste zugeben, dass ich im Vorfeld meine Bedenken gehabt hatte. Achtzigjährige im Glitzeroutfit, die sich an Zirkusnummern versuchten, lagen jenseits meiner Vorstellungskraft. Doch zu meiner Verwunderung war der Auftritt zu Christina Perrys *A Thousand Years* so harmonisch und schön, dass ich ganz gerührt war. Die zwölf Frauen und Männer trugen schwarze, eng anliegende Trikots und bewegten sich mit einer solchen Geschmeidigkeit und Eleganz, dass ich im Stillen Abbitte leistete. Sara neben mir hatte ein Taschentuch hervorgezogen und betupfte sich die Augenwinkel. Unter donnerndem Applaus verließ die Gruppe schließlich die Bühne.

Nun war Greta dran. Mein Puls begann vor Aufregung zu rasen, und meine Hände waren auf einmal eiskalt. Jonas legte einen Arm um mich. »Sie schafft das«, sagte er voller Zuversicht.

Greta betrat die Bühne. Ich konnte sehen, dass ihre Beine zitterten. Sie wirkte so klein und verloren, dass ich mich am liebsten vor sie gestellt hätte, um sie vor den Blicken des Publikums zu beschützten.

»Du schaffst das«, wiederholte Jonas beschwörend.

Gretas Blick schweifte unruhig hin und her und blieb dann suchend an meinem hängen. Ich lächelte sie an, wie ich es ihr versprochen hatte, und versuchte ihr Kraft zu geben. Doch die Blässe ihrer Haut machte mir Sorgen. Sie war weiß wie ein Gespenst, und ich bildete mir ein, Schweißperlen auf ihrer Stirn zu sehen. »Wovor hast du am meisten Angst?«, hatte Irene sie gefragt, und das Mädchen hatte geantwortet: »Dass mir auf der Bühne schlecht wird und ich ohnmächtig werde.« Für mich sah es so aus, als könnte es jede Sekunde dazu kommen. Ich überlegte fieberhaft, was ich tun konnte, um ihr zu helfen, doch mir fiel nichts ein.

Greta machte weiterhin keine Anstalten, am Klavier Platz zu nehmen. Im Publikum breitete sich Unruhe aus. Die Leute begannen zu murmeln. Als Greta das bemerkte, versteifte sich ihr Körper. Sie stolperte zur Sitzbank und nahm ungeschickt Platz. Ihr Blick glitt über die Tasten, als sehe sie sie zum ersten Mal.

»Oh, meine Kleine«, hörte ich Hermann erstickt flüstern. Ich selbst war ebenfalls wie gelähmt. Ich konnte nur dasitzen und zuschauen, wie die Katastrophe ihren Lauf nahm. Zögernd schlug Greta ein paar Tasten an. Ein Misston erklang, und ihre Hände zuckten zurück, als hätte sie sich verbrannt.

»Ist das schlecht!«, rief eine Jungenstimme. Fassungslos wirbelte ich herum und sah ein paar Reihen hinter mir den schlaksigen Kerl mit den gegelten Haaren und der Brille sitzen, der Greta bereits an der Bushaltestelle schikaniert hatte. Mit einem gemeinen Grinsen stieß er Lukas, der neben ihm saß, in die Rippen, und sah ihn Beifall heischend an.

Heiße Wut brodelte in mir hoch. Am liebsten wäre ich aufgesprungen, um dem kleinen Mistkerl die Meinung zu sagen, doch mein Verstand mahnte mich, dass ich es dadurch nur noch schlimmer machen würde.

Lukas' Miene versteinerte. Er packte den Arm des Jungen und sagte etwas zu ihm. Ich konnte nicht hören, was es war, aber seine Worte schienen es in sich zu haben. Dem Jungen mit der Brille entglitten sämtliche Gesichtszüge. Mit offenem Mund sah er zu, wie Lukas aufstand und sich durch die Reihe kämpfte. Ein entschlossener Zug lag auf seinem Gesicht, als er auf die Bühne zulief und mit schnellen Schritten die Stufen erklomm.

Greta starrte ihn an. Wir alle starrten ihn an. Was hatte er vor?

Lukas griff nach dem Mikrofon. »Es steht nicht im Programm«, sagte er ruhig, »aber Greta und ich spielen heute zusammen.«

Er bedeutete Greta, zur Seite zu rutschen, und nahm dann neben ihr auf der Sitzbank Platz. Er flüsterte ihr etwas ins Ohr, und sie nickte langsam. Ich grub meine Finger so fest in Jonas' Hand, dass es wehtun musste.

Lukas spielte den Song an, den Greta damals in der alten Reithalle für ihre Großmutter gespielt hatte. Nach ein paar Sekunden, die mir wie eine Ewigkeit vorkamen, setzte Greta ein, und dieses Mal fand sie die richtigen Tasten. Ich stieß geräuschvoll den Atem aus.

Say Something war ein Liebeslied, traurig und schön zugleich. Als Lukas zu singen begann, zog sich alles in mir zusammen. Schon auf dem Tanzabend hatte ich gemerkt, wie besonders seine Stimme war, doch nun lag so viel Gefühl darin, dass es kaum auszuhalten war. Aufgewühlt rutschte ich bis zur Kante meines Sitzes vor.

Gretas Augen waren geschlossen. Ein stilles Lächeln lag auf ihrem Gesicht, und sie spielte so versunken, als tue sie es nur für sich. Falsch, korrigierte ich mich, als

Greta plötzlich die Augen öffnete und Lukas anblickte. Sie spielte für ihn, für Lukas.

Wortlos reichte mir Jonas ein Taschentuch, als ich vor Rührung die erste Träne vergoss.

Als die beiden geendet hatten, war es einen Augenblick lang still. Dann brach tosender Applaus aus. Die Leute sprangen begeistert auf und klatschten stürmisch. Aber die Tafelrunde jubelte am lautesten, während uns die Tränen über die Wangen liefen. Ich bemerkte Gretas Eltern, die sich glücklich in den Armen lagen, und als ich sie sah, musste ich noch mehr weinen.

Auf der Bühne hatten sich Greta und Lukas inzwischen erhoben. Hand in Hand standen sie da, lachten ins Publikum und verbeugten sich.

»Diesen Augenblick werde ich meinen Lebtag nicht vergessen!«, rief ich Jonas über den Lärm zu.

Jonas zog mich an sich. »Sie auch nicht«, antwortete er und küsste mich. »Sie auch nicht.«

Epilog

Vier Wochen später

Eng umschlungen saßen Jonas und ich im Strandkorb am See und beobachteten Max, der im Licht der untergehenden Sonne in einem Meer aus Gold schwamm. Es war der letzte Tag meiner Auszeit in Herzbach. Morgen ging es für mich zurück nach Düsseldorf.

»Hast du alles gepackt?«, fragte Jonas und streichelte mein Gesicht.

Ich nickte schweigend. Mir war seltsam zumute. In den letzten drei Monaten hatte ich so viel über mich herausgefunden, so viel Neues über mich gelernt. Ich hatte die Natur genossen, wunderbare Freundschaften geschlossen und zum ersten Mal in meinem Leben begriffen, was Gemeinschaft und Verbundenheit bedeutete und was echter Zusammenhalt war. Und ich hatte noch etwas gefunden: eine Heimat. Ich wusste jetzt, wie es sich anfühlte, zugehörig zu sein. Einen Ort zu haben, an dem die Menschen einen so annahmen und liebten, wie man war. Einen Ort, an dem man atmen konnte.

»Ich wünschte nur, ich müsste Herzbach nicht verlassen«, murmelte ich und legte meinen Kopf an Jonas' Schulter.

Er lächelte. »Es ist doch nicht für lang. Du löst deine Wohnung auf, organisierst deinen neuen Job, ich bin in der Zeit bei meinem Sohn in Neuseeland, und schwupps – sind wir wieder zusammen. Und bis es so weit ist, passt Hermann auf Max auf.«

Ich seufzte. »Ein bisschen wird es schon dauern, bis alles so läuft, wie ich es mir vorstelle.«

Während meiner Auszeit hatte ich auch herausfinden wollen, wovon ich zukünftig leben wollte. Jonas war es, der mich auf die Lösung gebracht hatte. Nachdem wir über die Pro-Bono-Beratung gesprochen hatten, also die kostenlose Unterstützung von Hilfsorganisationen, Schulen, Museen und anderen Institutionen, die der Gemeinschaft zugutekamen, war mir der Gedanke nicht mehr aus dem Kopf gegangen. Alle großen Unternehmensberatungen, die etwas auf sich hielten, boten eine Pro-Bono-Beratung an. Das war nicht nur für das Image gut, sondern stellte auch ein hervorragendes Instrument dar, um Mitarbeiter zu gewinnen. Denn viele Menschen hatten das Bedürfnis, anderen zu helfen und sich sozial zu engagieren. Wenn ein Unternehmen seinen Angestellten die Möglichkeit gab, dies mit einem Teil ihrer Arbeitszeit zu tun, dann war das ein Riesenpluspunkt, der extrem gut ankam. *Aufhäuser & Stark* hatte dieses Feld bisher nicht bedient. Doch wie sich herausstellte, hatte ich offene Türen eingerannt, als ich meinen Chef vor zwei Wochen in seinem Büro aufgesucht hatte, um ihm den Vorschlag eines neuen Pro-Bono-Bereichs unter meiner Leitung zu unterbreiten. Er verriet mir, dass er und die anderen Partner das Thema schon seit Monaten auf der Agenda hätten, doch dass es aufgrund von anderen Dingen immer wieder in den Hintergrund getreten sei. »Doch damit ist jetzt ein für alle Mal Schluss«, hatte er bestimmt gesagt und mir dabei auf die Schulter geklopft. »Jetzt machen wir Nägel mit Köpfen. Willkommen zurück, Ellie!«

Der neuen Herausforderung sah ich mit Spannung und Vorfreude entgegen. Ich hatte meinen Job als Unternehmensberaterin immer gemocht, und nun konnte ich ihm einen tieferen Sinn verleihen, indem ich gemeinnützigen Organisationen half, die zwar Bedarf an professioneller Unterstützung hatten, aber zu klein waren und zu wenig Geld besaßen, um sie sich leisten zu können. Und das Allerbeste: Ich konnte mit Jonas in Herzbach leben und meine Projekte von hier aus betreuen. Das war meine Bedingung gewesen, und mein Chef hatte sie anstandslos akzeptiert.

Ich spürte, wie sich ein Strahlen auf meinem Gesicht ausbreitete. In meiner Auszeit hatte ich noch etwas gelernt, nämlich wie es sich anfühlte, *wunschlos glücklich zu sein.*

Hinter Jonas und mir ertönten Stimmen und Gelächter. Es war Zeit für meine Abschiedsparty. Auch wenn ich nicht lang fort sein würde, hatten die Mitglieder der Tafelrunde darauf bestanden, sie für mich auszurichten. Und so bevölkerten bald all die Menschen den kleinen Strand, die mir während meiner Zeit hier so ans Herz gewachsen waren. Hermann, Irene, Sara und Greta natürlich, aber es kamen auch Gretas Eltern und Lukas, Biene und Siggi, Henning und Doro, Stefan und Jenni und sogar Claudia und Hendrik. Auch Maria war zu diesem Zweck extra aus Frankfurt angereist. Sie war bester Laune, hatte sie doch inzwischen einen Käufer für das Haus ihrer Mutter gefunden. Es fehlte eigentlich nur

Ava. Wie gerne hätte ich sie in dieser Runde dabeigehabt, doch sie war noch immer auf Reisen.

Aus einer Musikanlage ertönten Popsongs, Weinflaschen wurden herumgereicht, ein Grill aufgebaut, und schon bald zogen die köstlichsten Gerüche über den Strand. Nach dem Essen tanzten wir barfuß unter den Sternen.

Irgendwann kam Biene zu mir. »Es ist an der Zeit«, raunte sie mir zu.

Ich schaute sie ratlos an. »Was meinst du?«

Wortlos hielt sie mir ihre Friseurschere hin, und ich war so übermütig gelaunt und gleichzeitig so beschwipst, dass ich nicht lange überlegte und zustimmte. Die anderen bildeten einen Kreis um Biene und mich, als sie ihre Schere hochhielt und mit ihrer Arbeit begann.

»Gefällt es dir?«, fragte sie, als sie fertig war. Sie hielt mir einen kleinen Handspiegel hin.

Ich sah hinein und beim Anblick des altmodischen Bobs lachte ich laut auf. »Sei mir nicht böse, Biene, aber ich sehe aus wie Doris Day. Nur in dunkelhaarig.« Ich wandte mich an Maria und Sara und senkte meine Stimme zu einem Flüstern: »Gilt das als Schnapsidee-Geschichte?«, fragte ich. Meine beiden Freundinnen grinsten von einem Ohr zum anderen und nickten.

Jonas trat zu mir und nahm mein Gesicht zwischen seine Hände. »Jetzt bist du eine waschechte Herzbacherin«, sagte er und küsste mich zärtlich.

Glücklich erwiderte ich seinen Kuss. »Es gibt nichts auf dieser Welt, was ich lieber wäre«, flüsterte ich.

Meine liebste Ellie,
deine drei Monate in Herzbach sind nun um, doch ich glaube, sie sind der Anfang von etwas ganz Großem.
Wenn ich zurückkomme, wirst du mir berichten, was du erlebt hast, und ich werde dir von meiner Reise erzählen.
So viel sei gesagt: Sie hat sich gelohnt.
Mehr, als ich jemals zu hoffen gewagt hätte.
Es küsst dich und vermisst dich
Deine Ava

Danksagung

Ich bin im Münsterland geboren und aufgewachsen. Deshalb wollte ich gerne eine Geschichte schreiben, die in meiner wunderschönen Heimat spielt. Und auch wenn Herzbach ein fiktiver Ort ist – genauso wie Mondstein und Sternbeck –, gibt es Dutzende Dörfer, die den liebenswerten Charme versprühen, den ich im Roman versucht habe einzufangen.

Bedanken möchte ich mich an dieser Stelle bei meinen Eltern und meinem Sohn, die mit mir durch ebensolche Dörfer gestreift sind und es tapfer ertragen haben, dass ich an jeder Ecke Fotos gemacht habe. Außerdem bedanke ich mich bei Kerstin, die nicht nur eine wunderbare Yogalehrerin ist und mir bei der Yogaszene im Roman geholfen hat, sondern mir auch das Westfalen ihrer Kindheit gezeigt und mich ins Haus ihrer Eltern eingeladen hat.

Ein weiteres großes Dankeschön geht an Andreas und Linda. Ihr habt mir den Freiraum gegeben, damit ich dieses Buch schreiben konnte, und das mit Begeisterung.

Darüber hinaus gilt mein herzlicher Dank meiner Lektorin Isabell Spanier vom Piper Verlag und meiner Agentin Gerlinde Moorkamp von der Literarischen Agentur Silke Weniger. Es war eine große Freude, gemeinsam an diesem Roman zu arbeiten.

Last, but not least möchte ich mich bei Anne bedanken. Es gibt keine bessere Freundin als dich. Du bist wunderbar.

Darüber hinaus möchte ich es nicht versäumen, auf eine künstlerische Freiheit hinzuweisen, die ich mir genommen habe. Im Roman hören Ellie, Jonas, Irene und Hermann im Wagen das Lied *Sweet but Psycho*. Dieses ist tatsächlich erst einen Monat später herausgekommen, doch es passte so gut zu der Situation, dass ich nicht darauf verzichten mochte.